エミリー・ヘンリー/著
西山 詩音/訳

あなたとわたしの夏の旅（上）
People We Meet on Vacation

扶桑社ロマンス
1674

最新小説を書いたのは、主に自分のため。
この作品をあなたに捧げます。

あなたとわたしの夏の旅（上）

登場人物

ポピー・ライト――――――――――――『レスト+リラクゼーション』編集者

アレックス・ニルセン―――――――――高校の英語教師

スワプナ・バクシ＝ハイスミス――――『レスト+リラクゼーション』編集長

レイチェル・クローン―――――――――ポピーの親友。

ライフスタイル・ブロガー

ジミー・ライト――――――――――――ポピーの父

ワンダ・ライト――――――――――――ポピーの母

プリンス・ライト―――――――――――ポピーの兄

パーカー・ライト―――――――――――ポピーの兄

デイヴィッド・ニルセン――――――――アレックスの弟

サラ・トーヴァル―――――――――――アレックスの元恋人

プロローグ

五年前の夏

休暇（バケーション）中は、なりたいどんな人物にもなれる。

すばらしい本やすてきな服と同じで、休暇を通じて、いつもとは違う自分に変身できる。

普段の生活では気恥ずかしくて、ラジオから流れる音楽に合わせて頭を上下に振ることさえできないかもしれない。けれど明かりがきらめく中庭で、スチールドラムバンドが軽やかに演奏をしていたら、頭を揺らしてじょうずにビートを刻んでいるはずだ。

バケーション中は、髪も変わる。水がいつもとは違うし、もしかしたらシャンプーも変わる。いちいち髪を洗ったり、ブラシでとかしたりもしなくなるかもしれない。塩辛い海水のせいで、自然とふんわりカールした理想の髪型になっているからだ。そこで、あなたはこう考える。〝自宅でもこうすればいい。髪をとかさなくても平気な自分に、汗をかいても胸の谷間に砂粒がついていても気にしない自分になればいい〟バケーション中は、見知らぬ相手とも会話をする。それが危険な賭けであることも忘れて。もし恐ろしく気まずい雰囲気になっても、何を気にする必要がある？ どうせもう二度と会わない相手なんだから！

あなたは〝なりたい〟と思った、どんな自分にもなれる。〝やりたい〟と思った、どんなことでもできる。

いいえ、もしかしたら〝やりたい〟と思ったことすべてはできないかもしれない。天気のせいで無理な状況に陥る場合もある。たとえば今のわたしのように、雨がやむのを待ちながら、自分を楽しませるための次善の策を考えざるを得ないときもある。

トイレから出て、ふと足を止めた。次の行動計画が決まっていないからというのもある。でも一番の理由は、べとべとした床のせいで片方のサンダルが脱げてしまい、取りに戻らなければいけないからだ。基本的にここのすべてが気に入っているけれど、こんなラミネートの床の上を裸足（はだし）で歩いたら、まれな疾患を引き起こす菌が足の裏につくのでは、と考えてしまう。それこそアメリカ疾病予防管理センター（CDC）の極秘施設で試料瓶に入れられたまま冷蔵されている、まだ名前もわからない恐ろしい菌が。

片足でぴょんぴょん跳んでサンダルが脱げた場所まで戻り、細いオレンジ色のストラップに爪先を滑りこませると、体の向きを変えてバーへ戻った。わらぶき屋根に取りつけられたいくつかのファンが気だるげに旋回するなか、客たちは汗でべとつく体を押しつけあいながら踊っている。踊って汗をかいた彼らの体のほてりを冷ますように、開け放されたままの扉からときおり激しい雨が吹きこんでくる。フロアの隅にあるジュークボックスは、ネオンを光らせながらフラミンゴズのドゥーアップ『瞳は君ゆえに』を演奏中だ。

ここはリゾート地だけれど、この店は地元民が集まるバーなので、トミー・バハマのアロハシャツだろうとプリント柄のサンドレスだろうと服装は自由だが、悲しいことに、トロピカルフルーツの飾りがついたようなしゃれたカクテルはない。

もしこんな嵐でなければ別の店を選んだだろう。今夜はこの街で過ごす最後の夜なのだ。この一週間、ずっと雨ばかりだった。雷も頻繁に落ちた。白砂が広がるビーチを横目に、高速ボートをすっ飛ばす夢はあっけなく打ち砕かれてしまった。同じようにがっかりしている休暇中の人たちと一緒に、観光客相手に高い料金をふっかける店で、毎日仕方なくピニャコラーダを飲み続けるしかなかった。

でも今夜は、もうこれ以上彼らと一緒にいたくなかった。飲み物を注文するために長時間待たされるのも、結婚指輪をはめた白髪頭の酔っ払いの男たちから、妻の肩越しにウインクをよこされるのもうんざりだ。だから、こうしてこの店にいる。

床がべとついた〈BAR〉というシンプルな名前のこのバーで、ぱっとしない客たちのなかからターゲットを絞りこもうとしている。

その男性は〈BAR〉という店の止まり木の隅に座っていた。年のころはわたしと同じ二十五歳くらい。髪は砂色で、背が高く、肩幅も広い。でも今は背中を丸めているから、ぱっと見ただけでは最後のふたつの特徴まではわからないだろう。うつむいて携帯電話を無言で見つめる横顔から、画面に集中している様子が伝わってくる。指先をゆっくりとスワイプさせながら、分厚い下唇に軽く歯を立てている。どこか気遣わしげな表情だ。

ディズニー・ワールドほど大混雑しているわけではないものの、それでもこの店もそこそこ混んでいる。ジュークボックスが五〇年代後半の感傷的な曲を奏で、その反対側に置かれたテレビでは天気予報を伝えるアナウンサーが「まさに記録的な大雨です！」と叫び、店内にいる男たちが定期的に耳ざわりなほどのボリュームで笑い声をいっせいにあげている。しかも女性バーテンダーが、黄色い髪の女性客と話しながら何かを強調するようにカウンターをばんばんと叩いている。

それなのに、砂色の髪の男性は隅のスツールに腰かけたままだ。その静けさが、かえって彼の存在を目立たせている。というか、全身で〝自分はこの店に来るような人種ではない！〟と叫んでいるようだ。三十度近い気温と百パーセントの湿度にもかかわらず、彼はしわくちゃの長袖シャツのボタンをきっちり留め、濃紺の長ズボンまではいている。おそらく日焼けとは無縁のはず。ばか笑いや浮かれ騒ぎ、ふまじめさとも。

大当たり(ビンゴ)！

顔にほつれかかる金髪を払いのけ、ターゲットのほうへ向かい始めた。すぐそばまで近づいても、彼は携帯電話から目を離そうとしない。ゆっくりと指先を画面に走らせながら、熱心に何かを読んでいる。そのとき、画面に表示された太字が見えた。

〝二十九章〟

片方のヒップをスツールにのせ、カウンターに片肘を滑らせながら彼と向きあった。

「ねえ、タイガー」

彼ははしばみ色の瞳でゆっくりとわたしの顔を見ると、まばたきをした。「どうも？」

「この店にはよく来るの？」

男性は一瞬、わたしをじっと見つめた。どう答えたらいいのか考えているのだろう。

「いや」彼がとうとう答えた。「ぼくはこのあたりに住んでるわけじゃないんだ」

「あら、そうなの」わたしは答えた。でも続きを口にする前に、彼がふたたび口を開いた。

「それに、もしここに住んでいたとしても、特別なケアが必要な病気の猫がいるから外出するのは難しい」

彼の一言一句に対して、わたしは眉をひそめた。「まあ、気の毒に」すばやく態勢を立て直して続ける。「そういう状況って、さぞかし最悪な気分でしょうね。すでにひとつの死に立ち向かっているのに」

男性は眉間にしわを寄せた。「ひとつの死？」

片手をひらひらさせ、身ぶりで彼の着ているものを指し示しながら言う。「だって、お葬式に出るためにこの街へ来たんじゃないの？」

男性は唇を引き結んだ。「違うよ」

「だったら、なぜこの街へ？」

「友だちのせいだ」彼がそう言って携帯電話に視線を落とす。

「その友だちがここに住んでるのね？」

「その友だちに引きずられてきたんだ」彼はわたしの言葉を訂正した。「バケーションのために」最後の言葉にはやや侮蔑に近いものが感じられた。

わたしは目を丸くした。「そんな！　大切な猫からあなたを引き離して？　ただ休暇を楽しんで、浮かれ騒ぐためだけに？　あなた、本当にそんな相手のことを〝友だち〟と呼べるの？」

「一秒ごとにそう思えなくなっているよ」

　彼は多くを答えようとしない。でも、あきらめるつもりはない。だから言葉を継いだ。「その友だちってどんな人？　セクシー？　賢い？　お金持ち？」

「背が低い」男性は携帯電話に目を向けたまま答えた。「あと、うるさい。口を閉じたところを見たことがない。ぼくらのどちらかの服について、いつもぺらぺらしゃべっている。それに恐ろしいくらいロマンチストだ。何しろ、コミュニティ・カレッジのコマーシャルを見て泣くんだから。ほら、パソコンの前で遅くまで頑張っていたシングルマザーがついうとうとしていたら、子どもが母親の肩にそっと毛布をかけてあげて、彼女は誇らしさに思わず笑みを浮かべる――っていう、あのコマーシャルだよ。ほかには、そうだな、サルモネラ菌みたいなにおいがする小汚いバーにやたらと行きたがる。ぼくなんて、ここでは瓶ビールさえ飲むのが恐ろしいくらいだ。この店のレビュー、ちゃんとYelp（イェルプ）で確認したの？」

「それ、冗談よね？」わたしは胸の前で腕組みをした。

「そうだね、サルモネラ菌ににおいはない。でもポピー、きみの背が低いのは本当だろ」

「アレックスったら！」演技をやめて彼の上腕二頭筋を叩いた。「せっかくあなたの助けになろうとしているのに！」

アレックスは腕をさすった。「へえ、助けるってどうやって?」

「サラのせいで心が折れたのは知ってる。でも、そろそろ新しい恋愛をしないと。これは、バーでセクシーな女性が近づいてきたときのためのレッスンよ。まず、あのろくでなしの猫と過剰な依存関係にあることは絶対に話しちゃだめ」

「言っておくが、フラナリー・オコナーはろくでなしなんかじゃない。彼女はただ内気なんだ」

「あの猫は悪魔よ」

「彼女はきみのことが好きじゃないだけさ」アレックスが言い張る。「きっときみから、強烈な犬エネルギーを感じているんだろう」

「わたしはただ、彼女をかわいがろうとしているだけなのに。なぜかわいがられたがらないペットを飼っているの?」

「彼女はかわいがられたがっている。問題は、きみがいつも彼女に近づくとき、オオカミみたいに目をぎらぎらさせていることだ」

「そんなことない」

「ポピー、きみはどんなものにも目をぎらぎらさせて近づいている」

そのとき、女性バーテンダーがドリンクを運んできた。先ほどトイレに入る前に注文したものだ。「お嬢さん? あなたのマルガリータよ」彼女が凍ったグラスをカウンター越しに滑らせてくる。そのグラスを受け止めた瞬間、ふいにどうしようもない喉の渇きを覚え、あわててグラスを持ちあげたせいで、唇に届く前にかなりの量のテキーラをこぼしそうになった。アレックスが超人的なすばやさで、グラスを持っていないほうの腕をカウンターから引きはがしてくれたおかげで、飲み物がこぼれる寸前でグラスを支えることができた。

「ほらね？　オオカミみたいに目がぎらついてる」アレックスがひっそりと言う。まじめな口調だ。彼はいつだってこんな調子でわたしに話しかけてくる。ただし〝変人アレックス〟が出現する、めったにない神聖な夜もある。その数少ない夜には、床に寝転んでカラオケのマイクに向かって嘘泣きしたり、砂色の髪をあらゆる方向へ立たせたりしながら、しわだらけのシャツをだらしなくズボンから出した彼の姿が拝める――あくまで仮定の話だ。ただし、まさにそういうことが以前にも起こったことがある。

アレックス・ニルセンは強い自制心の持ち主だ。背が高く、肩幅が広く、常に前かがみの（またはプレッツェルのように折りたたまれた）あの体には、過剰なほどの禁欲主義（彼の父親はわたしが知るなかで誰より不安を口にする男やもめで、その長男として育ったからだろう）と、信じられないほどの自制心（幼いころから厳格な宗教教育を受け、情熱のほとんど――彼の場合は学問に対する情熱――を抑えつけてきたせいだろう）が保たれている。しかもアレックスには、本当に風変わりな一面がある。誰も知らないけれど、子どもじみていて、どうしようもなくお人好しなおばかさんなのだ。それを知ったときは、言いようもない喜びを覚えたほどだ。

わたしはマルガリータをすすった。自分でも気づかないうちに喜びの表情を浮かべていたのだろう。

「まったく、人の体をした犬そのものだな！」アレックスはひとりごちると、携帯電話の画面をふたたびスクロールしだした。

不満げに鼻を鳴らし、もうひと口マルガリータをすすった。「ところでこのマルガリータ、九割が本物のテキーラよ。イエルプのいけすかないレビュワーたちに、ちゃんと教えといて。それに、この店はサルモネラ菌のにおいなんて全然しないわ」さらにカクテルを飲みながら座り直し、体の向きを変えてわざと膝が触れあうようにした。一緒に外出すると、アレックスは上半身をカウンターに向けたまま、長い脚をわたしのほうへ向けて座る。その座り方が好きだった。わたしのためだけに秘密の扉を開放してくれているような、特別な気分になる。しかも、その扉の先にいるのは、世間に対して常に冷静で、決して満面の笑みを浮かべることのないアレックス・ニルセンだけではない。それは〝変人アレックス〟に直結する扉でもある。飛行機に乗るのも、いつもと違う枕を使うのも大嫌いだというのに、もう何年もわたしと一緒に旅行してくれる、あのアレックスに。

一緒に外出すると、アレックスは一直線にバーカウンターへ向かって進む。そんな彼の様子を見るのも好きだ。前に一度、バーテンダーと目を合わせすぎていないか、合わせなさすぎていないか気になってストレスがたまると認めていたけれど、それでも彼がカウンターに座るのは、そこがわたしのお気に入りだと知っているからだ。

正直に言えば、わたしは一番の親友であるアレックス・ニルセンのほぼすべてが好きだし、愛している。彼には幸せになってほしい。たとえ、これまで彼が注目した女性たち――特に別れた元恋人のサラ――を好きになれなかったとしても。最近サラに振られたせいで、アレックスは引きこもり生活にどっぷり浸かりかけている。それを阻止できるかどうかは、わたしにかかっていた。立場が逆でも、アレックスもわたしのために同じことをしてくれたはず。実際、これまでもそうだった。

「ねえ」わたしは彼に話しかけた。「最初からやり直さない？　設定は、わたしはバーにいる見知らぬセクシーな女性で、あなたは猫を除けば魅力的な男性。出会いを求めて行動を起こそうって気にまたすぐになれるわよ」

アレックスは携帯電話から顔をあげ、にやにや笑いらしきものを浮かべた。〝にやにや笑い〟と表現したのは、アレックスの場合、その言葉が一番近いからだ。「〝ねえ、タイガー？〟なんてタイミングよく話しかけてきた見知らぬ相手と、なんらかの関係を始めろって言うのか？　そもそも、きみとぼくでは〝セクシー〟の定義が違うと思う」

　わたしはスツールを回転させ、膝を思いきりアレックスの膝にぶつけながら背を向けると、妖艶な笑みを浮かべてまた彼と向きあった。「ねえ、痛くなかった……？」

有名な口説き文句を口にする。「天国から地上に落ちてきたときは？」

　アレックスはかぶりを振った。「ポピー、ぼくにとって大切なのは、きみにわかってもらうことだ」ゆっくりとした口調で言葉を継ぐ。「もし今後ぼくが誰かとデートに漕ぎ着けることがあったとしても、きみの〝助け〟とはなんの関係もないって」

　わたしは立ちあがると、芝居じみたやり方でドリンクの残りを飲み干し、グラスをカウンターに叩きつけた。「つまり、ここを出ようってこと？」

「どうしてきみはぼくよりデートがうまくいくんだろう？」アレックスはすべての謎がそこにあるかのように、不思議そうに言った。

「簡単なことよ。わたしはあなたより理想が低いの。邪魔者のフラナリー・オコナーも飼ってないし。バーへ行くたびに、イェルプのレビュワーたちに腹を立てたり、〝死んでもわたしに話しかけないで〟なんてオーラを出したりもしてない。それに、わたしって間違いなく、どの角度からでもゴージャスに見えるもの」

　アレックスは立ちあがると、二十ドル紙幣をカウンターに置いて財布をポケットに戻した。彼はいつだって現金を持ち歩いている。その理由はわからない。これまで少なくとも三回尋ねて、そのたびに答えてもらっているのに、いまだにその理由がわからない。きっとアレックスの答えが退屈すぎたか、あまりに複雑すぎたせいで、わたしの脳に記憶として蓄積されていないのだろう。

「だとしても、きみはどう考えても普通じゃない。その事実に変わりはない」

「わたしのこと、愛しているくせに」そう指摘してみた。ほんの少し、自分を守りたい気持ちが働いたのだ。

　アレックスはわたしの肩に腕をまわすと、こちらを見おろし、ふっくらした唇を持ちあげて小さな笑みを浮かべた。彼の顔はいろいろな表情をふるいにかけているようだ。一度にごくわずかな表情しか浮かべない。「自分でもわかってる」

　わたしは顔をあげてにやりとした。「わたしもあなたを愛してる」

　一瞬、満面の笑みを浮かべそうになったのに、アレックスは小さな笑みのままだ。その笑みも消えた。「ああ、それもわかってる」

　テキーラのせいで眠たくて気だるい。開かれた出入口に向かいながら、わたしはアレックスに寄りかかった。「いい旅行だったわね」

「今までで一番だったね」彼は同意し、紙吹雪みたいに降りかかってくる冷たい雨から守るように腕に力をこめ、少し引き寄せてくれた。たちまち感じたのは、がっちりした腕の重さとぬくもりだ。アレックスの清潔なシダーウッドの香りが、ケープのように両肩を包んでくれているのがなんとも心地いい。

「こんな大雨もそれほど気にならないわ」店の外へ出ながら言う。そのとき遠くで雷鳴が聞こえ、ヤシの木が小刻みに震えた。

「ああ、むしろ好きだ」アレックスはわたしの肩から腕を離すと、今度は頭の上に手のひらを掲げ、間に合わせの傘を作ってくれた。滝のようになった道路を走り、赤い小さなレンタカーが停めてある場所を目指した。そこにたどり着くと、わたしのためにドアを開けてくれた。というのも、レンタル料を安くすませるために、ドアやウインドウがオートロックではない車種を借りていたからだ。それから彼も車をまわりこんでようやく運転席に乗りこんだ。

　アレックスがギアを入れた瞬間、濡れた服にエアコンの冷風がものすごい勢いで吹きつけてきた。寒い。駐車場から車を出し、レンタルハウスへ戻り始める。

「今、気づいた」彼がぽつりと言った。「きみのブログ用の写真、あそこで一枚も撮らなかったね」

　わたしは声をあげて笑いだした。でも、すぐに気づいた。彼は冗談を言ったわけではない。「アレックス、わたしのブログの読者たちは、〈ＢＡＲ〉の写真なんか見たがらないわ。〈ＢＡＲ〉の記事さえ読みたがらない」

彼は肩をすくめた。「〈ＢＡＲ〉はそんなに悪いと思わなかったけど」

「サルモネラ菌みたいなにおいがするって言ったくせに」

「その一点を除いてだよ」アレックスはウインカーを出して曲がり、ヤシの木が並んだ、わたしたちの宿へ続く細い路地に入った。

「実は、今週は使える写真を一枚も撮れていないの」

アレックスは顔をしかめ、眉をごしごしこすりながら、車のスピードをゆるめて砂利の私道へと入った。

「あなたが撮ってくれた写真以外はね」あわててつけ加えた。アレックスは喜んでわたしのブログ用の写真を撮ってくれるが、どれも例外なくひどい出来映えなのだ。ただ、そんな彼の心意気がうれしくて、今回もいくらかましな写真を選んですでに投稿していた。選んだのは、金切り声をあげて大笑いしながら、アレックスに何か話しかけているひどい顔の写真。そのとき、彼はわたしに必死で逃げる方向を伝えようとしていた。背後に嵐の黒雲が迫っていたからだ。今からサニベル島に大災害をもたらそうとしているのがわたし自身のようにも見える一枚だけれど、少なくとも、わたしが大いに楽しんでいるのは伝わるはずだ。

その写真を見返しても、あのときアレックスに何を言われて自分がそんな顔をしたのか思いだせなかった。彼になんと叫び返したのかも。でも見ているだけで、胸がほんわかあたたかくなる。ふたりでこれまでに出かけた夏旅行について振り返ったときと同じだ。

そういうとき、幸せな気分がどっとこみあげてくる。これこそが人生だという感じ。どこか美しい場所に、愛する誰かと一緒にいることこそが。

そんな見出しをつけて何か書いてみようとした。でも、言葉で説明するのが難しい。ブログではいつも、予算内でどんな旅行をするか、いかに低コストで最大限の楽しみ方をするかに関する記事を投稿している。でも今回のビーチ休暇旅行をフォローしてくれる人が十万人もいる場合、やはり理想的なのは彼らに……ビーチでの休暇の様子を見せることだろう。

それなのに、わたしたちがサニベル島の海岸で過ごしたのは、この一週間でわずか四十分ほど。あとはバー、レストラン、本屋、古着屋で時間をつぶして、それ以外の時間の大半は、みすぼらしいバンガローでポップコーンを食べて雷の数を数えながら過ごした。日焼けなんてしていない。熱帯魚も見ていない。シュノーケリングも日光浴もしていなければ、双胴船(カタマラン)にも乗っていない。ふかふかのソファで、うとうとしては目覚めるのを繰り返しただけだ。『トワイライト・ゾーン』全話一気見に挑戦しているせいで、気づくと夢のなかでもテーマ曲を口ずさんでいる。

太陽の日差しがあってもなくても、その街の一番いいところが見られる土地もある。

でも、どう考えてもここは違う。

「ほら」アレックスは駐車場に車を停めると言った。

「ほら、何よ？」

「写真を撮ろう。一緒に」

「写真を撮られるの、いつもはあんなに嫌がるのに」それがいつも不思議でたまらなかった。外見だけ見れば、アレックスはとびきりイケメンの部類に入るのだ。

「ああ、嫌だよ」アレックスは答えた。「でも今は暗いし、この旅行のことを覚えておきたいんだ」

「オーケイ。だったら記念に一枚撮りましょう」

自分の携帯電話に手を伸ばしたけれど、すでにアレックスが彼の携帯電話を取りだしていた。ただし、彼の携帯電話の持ち方が間違っている。自分たちの姿が見えるように画面をこちら向きにせず、いつもどおりの向きで掲げている。「何してるの？」わたしは彼の携帯電話に手を伸ばしながら言った。「こういうときのために自撮りモードっていうのがあるのよ、おじいちゃん」

「違うよ！」アレックスは笑うと、わたしの手が届かないところに携帯電話を掲げた。「きみのブログのための写真じゃない。だから写りを気にする必要はない。ただ、ぼくたちらしく見える必要があるだけだ。もし自撮りモードにしたら、ぼくは一枚も撮りたくなくなる」

「ねえ、あなたには専門的な助けが必要かも。自分の顔がよくないって思いこみすぎてるわ」

「ポピー、ぼくがこれまできみの写真を何千枚撮ってきたと思うんだい？　この一枚くらい、ぼくの好きなように撮らせてよ」

「うん、わかった」わたしはコンソールの上に身を乗り出し、アレックスの湿った胸板に頭を寄せた。彼が首を少しかがめ、ふたりの身長差を縮めようとする。

「一、二——」三を数える前に、アレックスはシャッターを押した。

「ひどい、この怪物（モンスター）め！」

彼は携帯電話をひっくり返して写真を確認するなり、うめいた。「うげっ、ぼく、本当にモンスターみたいだ」

おばけみたいにぼんやりしたふたりの顔の写真を見て、むせるほど笑った。アレックスの濡れた髪はつんつんと逆立っているいっぽう、わたしの髪は巻きひげみたいにくるくると頬に張りついている。暑さのせいでふたりのありとあらゆる部分が赤く光っているように見えた。わたしは完全に目を閉じていて、アレックスの細目がなんとも腫れぼったい。「どうしてふたりともこんなに写りが悪くて、しかもめちゃくちゃぶさいくなの？」

アレックスは笑って、ヘッドレストに頭を預けた。「わかったよ、削除する」

「だめ！」彼の手から携帯電話をもぎ取ろうとしたが、相手も負けじと指に力をこめてきた。わたしはそれでも手を離さなかった。コンソールをはさんで、携帯電話を握りしめた攻防戦が続いている。「重要なのはそこよ、アレックス。この旅行が本当はどんなふうだったかを覚えていること。それに、わたしたちらしく見えること」

彼は見たことがないほど弱々しい、かすかな笑みを浮かべた。「いや、きみはその写真とひとつも似てない」

わたしはかぶりを振った。「あなただって」

ふたりのあいだにしばし沈黙が落ちた。それ以外に何も話すことがないかのように。実際、結論は自ずと導かれた。

「来年はどこか寒いところにしよう」アレックスが言う。「寒くて湿気のない場所」

「賛成」わたしはそう答え、にやりとした。「来年の旅行先はどこか寒いところね」

今年の夏

1

「ポピー」くすんだ灰色の会議テーブルの上座にいるスワプナから名前を呼ばれた。

「それで、あなたの案は？」

スワプナ・バクシ＝ハイスミスは、旅行雑誌『レスト＋リラクゼーション』のとびきり魅力的な編集長だ。でも、わたしたちが作る雑誌のタイトルになっている、ふたつの基本的価値観（コアバリュー）のどちらも体現してはいない。

スワプナが休暇を取ったのは、たぶん三年前だ。妊娠八カ月半に突入し、ドクターストップがかかって通勤をやめさせられた。ベッドで休むよう言われたにもかかわらず、大きくなったおなかの上にノートパソコンを置いたまま、就業時間中は常にビデオチャットでオフィスとつながっていた。そういう生活で〝たっぷりリラックスできた〟とは思えない。ともあれ、しゃれたスリックバック・ボブの髪型からアレキサンダー・ワンのスタッズつきパンプスまで、スワプナのすべてがシャープで、尖(とが)っていて、きびきびしている。

なかでも、目尻を跳ねあげたウィングアイライン。あのキレキレのアイラインなら、アルミ缶だって難なくカットできるだろう。さらに、眼光鋭いエメラルド色の瞳でそのアルミ缶をつぶしてしまえるはずだ。そして今、それらがわたしにまっすぐ向けられている。「ポピー、聞いてる?」

現実に引き戻され、椅子の上で体をかがめて咳払(せきばら)いをした。最近こんなことがよくある。週に一度しか出社する必要がない仕事に就いている場合、その出社時間の半分を代数学の授業中の子どものように居眠りして過ごすのは理想的とは言えない。ましてや、それをやる気満々の恐るべきボスの前でやらかすなんてもってのほかだ。

わたしは自分の前にあるノートをじっと見つめた。かつては金曜日のミーティングに備えて、取材アイデアをいくつも走り書きしていたものだ。いろいろな外国で開催される珍しいお祭り、油で揚げたいわゆる〝ディープフライ・デザート〟を出す地元の有名レストラン、南アフリカのとあるビーチで見られる自然現象、ニュージーランドで注目すべきワイン園、スパ好きな人たちにおすすめのスリルと深いリラックス時間が味わえる新たなトレンドなどなど。

以前は何かに追い立てられるように、そういうアイデアを書き並べていた。いつかそういうすべてを自分で体験してみたい。そんな強烈な思いが体のなかでむくむくと成長し、わたし自身を突き破って出てくる日を心待ちにしていた。誰をも納得させるアイデアが出せるよう、会議の三日前から夢中でグーグル検索をした。時間が経つのも忘れて、汗まみれで画面を矢継ぎ早にスクロールさせる、まさにトランス状態。一度も行ったことがない場所の、見たこともないイメージを見つけだしたい。そんな飢餓感にも似た思いにつき動かされていた。

でも、今日のミーティングに備えた時間はわずか十分。ノートに書かれているのは、いくつかの国々の名前だけだ。

国々。都市の名前ですらない。

スワプナはこちらを見つめたまま、来年夏号の特集記事のプレゼンを待っている。わたしはノートに書かれた文字をじっと眺めた。〝ブラジル〟

世界で五番目に広大な国土を持つブラジル。その総面積は世界の五・六パーセントに相当する。そんなブラジルでのバケーションについて、すばやく簡潔にプレゼンすることはできない。少なくとも地域を選ぶ必要がある。

ノートのページをめくり、二番目のアイデアについてじっくり考えるふりをした。ノートはまっさらだというのに。同僚のギャレットが肩越しにのぞきこもうとしたため、音をたててノートを閉じ、口にした。「サンクトペテルブルク」

スワプナは片眉を吊りあげ、テーブルの上座を行きつ戻りつし始めた。「サンクトペテルブルクは三年前の夏号で特集した。『白夜セレブレーション』って切り口で。覚えてるでしょ？」

「アムステルダムは？」わたしの隣でギャレットが提案した。

「アムステルダムは春の街」スワプナがやや困惑したような口調で答える。「チューリップなしでアムステルダム特集をするのは無理」

スワプナは今まで七十五カ国を訪れたことがあると、前に噂で聞いた。しかもその多くは二度行っている、と。

彼女は足を止めると、携帯電話を手に取り、空いたほうの手のひらに打ちつけ始めた。何か考えているようだ。「それにアムステルダムは……今のはやりよ」

スワプナは〝トレンディはすでに流行遅れ〟という強い信念の持ち主だ。もし「今、時代はポーランドのトルンを求めている」と感じたら、今後十年間トルンの特集は絶対にしないだろう。実際パーティションの壁には『R＋R』特集対象外地域リストがピンで留められている（ちなみにトルンはリスト入りしていない）。どの都市名もスワプナの手書きでリストに加えられ、更新される。朝、高級ブランドのノートパソコン用バッグを抱えたスワプナが出社し、手にペンを持ってそのリストへ足早に近づき、そこに記された都市名のひとつに線を引いて消すときほど、オフィスが静かな興奮に包まれる瞬間はない。

そんなときは誰もが、スワプナがリストから救い出すのはどの街だろうとあれこれ考えつつ、息を殺して成り行きを見守る。そして彼女が自分のオフィスに入って扉を閉めるや否や、リストに一番近い者が走り寄り、線で消された都市名を確認し、編集担当全員に小声で伝えるのだ。続いて、ひっそりと祝賀行事が行われることになる。

昨年の秋、パリがリストから外されたときは誰かがシャンパンを開け、ギャレットはデスクの引き出しから赤いベレー帽を取りだした。待望の瞬間のために前もって用意しておいたのだろう。ギャレットはその日一日ベレー帽をかぶり続け、スワプナのオフィスの扉が開く音がするたびに、あわてて帽子を脱いでいた。その夜、退社するスワプナから、デスクの前で立ち止まって「さようなら（オールヴォワール）、ギャレット」と言われる瞬間まで、気づかれていないとたかをくくっていたらしい。

ギャレットの顔はたちまちベレー帽と同じくらい真っ赤になった。スワプナの言葉に深い意味があったとは思えない。ただおもしろがっていたのだろう。でもそれ以来、ギャレットは自信を取り戻せずにいる。

今もそうだ。アムステルダムが〝トレンディ〟と申し渡されたことで、ギャレットは頬を紅潮させている。ベレー帽はとうに通り越して、もはやビーツのような赤紫色だ。

誰かがメキシコのコスメル島はどうかと提案した。そのあと、別の誰かがラスベガスを挙げると、スワプナは一瞬考えこんだ。「ベガスはおもしろいかもしれない」それからまっすぐわたしを見て口を開いた。「ポピー、あなたもベガスはおもしろいと思わない？」

「ええ、絶対におもしろいと思います」わたしは同意した。

「サントリーニ島は？」ギャレットが漫画に出てくるネズミみたいな声で言った。

「もちろんサントリーニはすばらしい」スワプナが答えた。その瞬間、ギャレットが安堵（あんど）のため息をついた。「でも、もっと刺激的な何かがほしい」

彼女はまたしてもわたしを見た。鋭い目つきだ。その理由はよくわかっている。スワプナはこのわたしに企画の全体像を描いてほしいと考えているのだ。わたしがここにいるのはそのためなのだから。

胃がきりきりするのを感じながら口を開いた。「ブレインストーミングを続けて、アイデアをふくらませて、来週月曜に提案します」

スワプナはわかったというようにうなずいた。わたしの隣でギャレットがどさりと椅子にもたれかかっている。彼が男友だちと一緒にただでサントリーニ島へ旅行したがっているのはわかっている。というか、トラベルライターなら誰だってそうだ。いや、人間なら誰だってそうだろう。

わたしも心の底からそう望むべきなのだ。

〝あきらめちゃだめ〟ギャレットにそう言いたい気分だ。もしスワプナがインスピレーションを求めているなら、わたしからは得られない。だって、もうずっとインスピレーションなんて感じたことがないのだから。

「サントリーニを推していくべきだと思う」モザイクタイルのカフェテーブルの上で、ロゼワインのグラスを揺らしながらレイチェルは言った。完璧な夏のワインだ。彼女の仕事柄、料金を請求されることはない。

レイチェル・クローン。ライフスタイル・ブロガーであり、フレンチブルドッグ愛好家でもある彼女は、生まれも育ちもアッパーウェストサイドだ（ただし幸いにも、相手がオハイオ出身だと聞かされても「なんてすてきなの」などとリアクションしないタイプだ。そもそも〝すてきなオハイオ〟なんてあればの話だけれど。そんな話、誰か聞いたことある?）。そして、わたしにとって最高の友人でもある。

最高級の家電製品を持っているにもかかわらず、レイチェルは自分で食器洗いをする。そうすると心が癒（いや）されるから、という理由でだ。いっぽうで常に十センチヒールを履いている。〝フラットシューズは乗馬とガーデニングのためのもの〟というのが持論だからだ。ただし、ヒールのあるブーツで適当なものが見つからない場合に限るらしい。

レイチェルは、わたしがニューヨークに引っ越してきて初めて仲よくなった友人だ。彼女はソーシャルメディアで人気のインフルエンサー（つまり、自宅の美しい大理石の洗面化粧台でメイクした写真をアップしてお金をもらっている）で、わたしはそれまでネットを通じて知りあった相手と仲よくなったことは一度もなかったけれど、それには特典があることがわかった（つまり、SNS用に自分のサンドイッチの写真を撮影するのに相手を待たせるのを、どちらも気まずく感じる必要がない）。レイチェルとはそれほど共通点があるとは思えなかったが、ふたりで三度目に出かけた店（つまり、今座っているブルックリン（ダンボ）にあるワインバー）で、レイチェルからその週のSNS用の写真は火曜日にまとめて撮影するのだと聞かされた。撮影の合間に服を着替えて髪型を変えて、別の公園やレストランに行ってすべての写真を撮り終え、火曜日以外の日はエッセイを書いたり、保護犬数匹のためのソーシャルメディアサイトを運営したりしていると認めたのだ。

レイチェルは写真写り抜群（フォトジェニック）な容姿の持ち主であることを生かして、この仕事に就いた。しかもインスタ映え（フォトジェニック）する生活を送り、目を離せない（フォトジェニック）犬を二匹飼っている（病気になりやすいので、目を離せないという意味で）。

いっぽうのわたしはSNSのフォロワー数をこつこつ増やし、ようやくフルタイムの旅の仕事にありついた。ふたりが通ってきた道は全然違う。それなのに同じ場所にたどり着いたのだ。つまり言いたいのは、レイチェルは富裕層が多く住むアッパーウエストサイドから離れたことがなく、わたしは低所得者が多く住むローワーイーストサイドで現在暮らしているけれど、どちらも広告宣伝を生業にしているということだ。わたしはスパークリングワインを口に含み、舌の上で転がしながらレイチェルの言葉について考えた。サントリーニ島には行ったことがない。大学時代、サントリーニはわたしの夢の行き先リストの上位に挙がる場所だった。両親が暮らす、タッパーウエアがずらりと並び、物であふれた実家とはどう考えても共通点があるとは思えない。白く美しい海岸線と青くきらめく海は、オハイオの散らかった半地下の実家からは最もかけ離れた光景に思えた。

「そんなことできない」わたしはとうとうレイチェルに答えた。「ギャレットが怒りのあまり、自然発火しちゃう。サントリーニを提案したのは彼なのに、わたしがそこへ参戦したら、スワプナはわたしに行かせるはずだもの」

「わたしにはよくわからない」レイチェルが言う。「どうしてバケーションの行き先選びでそんなに頭を悩ませているの？　だって節約旅行とはわけが違うのよ。行きたい場所を選んで、そこへ行く。そしてまた次の行きたい場所を選ぶ。それがあなたのやっていることでしょう？」

「そんなに簡単じゃない」

「それはそうよね」レイチェルは片手をひらひらとさせた。「わかってる。あなたのボスが求めているのは刺激的なバケーションだもの。でもあなたが『R＋R』のクレジットカードを持って、どこかの美しい場所に姿を見せれば、自ずとインスピレーションがわくはず。文字どおり、多様なマスメディアを傘下におさめる巨大複合企業（メディア・コングロマリット）の小切手帳を手にした旅行ジャーナリストほど、夢のような休暇を楽しめる人はいない。もしその立場にあるあなたが刺激的な旅行ができないなら、誰にできるというの？」

わたしは肩をすくめ、ハムやソーセージなどを盛り合わせた（シャルキュトリー）ボードの上でチーズを切った。「たぶん、そこがポイントなのかも」

レイチェルは濃い眉を片方だけ吊りあげた。「つまり、どういう意味？」

「あなたの言うとおりよ！」そう答えたが、すぐにレイチェルから一瞥（いちべつ）された。彼女はぞっとした表情を浮かべている。

「かわい子ぶっておどけるのはやめて」そっけない言い方だった。レイチェル・クローンにとって〝かわい子ぶっておどける〟とは、スワプナ・バクシ＝ハイスミスにとっての〝トレンディ〟と同じくらい最悪なことなのだ。髪型からメイク、ファッション、自宅アパートメント、ソーシャルメディアでの存在そのものに至るまで、ふわふわとした美学が端々まで感じられるけれど、実際のレイチェルはとても現実的な人間だ。彼女にとって、公の目にさらされる生活は仕事であり、その仕事をするのはほかの人たちと同じく請求書の支払いのためだ（少なくともチーズやワイン、メイク、服、その他いろいろなビジネス企業が自社商品を彼女に使ってもらいたがる）。断じて、そういう企業によって創られたステータス・シンボルとしての自分を楽しむためではない。実際レイチェルは毎月末、最終的に使わなかった、自分の顔の最悪なショットを未編集のまま投稿している。そのキャプションがまた笑えるのだ。**《厳選されたイメージを提供するために犠牲となった一ショット。こうやって実際とは違う生活に憧れをかき立てようとする。それがわたしの生きる道》**

そう、レイチェルはアートスクールの出だ。

どういうわけか、こういった自虐的なパフォーマンスアートを見せても、レイチェルの人気はいっこうに衰えない。毎月末、この街にいるときはレイチェルとワインデートの約束をしているため、いつも彼女が自分のアカウントを確認している姿をこの目で確かめられる。〝いいね！〟の数やフォロワー数が急増するのを見て、レイチェルは目を丸くする。ときどき悲鳴をこらえながらこんな感想をもらしている。「ちょっとこのコメント聞いてよ！　〝レイチェル・クローンは本物。すごく勇気がある。わたしのママになってほしい〟だって。わたしは、あなたたちはわたしのことを全然知らないって教えているのに、みんな、まだ意味をわかってくれない！」

楽観的すぎる態度には我慢ならない。ましてや、ふさぎ込んだ態度などもってのほか――レイチェルとはそういう人だ。

「かわい子ぶってなんかない」わたしは答えた。「それに、おどけてこんなことを言ったりもしない」

レイチェルがさらに片眉を吊りあげる。「本当に？　だってあなた、どっちの傾向もあるわよ」

わたしはぐるりと目をまわした。「つまりわたしがチビで、ド派手な色の服ばかり着ているって言いたいのね」

「ううん、あなたはちっちゃいの。それに派手な柄物の服を着る。あなたのスタイルは、そうねえ、一九六〇年代パリのパン職人の娘って感じ。明け方に自転車で村をまわって〝みんな、おはよう（ボンジュール・ル＝モンド）〟って叫びながらバゲットを配っているイメージね」

「とにかく」わたしは話題をもとに戻そうとした。「わたしが言いたいのは、このばかばかしいほど費用のかかる休暇旅行に行って、取材記事を書くことにどういう意味があるのかってこと。そんなばか高い旅行を再現できる時間とお金の余裕があるのは、世界の大富豪四十二人くらいなのに？」

レイチェルは眉をもとの位置に戻して、しばし考えた。「まず言いたいのは、ほとんどの人は『R＋R』の記事をそのまま旅程表として使っていないはずだってこと。

あなたが百箇所の旅行地について記事を書いたら、読者はそのなかから三箇所だけ選ぶの。次に言いたいのは、人は旅行雑誌にはのどかで美しいバケーションを求めるものだってこと。みんな、白昼夢を見たくてあの雑誌を買っている。具体的な旅行計画を立てるためじゃない」現実的レイチェルであるはずの今の彼女からは、皮肉っぽいアートスクール・レイチェルの影が感じられる。言葉の端々に刃物みたいな鋭さがある。アートスクール・レイチェルは、空に向かって叫んでいる老人をどこか彷彿とさせる。あるいは、ディナーの席で「おまえたち、ほんの少しの時間くらいならスマホなしでもいられるだろう?」とボウルを突きだしてみんなの携帯電話を集める継父でもいい。

わたしはアートスクール・レイチェルも、彼女の主義も大好きだ。でも、こんなふうに店の中庭でぬっと姿を現されると、さすがに心がざわつく。だってこの瞬間、今まで一度も声に出したことがない言葉たちが口をついて出てしまいそうだから。まさに心の奥の繊細な感情にまつわる、秘密の言葉たちだ。取材旅行の合間に、まるで生活感のない居心地の悪い自宅アパートメントにある、まだ新品に見えるソファに横たわり、何時間も過ごしているときだって、その全容を露わにしたことがない。

「つまりどういう意味かって?」わたしはいらいらしながら繰り返した。「わたしが言いたいのは、あなたはそんなふうに感じたことが一度もないでしょってこと。わたしみたいに必死に努力して、ひとつずつこつこつ積み重ねて――」

「でもすべてにおいてじゃない」レイチェルは口を開いた。「だってあなた、大学を中退してる」

「――それは、夢の仕事に就くためよ。実際に、おかげでその仕事を手に入れられた。一番人気を誇る旅行雑誌で働いているんだもの！　すてきなアパートメントにも住んでいるし、料金をほとんど気にせずにタクシーにも乗れる。それなのに――」わたしは体を震わせて息を吸いこんだ。今から口にしようとしているのがどんな言葉なのか、自分でも恐ろしい。実際口に出したとたん、その言葉の重みに全身をぶん殴られたような気がした。「わたし、全然幸せじゃない」

　レイチェルは表情を和らげ、手を重ねてきたが何も言おうとしない。無言のまま、わたしの言葉の続きを待ってくれている。自分を取り戻すのに、しばし時間がかかった。こんなふうに考えていることが、とんでもなく身勝手に感じられる。ましてや、その本音を口にしてしまうなんて。

「何もかも、自分が夢に思い描いていたとおりなの」とうとうわたしは口を開いた。「華やかなパーティー、国際空港での乗り継ぎ、機内で楽しむカクテル、それからうっとりするようなビーチやボート、葡萄畑。すべてが、こうあるべきだと思っていたとおりにある。それなのに、どこか想像していたのとは違うように感じられるの。正直に言うと、以前よりもその違和感が大きくなってる。あなたも知ってるでしょう？前は、旅行の何週間も前からハイになっていた。いざ空港に到着すると、まるで——体じゅうの血がたぎるように感じられたわ。それこそまわりの空気が震えるのがわかるほど、目の前に可能性が開けていく感じ。自分でもどうしてだかわからない。何が変わってしまったのか。たぶん、わたし自身が変わったのかも」

　レイチェルは濃い色の巻き毛を耳の後ろに撫でつけると、肩をすくめた。「ポピー、あなたはそう望んでいた。でも、まだ望みのものを手に入れられなかった。だから今でもそれを望んでいる。あなたはまだ満たされずに飢えている」

　その瞬間、直感的にわかった。レイチェルは正しい。わたしが吐きだした言葉を的確に聞き取り、ずばりと核心を突いたのだ。「それってばかみたいじゃない？」思わずうめき声をあげながら笑う。「自分の人生が望みどおりになったのに、それでもまだ何かを求めているなんて」

　その事実の重さに体を震わせる。そうかもしれない。その可能性が頭のなかでぶんぶんと耳ざわりなうなりをあげている。『R+R』に勤める前、五階なのにエレベーターもない、安っぽい家に住んでいた。〈ザ・ガーデン〉で客にドリンクを出す仕事をダブルシフトでこなしたあと、自宅の天井をぼんやり見つめながら未来を夢見ていた。これからどんな場所へ行くのか、今からどんな人たちと出会うのか、そして——

自分は何者になろうとしているのか。理想どおりのアパートメント、ボス、そして夢見ていたとおりの仕事（不愉快なほどばか高い、理想どおりのアパートメントの賃貸料を支払えるかどうかという心配を完全に打ち消してくれる仕事だ。その仕事のおかげでほぼ毎食、会社持ちでミシュランの星つきレストランでの豪勢な食事を楽しめる）を手に入れたというのに、まだほかにいったい何を求めているというの？

　レイチェルはワインを飲み干し、ブリーチーズをクラッカーにのせ、訳知り顔でうなずいた。「ミレニアル世代の憂鬱（ミレニアル・アンニュイ）ってやつね」

「そうなのかな？」

「まだわからない。でも三回繰り返したら、今夜までに心の石板にその言葉が刻みつけられちゃうかも」

　わたしは邪悪なものを振り払うように、ひとつかみの塩を肩越しに投げた。レイチェルはふたり分のグラスにワインを注ぎながら鼻を鳴らしている。

「ミレニアル世代ってひとくくりにされるけど、要は自分のほしいものを手に入れていない世代ってことだと思う。家とか仕事とか経済的自由とか。永遠に学校に通って、死ぬまでバーテンダーとして働くって感じ」

「そうね」レイチェルは答えた。「でもあなたは大学を中退して、自分の夢を追いかけた。だから、わたしたちは今ここにいる」

「ミレニアル世代の憂鬱になんてなりたくない。この驚くべき人生に満足していないってだけでも、充分自分がばかみたいに思えるのに」

レイチェルはまたしても鼻を鳴らした。「満足なんて、資本主義によって発明された嘘っぱちだから」アートスクール・レイチェルの発言だ。でも彼女の意見には一理ある。いつだってそうだ。「考えてもみて。わたしが投稿してるこの写真は一枚残らず、何かを売っていることになる。いわゆるライフスタイルってやつをね。ここにある写真を見た人はこう考える。〝このソニア・リキエルのヒールを手に入れて、フレンチヘリンボーン張りのオーク床がおしゃれな、こんなゴージャスなアパートメントに住めたらいいのに。そうしたらわたしは幸せになれる。観葉植物たちに水をやったり、ジョー・マローンのキャンドルを絶やすことなくつけたりして、家のなかを軽やかに歩きまわると、自分の人生に完璧な調和がもたらされたように感じるはず。とうとう自分の家を愛せるようになる。この地球という惑星での毎日を、心から楽しめるようになる〟」

「あなたは売るのがうまいもの。本当に幸せそうに見える」

「だって本当にそうだから。でも満足してはいない。なぜだかわかっているでしょう?」レイチェルはテーブルから携帯電話を手に取り、画面をすばやくスワイプして目当ての写真を出すと、掲げてみせた。自宅にあるベルベットのソファでくつろぐレイチェル、そして彼女に寄り添うブルドッグたちの写真だ。愛犬たちの鼻には、かつて命を救うために受けた手術の生々しい、よく似た傷跡がある。レイチェルは『スポンジ・ボブ』のパジャマ姿でまったくのすっぴんだ。

「なぜって、毎日悪質なブリーダーたちが金儲けのために愛玩犬を大量に繁殖させているから！　かわいそうに、犬たちは何度も何度も妊娠させられている。とにかく一匹でも多く子犬をこの世に生み出すために。しかも、そうやって生まれた子たちは遺伝子変異のせいで、寿命をどんどん縮められてつらい思いをしているというのに。言うまでもなく、ピットブルたちは狭苦しい犬小屋で折り重なるように暮らし、あの牢獄のなかで朽ち果てているの！」

「つまり、わたしが犬を飼うべきだと言いたいの？　でも旅行ジャーナリストという職業柄、ペットを飼うのは無理だわ」本音を言えば、たとえそういう職業でなかったとしてもペットをきちんと飼えるかどうか自信がない。犬は大好きだ。でも犬たちでいっぱいの実家で育ったのも事実で、猛烈に怒ったり吠えたりするペットたちといるともう大混乱だった。さらに悪いことに、わたし自身が何をするか自分でも予測するのが難しいたちときている。もし保護犬を一匹だけ引き取るつもりでアニマルシェルターに行っても、保護犬六匹と野生のコヨーテ一頭を連れ帰らないという保証はどこにもない。

「わたしが言いたいのは」レイチェルは答えた。「満足することよりも目的のほうが重要だってこと。あなたは仕事上の目標をたくさん持ち、それによって目的を与えられてきた。そして、これまでその目標をひとつずつ達成してきた。ほらね（エ・ヴォワラ）、今は目的が何もない」

「だったら、わたしには新しい目標が必要ね」

レイチェルは力強くうなずいた。「それに関する記事を読んだの。長期的な目標を達成すると落ちこむケースってすごく多いみたい。あなたにとって大事なのは、目的地じゃなくて旅行そのもの。それ以外はどうでもいいのよ。たとえ枕カバーにどんな名言が書いてあろうとね」

レイチェルはふたたび穏やかな顔になった。彼女が一番気に入っている写真みたいに、この世のものとは思えないきわめて優美な表情だ。「あのね、わたしのセラピストが言うには――」

「あなたのママでしょ」

「そう言ったときの彼女はセラピストだったわ」レイチェルは反論した。その言葉で彼女が何を言いたいのかわかった。レイチェルの母親サンドラ・クローンは、明らかにドクター・サンドラ・クローンだったのだ。レイチェルがときどき、明らかにアートスクール・レイチェルになるのと同じこと。でも実際のところ、レイチェルはセラピーのセッションを受けていない。娘から懇願されても、母親は絶対にレイチェルを患者として扱おうとしない。でもレイチェルはほかのセラピストに会おうとしない。だから母娘の関係は行き詰まったままなのだ。

「とにかく」レイチェルは続けた。「母に言われたの。幸せを失ったときに一番いいのは、何か別のものを探すのと同じようにして幸せ探しをすることだって」

「じゃあ、うめきながら、長椅子のクッションを全部放り投げればいいの？」

「自分の来た道を振り返るの。あなたが今するべきなのは、過去を思いだして自分にこう問いかけてみること。わたしが最後に本当の幸せを感じたのはいつだろうって」

問題は、わざわざ過去を思いだすまでもないことだ。そう、そんな必要はまったくない。

最後に本当の幸せを感じたのはいつか、わかっている。

二年前。アレックス・ニルセンと一緒に、クロアチアにいたときだ。

でも、その時点まで戻る方法は見つからない。だってあれ以来、アレックスとは一度も話していないのだから。

「ちょっと考えてみて、ね？」レイチェルが言う。「ドクター・クローンはいつだって正しいんだから」

「うん、わかった」わたしはとりあえず答えた。「考えてみる」

2

今年の夏

そのことについて、本当に考えてみた。帰りの地下鉄のなかでも、自宅まで四ブロック歩くあいだも。それから熱いシャワーを浴びて、ヘアマスクとフェイスマスクをして、まだ硬くて新しいソファの上で何時間も寝転んでいるあいだもずっと。

このアパートメントは、まだわが家と呼べる雰囲気ではない。自分好みに変える時間が取れていないせいだ。おまけにわたしは、あのけちんぼの父親と涙もろい母親のあいだに生まれた娘。それはつまり、がらくただらけの家で育ったことを意味する。母は兄たちとわたしが幼いころにプレゼントした壊れたティーカップを大切に持ち続け、父はいつか修理方法を習ったときのためにおんぼろ車を何台も前庭に停めている。一軒の家にあるがらくたの量って、どの程度までなら妥当と言えるのだろう？　わたしにはいまだにわからない。ただ、子どものころにうちの実家を見た人たちがどうして同じ反応をしたのか、今のわたしならわかる。彼らはみんな、物の減らしすぎ（ミニマリズム）で失敗するほうがためこみすぎるよりもましだと考えていたのだ。

　たまりにたまったヴィンテージ古着（わがライト家の第一ルール〝中古で手に入るものは新品を買わない〟）は別にして、今自分が住むアパートメントにこだわりを感じられるものはない。だから、こうして天井をひたすら眺めながらあれこれ考え続けている。

　かつてアレックスと一緒に出かけた旅行について考えるにつれ、そのどれもが懐かしくて仕方なくなる。とはいえ、それは楽しさに満ちた、夢見るような、前向きな気持ちではない。桜の季節の東京を懐かしく思いだすような感じとは違う。あるいは、キャンディ色の紙吹雪が舞い散る通りを、仮面をかぶったりピエロの仮装をして鞭（むち）を持った人たちが踊りながら練り歩くスイスのお祭り（ファスナハト）を思い返すのとも違う。

　今自分が感じているのは、もっと痛みに近い感情――悲しみだ。

　人生でほしいものを手に入れていない、とうっかりもらすよりもさらに最悪だ。だって、自分でもよくわからない可能性のようなものを求めているのだから。

　音信不通のまま、二年も経ったあとだというのに。

　いや、正確に言えば音信不通ではない。アレックスはいまだにわたしの誕生日にはテキストメッセージを送ってくれるし、わたしも彼の誕生日には送っている。それに対して、どちらも〝ありがとう〟とか〝元気にしてる？〟とか返信もするけれど、それ以上のやり取りに発展することはない。

ふたりのあいだにあんなことが起きた直後は、自分にこう言い聞かせていた。〝アレックスがこのすべてを克服するには時間が必要なのよ。ただそれだけ。時間が経てば、わたしたちの関係もまたもとに戻るし、親友同士としてうまくやっていける。疎遠になっていたこの時期を懐かしく振り返って、ふたりで笑いあう日もやってくるかもしれない〟

だけど、それからも日々は過ぎていった。メッセージを見落としていないか確認するために携帯電話の電源を切ったり入れたりしているうちに一カ月が経ち、テキストメッセージの着信音が鳴るたびに自分の携帯電話に飛びつくのもやめた。

たとえ一緒にいなくても、ふたりの人生は前へ進んでいく。これまで経験したことのない奇妙な状態だ。でもいつしかそれが当たり前になり、変えられないものだと思えるようになり、そして、わたしはここにいる。金曜の夜、虚空をぼんやりと見つめながら。

ソファから立ちあがり、コーヒーテーブルに置いてあったノートパソコンをつかむと、小さなバルコニーへ出た。バルコニー用の一人掛けの椅子にどさりと腰をおろし、片脚を手すりにのせると、まだあたたかかった。もう夜のとばりがおりているのに、日中の太陽の名残が感じられる。バルコニーの下では、街角にある雑貨店の入口ベルの音がちりんと聞こえ、長い夜の外出を終えた人々が帰路についている。近所にあるお気に入りの〈グッド・ボーイ・バー〉の出入口付近では、タクシーが数台うろうろと走っている（ちなみにお気に入りの理由は、ドリンクがおいしいからではなく犬同伴で入店できるからだ。ペットのいない生活をどうにか生き延びていられるのは、ひとえにこのバーのおかげなのだ）。

パソコンを開き、画面の光めがけて飛んできた蛾を手で追い払うと、自分の昔のブログを引っ張りだした。『R＋R』がほとんど気にかけていないブログだ。もちろん、今の仕事を与える前、彼らがわたしの文章サンプルとして参考にしたのは事実だけれど、もはや彼らはわたしがブログを続けているかどうかなんて気にしていない。彼らが求めているのはソーシャルメディア上での影響力。それを駆使して儲けを出し続けることだ。予算ぎりぎりで旅をするわたしの投稿を見続けてくれている、控えめだが熱心な読者たちなどはなから求めていない。

『R＋R』は、低予算で旅行したい人向けの雑誌ではない。雑誌の仕事に加えて、『ポップ・アラウンド・ザ・ワールド』というタイトルのわたし個人のブログも続けていくつもりだったけれど、あのクロアチア旅行以来ずっと更新が止まっている。

画面をスクロールしてさかのぼり、問題のクロアチア旅行の投稿を見つけて開いてみた。当時はすでに『R+R』で仕事をしていた。つまり、豪華な旅行にかかる費用はすべて会社持ちということだ。ふたりで行ったなかで、あれが一番贅沢(ぜいたく)な旅行だったはず。その事実にほんのわずかな疑いもない。

でも自分の投稿記事を読み返してみると――アレックスの存在にも、あの旅行で起きたことにもいっさい触れていないのに――帰宅後、ひどくみじめな気分を感じていたのがひしひしと伝わってくる。画面をさらにスクロールしてさかのぼり、ふたりで行った〝夏旅行(ザ・サマー・トリップ)〟に関する投稿をすべて読んだ。年間を通じて、具体的な行き先や旅費の捻出方法を決めるずっと前からアレックスもわたしもそう呼んでいた。

ザ・サマー・トリップ。

たとえばこんな調子だ。〈学校が大変で死にそうだよ。今がザ・サマー・トリップの最中だったらいいのに〉とアレックスが送ってくれば、〈わたしたちのザ・サマー・トリップのユニフォーム、考えてみたの。どう?〉とわたしが返す。そういうときに添付するのは、胸に〝そう(イエップ)、彼らこそが本物(ゼィ・アー・リアル)〟という大きなロゴのついたTシャツの画像。それかオーバーオールショーツ。ただしショーツはひどく短くて、デニムのTバックにしか見えないやつ。

熱気をはらんだ夜風に乗って、通りから生ゴミとスライスピザのにおいが漂ってくる。風でくしゃくしゃになった髪をうなじでひとつにまとめ、パソコンを閉じて携帯電話を取りだした。まるでこれからしようとしていることを、前から計画していたみたいに。

だめだめ。変すぎる。とっさにそう考えた。

でも、もうすでにアレックスの番号を表示させていた。いまだにお気に入りリストの一番上にある。なんとなく楽観的に考えてそうしていた。長い歳月を経たら、アレックスの情報を携帯電話から削除できるだろう。今は、そうすることがとうてい耐えられない悲劇的な最後の一歩みたいに思えるけれど、そうでなくなる日がやってくるかもしれない、と。

キーボードの上で一瞬親指を止めてから、タイプした。

〈あなたのこと、ずっと考えてた〉しばし並んだ文字を眺め、すべてバックスペースキーで消した。

〈町から出る予定はある？〉今度はそうタイプした。いいかもしれない。何を尋ねたいかはっきりしているけれど、堅苦しすぎないし簡潔だ。でも文字をじっと眺めるにつれ、普段どおりにメッセージを送ろうとしているのがひどく奇妙に感じられてきた。これではまるで何もなかったかのようだ。こんな真夜中過ぎにテキストメッセージを送って旅行の計画を立てられるくらい、わたしたちふたりが今も仲よくしているみたいだ。

メッセージを消して深く息を吸いこみ、もう一度入力した。〈どうも〉

「ヘイ?」思わず自分で突っこみ、そんな自分に腹を立てた。下の歩道にいた男性が、突然聞こえたわたしの声に驚いて飛びあがり、バルコニーを見あげている。でもその男性には何も話しかけないことにして、あわててその場を離れた。

アレックス・ニルセンに、ただひと言〝どうも〟なんてメッセージを送るなんてあり得ない。

でもそのあと、タイプした語句を削除しようとしたとき、恐ろしいことが起きた。間違って送信ボタンを押してしまったのだ。

しゅっという音をたてて、メッセージが送信された。

「あっ、嘘、やば!」パニックに陥りながら携帯電話を思いきり振る。そうすれば、携帯電話があの短い言葉を消化し始める前に、吐き戻させることができるかもしれない。「ちょっ、だめ、だ――」

涼やかなチャイム音が鳴った。

たちまち凍りついた。あんぐりと開けた口から心臓が飛びでそう。胃がきりきりしている。腸がロティーニヌードル(渦巻き状にねじられた形のショートパスタ)みたいに螺旋状にねじれているのがわかる。

新規メッセージだ。送信者名が太字で表示されていた。〃アレクサンダー大王（アレクサンダー・ザ・グレイテスト）〃

たったひと言だけ。

〈どうも（ヘイ）〉

驚きすぎたせいで、また〃ヘイ〃と返しそうになった。まるでこちらから送った最初のメッセージがなかったかのように。突然〃ヘイ〃なんていうメッセージを送りつけてきたのがアレックスのほうであるかのように。でももちろん、そうじゃない。彼はそんなやつではない。そんなやつはわたしのほうなのだ。

そしてわたしがそういうやつで、この世で最悪なメッセージを送りつけた張本人だからこそ、彼からこんな返信——さりげなく会話を始めることもできない返信が届いたのだろう。

なんて返せばいい？

〃元気だった？〃はどう？　まじめすぎる？　まるで彼がこう答えてくれるのを期待しているみたいじゃない？　〃いや、ポピー、ずっと寂しかった。きみに会えなくてめちゃくちゃ寂しかったんだ〃

もっと当たり障りのない言葉は？　〃最近どう？〃とか？

だけどまたしても、自分が今していることがひどく奇妙に感じられた。これだけ長い月日が経ったあと、こうしてアレックスにメッセージを送ること自体が奇妙なのに、その事実をわざと無視しようとするのはおかしい。

〈どうも、なんていうメッセージ、送ってごめん〉そう打ちこんだが削除して、ちょっとおもしろくしようとした。〈なんでわたしに呼びだされたのか不思議に思ってるわよね〉

ちっともおもしろくない。でもこうやって小さなバルコニーの隅に立ちながら、緊張と期待に文字どおり体を震わせている。返信までに時間をかけすぎていないかと思うと恐ろしい。送信ボタンを押して、行きつ戻りつし始めた。ただでさえバルコニーが小さいうえに、その半分を椅子が占領しているせいで、コマのように目まぐるしくまわっている状態だ。蛾が、わたしが持っている携帯電話のぼんやりした明かりを追いかけている。

ふたたびチャイム音が鳴った。椅子にどさりと座り、メッセージを開けてみた。

〈休憩室でなくなったサンドイッチたちのこと？〉

一瞬後、さらにメッセージが届いた。

〈だったら盗ったのはぼくじゃない。ただし、これはあそこに監視カメラがついてなければの話。もしついていたなら、ごめん〉

思わず頬をゆるめる。心配のせいで胸が苦しかったけれど、息苦しさがいっきに解消されたみたい。ごく短いあいだだったが、かつてアレックスは教師をクビになるかもしれないと本気で考えていた時期があった。ある朝遅く起きて朝食もとらずに、医者との約束へ出かけて昼食も食べそこね、そのあとも何も食べる時間がないまま、向かったのは教師たちの休憩室だった。その日が誰かの誕生日ならば、ドーナツか古くなったマフィンが残っているはずだから、何かにありつけるだろうと考えたのだ。

でも、それはその月の最初の月曜日だった。ちょうどアメリカ人歴史教師ミズ・デラロ――アレックスが心ひそかに職場の宿敵と見なしていた女性――が〝毎月最後の金曜日には、休憩室にある冷蔵庫とカウンターの上は片づけるべきだ〟と言い張り、大騒ぎが起きていたころだ。彼女は感謝されるのを期待していたのだろうが、楽しみに取っておいたフローズンランチを捨てられた教師もいたらしい。

とにかくその日、冷蔵庫に残っていたのはツナサラダのサンドイッチだけ。〝デラロといえばツナサラダサンド。彼女の代名詞みたいな食べ物だったんだ〟その後、この話を聞かせてくれたとき、アレックスはそんな冗談を言っていた。

アレックスは彼女への反抗心（そして空腹）から、そのサンドイッチを食べてしまった。それから三週間というもの、誰かにそのことがバレてクビになると本気で心配していた。高校の英語教師というのは、彼にとって夢の職業だったわけではない。でも給料はいいし、福利厚生も充実しているし、職場はオハイオにあるわたしたちの故郷の町だった。わたしにとっては絶対に嫌な条件だったが、アレックスにとってはそうではなかった。三人の弟たちのうち、ふたりの近くに住めるし、その弟たちに次々とでき始めた子どもたちの近くにもいられるからだ。

そのうえ、アレックスが本当に望んでいる大学での仕事は、最近ではめったに募集がない。だから彼は教職を失う余裕などなかったし、運のいいことに失わずにすんだのだ。

〈サンドイッチたち？　一個じゃなかったの？〉わたしはそうタイプした。〈お願い、あなたが盗んだのは冷蔵庫いっぱいのホーギー（長いイタリア風サンドイッチ）だったって言って〉

〈デラロはホーギーが好きじゃない。最近はルーベン（焼いた黒パンのサンドイッチ）に夢中だ〉

〈で、あなたはルーベンをいくつ盗んだの？〉

〈国家安全保障局（NSA）がこれを読んでいるのを想定して答えれば、ひとつも盗んでいない〉

〈あなたはオハイオの高校に勤める英語教師よ、もちろん彼らは読んでるに決まってる〉

アレックスは悲しい顔文字を返信してきた。〈つまりぼくはアメリカ政府が監視するほどの重要人物じゃないって言いたいのか？〉

彼が冗談を言っているのはわかっている。でも、つまりこれがアレックス・ニルセンなのだ。背が高くて、肩幅がかなりがっちりしていて、日々のエクササイズを欠かさず、健康的な食事にこだわり、たいていの場合は自制心を発揮できるにもかかわらず、彼にはこんな傷ついた子犬のような一面も持っている。いや、少なくとも、自分のなかにあるそういう一面を呼びだせる能力がある。アレックスの瞳はいつだってちょっと眠たげだ。常に眉間に刻まれているしわから察するに、彼はわたしのように寝るのが大好きではないのだろう。唇はやけに分厚く、その分厚さがやや不均等な二重弓形をした上唇でいっそう強調されている。そういったすべてが、まっすぐでぼさぼさの髪――アレックスがまったく注意を払わない部分のひとつ――と相まって、顔になんとも言えない少年っぽさをつけ加えている。その魅力を巧みに使われると、わたしのなかにある〝なんとしても彼を守りたい〟という生物学的衝動が否応なくかき立てられるのだ。

彼がその眠たげな瞳を大きく見開いてうるませ、分厚い唇を柔らかなオーの形に開くと、子犬のくうんくうんという鳴き声が聞こえてくるような気がする。

ほかの人からしかめっ面の絵文字を送られた場合、〝ちょっとがっかり〟という意味だろうと考える。

でもアレックスからそういう絵文字を送られた場合、〝悲しげな子犬の顔〟のデジタル3D映像を瞬時に思い浮かべずにはいられない。ときどき一緒に酒を飲みながらチェスやスクラブルのようなゲームをしていて、わたしが勝ちそうになると、アレックスはわざとその顔をしてみせる。それも、わたしがヒステリックな泣き笑いをやめられず、椅子から転げ落ち、彼を止めようと必死になるか、少なくとも彼の顔を隠そうとするかせずにいられなくなるまで。

わたしは新たなメッセージを入力した。〈もちろん、あなたは重要人物よ。NSAがあの〝悲しげな子犬顔〟の威力を知ったら、今すぐあなたは研究室でクローン化されるはず〉

それからしばし彼は入力中になり、突然入力をやめ、また入力中になるという状態を繰り返した。わたしはさらに数秒待った。

これってそういうこと？　アレックスはついに〝もう返信しない〟という意思表示をしたのだろうか？　何かどうしても気に入らないことがあったせいで？　いや、わたしはアレックスをよく知っている。これは悪気のない、もっと当たり障りのないことだろう。〝話せてうれしかったけど、そろそろ寝るよ。おやすみ〟とか。

ピロン！

携帯電話の着信音と同時に、自然と笑みがこぼれた。胸のなかで卵が割れたような感じ。生あたたかさが全身の隅々にまでどんどん広がっていく。

一枚の写真が送信されてきた。アレックスが自撮りした、ぼやけた写真だ。街灯の下で、まさにあの顔をしている。これまで彼が撮った写真のほぼすべてと同じように、少し下から撮影したショット。そのせいで顔が間延びしたように写るのがポイントだ。わたしは頭をのけぞらせてもう一度笑い声をあげた。ちょっとへらへらした笑いだ。

〈もう！　真夜中の一時だっていうのに、わたしを保護シェルターに行かせて、何匹かの命を救わせようって魂胆ね？〉

〈そうだよ、きみは一度も犬を飼ったことがないから〉

おなかの下あたりをいきなりつねられたような鋭い痛みを感じた。わたしが知るなかで最も清潔好きで、几帳面(きちょうめん)で、整頓好きな男性なのに、アレックスは動物好きなのだ。そんな彼にしてみれば、わたしが生き物をうまく育てられないことは欠点のひとつに見えるに違いない。

わたしはバルコニーの隅にある、ひからびた多肉植物をちらりと見た。かぶりを振りながら、新たなメッセージをタイプする。〈フラナリー・オコナーはどうしてる？〉

〈死んだ〉

〈作家じゃなくて猫のほう！〉

〈そっちも死んだ〉それがアレックスの返事だった。

心臓がとくんと跳ねた。わたしがあの雌猫を嫌っているのと同じくらい（彼女のほうも負けず劣らずわたしを嫌っていた）、アレックスは彼女を愛していた。それなのにあの猫が死んだことを彼は教えてくれなかった――その事実に打ちのめされている。

ギロチンの刃で頭から爪先まで真っぷたつにぶった切られたような衝撃だ。

〈アレックス、ごめん〉わたしはそうタイプした。〈ほんとにごめん。あなたが彼女をどれだけ愛していたか知ってる。彼女はすばらしい人生をまっとうしたと思う〉

アレックスの返信は短かった。〈ありがとう〉

わたしは彼の返信を見つめ続けた。ここから話題をどう変えたらいいのかわからない。四分、五分と過ぎ、とうとう十分が経過した。

〈そろそろ寝ないと〉アレックスからついにメッセージが届いた。〈おやすみ、ポピー〉

〈そうね〉わたしは返信した。〈あなたも〉

そのあと、わたしはしばらくバルコニーに座り続けていた。体にこもった熱が抜けでるまで、ずっと。

3

十二年前の夏

アレックスを見つけたのは、シカゴ大学のオリエンテーション初日の夜だった。彼はカーキ色のズボンに大学のロゴ入りTシャツを合わせていた。まだ入学して十時間しか経っていないというのに。大都会にあるこの大学を選んだとき、心ひそかにインテリっぽい人たちと友だちになれるはずと期待していたが、彼はどう見てもそのタイプから完全に外れていた。とはいえ、そのときわたしはひとりだったし（あとからわかったことだが、新しいルームメイトは同じ大学に姉と友人がすでに通っていたため、オリエンテーション・ウィークのイベントは出席せずにすませたらしい）、その男性もひとりきりだった。だから彼に近づき、自分が手にしていたドリンクを傾けて、彼のシャツを指し示しながら話しかけたのだ。「ってことは、あなたはシカゴ大学の学生なのね？」

相手はあっけに取られたようにこちらを見つめ返したままだ。

口ごもりながら、冗談だと言った。

男性はもごもごと、シャツに何かをこぼしたので仕方なくそのTシャツに着替えたのだと説明した。彼がみるみる顔を真っ赤にする様子を見ていると気まずくなり、こちらまで頬をピンク色に染めてしまった。

それから男性は視線をさげ、品定めするようにわたしを見ると、突然、表情を変えた。その夜わたしが身につけていたのは、蛍光オレンジとピンク色の花柄のジャンプスーツで、七〇年代初期の古着だ。その事実を目の当たりにした彼は、まるでわたしが〝くたばれ、カーキ!〟と書かれたポスターを掲げているかのような反応を見せた。

とりあえず、どこの出身か尋ねてみた。入り組んだキャンパスの案内ツアーに数時間一緒に参加し、この街について退屈な話を聞かされただけの見知らぬ他人に、それ以外なんと話しかけたらいいのかわからなかったからだ。しかも、お互いに服の趣味が合わないとわかっているだけの相手に。

「オハイオだ。ウェスト・リンフィールドっていうところ」

「嘘でしょ?」わたしは驚いて答えた。「わたしはイースト・リンフィールド出身」

彼はいい知らせを聞いたみたいに、少しだけ顔を輝かせた。どうしてだかわからない。東西リンフィールド出身だという事実は、いわば同じ風邪をひいていたとわかったようなもの。世界最悪の出来事ではないけれど、ハイタッチするほど喜ばしいことでもない。

「わたしはポピー」自己紹介した。

「アレックスだ」彼は答えると、わたしと握手をした。

自分に新たな親友ができる場面を想像するとき、相手の名前の候補として〝アレックス〟は絶対にあり得ない。それに、その相手の服装が十代の図書館員みたいだったり、こちらの目をほとんど見なかったり、常にやや吐息まじりの声で話したりすることも。

もし芝生を横切ってこちらから話しかける前に、あと五分この男性のことを眺めていたら、きっと彼の名前がアレックスで、ウェスト・リンフィール出身だと見抜けたに違いない。だってそのふたつの事実は、カーキ色のズボン大学ロゴ入りTシャツ姿の彼にこれ以上ないほどぴったりだ。

このまま話し続けていても彼をひどく退屈させるだけ。そうわかっていたけれど、わたしたちはここにいて、どちらもひとりきりだ。だったら話すしかない。

「ここには何をしに来たの?」

アレックスは眉を思いきりひそめた。「ここに何をしに来たのかって?」

「意味はわかるでしょう?　わたしがここにやってきたのは、すごく年下の二番目の妻を必要としている、大金持ちの石油王に出会うため」

彼はまたしてもぼんやりこちらを見つめ返してきた。

「あなたの専攻は何？」わたしは言い直した。

「ああ、まだ決めていないんだ。ロースクール進学の準備をするかも。それとも文学かな。きみは？」

「わたしもまだ決めてない」プラスチックカップを掲げながら言う。「ここに来た大きな理由はパンチを飲むため。あとオハイオ南部で生活したくなかったから」

そのあと続いた苦しい十五分間で、わたしはアレックスが奨学金で、彼はわたしが教育ローンでここに入学したことを知った。さらにわたしはアレックスに、自分が三人きょうだいの末っ子であることを教え、彼が四人兄弟の長男であると教えられた。彼から大学のジムはもう見学したかと尋ねられ、当然ながら〝なんで？〟と答えると、また気まずい沈黙に戻ってしまった。

アレックスは背が高くて、口数が少なく、図書館を見たがっている。

わたしは背が低くて、口数が多く、本物のパーティーに招待してくれる誰かに出会いたがっている。

別れるときには、ほぼ確信していた。今後わたしたちが話をすることは二度とないだろう。

アレックスも同じ考えなのは、火を見るよりも明らかだ。

〝じゃあね〟でも〝またね〟でも〝連絡先を交換しない?〟でもなく、彼は最後にぽつりとこう言った。「これからの学生生活がうまくいくよう祈ってるよ、ポピー」

4

今年の夏

「あれから考えてみた？」レイチェルが尋ねてきた。彼女はわたしの背後にあるエアロバイクを猛烈な勢いで漕ぎながら、小さな汗のしずくを飛び散らせている。でも、ふたりでコスメ専門店〈セフォラ〉を冷やかしているかのように、呼吸は全然乱れていない。いつものように、わたしたちはアップテンポな音楽に合わせてペダルを漕ぐスピンクラスの後列に参加していた。この場所なら、ほかのサイクリストたちから〝気が散る〟と文句を言われずに会話を続けられるからだ。

「何を？」わたしは荒い呼吸をしながら答えた。

「何があなたを幸せにしてくれるか」インストラクターのかけ声で、レイチェルが体を浮かせてペダルをさらに速く漕ぎ始める。わたしはといえば、ハンドルバーの上で前かがみになったまま、重たい脚を下へおろそうと必死だ。でも、うまくいかない。

糖蜜のなかでバイクを漕いでいるみたいだ。エクササイズは嫌いだけれど、体にいいことをしている気分は好きだった。

「静寂」あえぎながら答えた。心臓がばくばくいっている。「わたしを、幸せに、してくれる」

「それから?」レイチェルがせかすように言う。

「〈トレーダー・ジョーズ〉のラズベリー&バニラ・アイスクリームバー」うっかり本音が出てしまった。

「それから?」

「あなたもたまに幸せにしてくれる!」皮肉っぽく言おうとしたけれど、ぜいぜいあえいでいるせいでちっともそう聞こえない。

「はい、休憩!」インストラクターがマイクに向かって叫ぶと、参加者三十名分の安堵のため息が部屋のあちこちからいっせいにあがった。みんなバイクの上でぐったりしたり、床に倒れこんだりしているのに、レイチェルはオリンピックの晴れ舞台で床運動を終えた体操選手みたいにきびきびとした動きでバイクからおりると、わたしに水のボトルを手渡した。彼女のあとからロッカー室へ入ったとたん、真昼のまぶしい光に目がくらみそうになった。

「無理に聞きだすつもりはないわ」レイチェルが言う。「たぶん、ごく個人的なものだと思うから、あなたを幸せにしてくれるものって」

「アレックスなの」思わず口走っていた。

レイチェルは突然立ち止まり、わたしの腕をつかんだ。まわりを歩いていた人たちが、わたしたちを避けるように先へ進んでいく。「何それ」

「彼がってわけじゃない。彼と一緒に行った夏旅行（ザ・サマー・トリップ）のこと。あれ以上に幸せを感じさせてくれるものはない」

何もない。

いつかわたしが結婚したり、子どもを持ったりしたとしても、わが人生最良の日（ザ・ベスト・デイ・オブ・マイ・ライフ）は、アレックスと一緒に霧が立ちこめるセコイアの森へハイキングに出かけた日のままだろう。どの瞬間かは甲乙つけがたい。あの日は駐車場に車を停めるなり、たどってきた道がすっかり消えるほどの大雨が降りだした。わたしたちだけで森を独り占めだ。バックパックにワインボトル一本を滑りこませ、さっそく出発した。

ふたりしかいないことを確認すると、コルク栓を抜いて、ボトルを代わる代わる手渡して飲みながら、森の静けさのなかをひたすら歩き続けた。

〝ここで眠れたらよかったのに〟アレックスがぽつりとそう言ったのを覚えている。

〝ただ横になって昼寝できたらなあ〟

移動中、中身をくり抜かれて空洞になった大きな木の幹に行き当たった。ぱっくりと割れて木の洞窟みたいな形をしていて、両側が巨大な手のひらで包みこまれているように見えた。

　ふたりして空洞のなかへ忍びこみ、乾いてちくちくする大地の上で体を丸めた。昼寝はしなかったけれど、しばらくうとうとした。でも、眠りを通じてエネルギーを取り戻したというよりもむしろ、わたしたちをしっかり守ってくれている巨大なセコイアの木からエネルギーをもらった気がした。もっと言えば、何世紀にもわたってその巨大な木の成長を手助けしてきた陽光と雨のエネルギーが、自分たちの体に染みこんでいくように感じられた。

「だったら彼に連絡しなくちゃ」レイチェルはそう言って、わたしを巧みに思い出の世界から現実へと引き戻した。「なぜあなたがきちんと彼と向きあおうとしないんだろうってずっと不思議だった。そんなに大切な友情を、たったひと晩のせいで失うなんてばかげていると思う」

　わたしはかぶりを振った。「アレックスにはすでにメッセージを送ったの。でも、彼はわたしとふたたび友だちになろうとは思っていない。それに、わたしと一緒にまた旅行へ行くなんて死んでも望んでいない」わたしはまた歩き始めてレイチェルのそばをすり抜けると、ジム用バッグを高く掲げて汗をかいた肩にかけた。「一緒に旅行をするならあなたがいいかも。きっと楽しいと思わない？　わたしたち、もう何カ月もどこにも出かけていないし」

「わたしがニューヨークを離れると情緒不安定になること、知ってるでしょう?」

「で、それについて、あなたのセラピストからはなんて言われたの?」わたしはからかうように尋ねた。

「彼女はこう尋ねたわ。〝ねえ、パリにあってマンハッタンにはないものってなんだと思う?〟」

「うーん、エッフェル塔かな?」

「わたしがニューヨークを離れると彼女も情緒不安定になるのよ。わたしたちを結ぶへその緒がはるかニュージャージーあたりまで続いている感じ。さあ、ジュースを飲みましょう。あのチーズでおなかにガスがたまっちゃった。何を食べてもおならしそう」


土曜日の夜十時半、わたしはベッドに座り、片脚に柔らかなピンク色の羽毛布団をかけ、太腿の上にノートパソコンを置いていた。パソコンが熱くなっている。ブラウザのウインドウを六つも開いたままで、ノートアプリを使って取材対象候補の都市名をリストアップし始めた。結局、挙がったのは次の三つだけだ。

（1）ニューファンドランド
（2）オーストリア
（3）コスタリカ

それから各都市に関する統計情報や見どころなどをまとめ始めたとき、サイドテーブルに置いてあった携帯電話が鳴った。きっとレイチェルだろう。一日乳製品を断つという誓いのメールに違いない。それでも携帯電話に手を伸ばすと、着信を知らせるメッセージとともにこう表示されていた。〝アレクサンダー大王（アレクサンダー・ザ・グレイテスト）〟

たちまち、めまいがするような感じが戻ってきた。急に全身がふくれだしたような気がする。今にもぽんと音をたてて弾けてしまいそうだ。

メッセージには写真が添付されていた。開いたとたんに目に飛びこんできたのは、高校三年のときのアホみたいにはしゃいでいる、とにかくひどい写りの自分の顔写真だ。写真の下には、わたしが当時、同級生たちに向けて選んだ言葉がひと言添えられていた。〈さよなら（バイ）〉

〈いやあああああ！〉わたしは笑い声をあげながらタイプし、ノートパソコンを脇へ置くと、ベッドに倒れこんで携帯電話を手に取った。〈これ、どこで見つけたの？〉

〈イースト・リンフィールド図書館。授業の準備をしているとき、図書館に卒業アル

バムがあるのを思いだした〉

〈よくもわたしの信頼を裏切ったわね〉おもしろおかしく返信する。〈今すぐあなたの弟たちに、あなたが赤ちゃんのころの写真を送りつけてやる〉

間髪いれずに、あの金曜日と同じ悲しげな子犬顔の写真が送信されてきた。ぼんやりとしたオレンジ色の街灯を背にして、アレックスの顔がぼやけて真っ白く見えている。続いて彼からの短いメッセージだ。〈意地悪〉

〈こういうときのために、こんな写真を撮ってあるの?〉

〈まさか。金曜に撮ったやつ〉

〈リンフィールドにいるのに、ずいぶん遅くまで外をうろついているね。〝フリッシュズ・ビッグ・ボーイ〟以外で、その時間に開いている店ってあるの?〉

〈酒が飲める二十一歳になれば、リンフィールドでも夜にやりたいことがいっぱいあるんだってわかったよ。ちなみに、ぼくは〝バーディーズ〟にいた〉

〈〝バーディーズ〟? 先生たちが飲んでた、あのたまり場?〉

アレックスはまたしても悲しげな子犬顔ショットを送りつけてきた。でも今度は先ほどとは違うバージョンだ。薄灰色のTシャツ姿の彼が写っている。広がったままの髪の毛の背後に、飾り気のない木製のヘッドボードが見えていた。

彼もまたベッドに腰かけている。そしてわたしにメッセージを送っている。週末に仕事をしながら、わたしのことを考えてくれただけでなく、わざわざ時間を取って古い卒業アルバムに載った写真まで探しだしてくれたのだ。

今やわたしは満面の笑みを浮かべながら、頭のなかでいろいろなことを考えていた。アレックスと友だちづきあいを始めたころ、こういったやり取りがひどく現実離れしたものに感じられた。ふたりして電光石火のごとく、気の利いた完璧なメッセージを返信しあう。ほんのちょっと声を聞くために電話しただけなのに、いつの間にか一時間半経っていることもよくあった。たとえ、ほんの数日前に会ったばかりだったとしても話すことが尽きなかった。今でもよく覚えているのは、電話の途中、おしっこしたいから折り返してもいいかと尋ねたこと。思えば、あれはアレックスを〝一番の親友〟として認識する前のことだった。ちなみに、そのあと電話をかけ直してから一時間ほど話していたところ、今度はアレックスのほうから同じことを尋ねられた。

そのころには、おしっこの音を聞かれたくないためだけに電話を切るのがばかばかしく思えるようになっていた。だからわたしから〝もしあなたが気にならないなら電話はこのままでもいいけど〟と提案したのだ。実際、彼はわたしの申し出に応じて、電話を切らなかった。それからというもの、わたしはアレックスとの電話の最中でもおしっこをするようになった。もちろん、一応彼の許しを得てからだ。

そして今、わたしはまさにその気恥ずかしい行為をしている。しかもアレックスの写真に指先で触れながらだ。そうすれば、どうにか彼本来の姿を感じ取れるかのように。そうすれば、二年前よりも彼と近しくなれるかのように。誰にも見られていない。それでも気恥ずかしいことに変わりはない。

〈マジで?〉わたしは返信した。〈今度わたしが実家に戻ったら、ふたりしてミセス・ラウツェンハイザーとだらしなく酔っ払わなくちゃね〉

何も考えずに返信したあと、画面上の文字を見つめて喉がからからになった。

〝今度わたしが実家に戻ったら〟

〝ふたりして〟

ちょっとやりすぎた? まるでふたりで出かけようと誘っているみたいじゃない? もしそうだったとしても、アレックスは何も触れなかった。ただこう返信してきただけだ。〈ミセス・ラウツェンハイザーは今は酒を飲んでない。それに仏教徒でもある〉

でもいい返事であれ、悪い返事であれ、こちらの提案に彼が直接何も答えなかったことで、もう少し突っこんでみたくなった。〈だったら今度はわたしたちが彼女を啓発してあげないとね〉

アレックスはなかなか返信してこない。入力時間が長すぎる。そのあいだずっと祈るような気分で、中指を人差し指にクロスさせていた。襲ってくる不安をどうにかして振り払いたい。

ああ、神様。

自分でも、なんとか乗りきれたと考えていた。大切な友だちを失っても結構元気にやっているじゃないかと。でもこうして長くやり取りするほど、アレックスが恋しくてたまらなくなる。

そのとき、携帯電話が震えた。返信はたったこれだけ。〈だね〉

どうとでも取れる、曖昧な返事だ。それでも何かしらの兆しが感じられる。

わたしはすっかり調子づいていた。アレックスはベッドに座りながら、突然メッセージを送ってくれた。しかも卒業アルバムから探しだしたわたしの写真や、彼の自撮り写真も添付して。もうこれ以上何も尋ねないほうがいい。深追いは禁物。そうわかっていても、どうしても自分を抑えられない。

この二年間、ずっとアレックスに尋ねたかった。〝もう一度友だちとしてやり直せない？〟でも返事を聞くのが恐ろしくて、その質問を口にできずにいた。だけど、その質問を尋ねなかったからと言って、彼ともとの関係に戻れたわけではない。ずっとアレックスがいなくて寂しかった。彼と一緒にいた時間も、ザ・サマー・トリップも懐かしくてたまらなかった。そして今ようやく、自分の人生でずっと求めていたもののなかで今でも求め続けているものがひとつあると気づかされた。そのひとつを手にできるかどうか確かめる方法はひとつしかないことも。

〈学校が始まるまでに時間ある?〉そう入力するあいだも、歯の根が合わないほど体が小刻みに震えている。〈旅行したいと思ってるんだけど〉

入力した文字を見つめ、大きく三回深呼吸をしてから、思いきって送信ボタンを押した。

5

十一年前の夏

アレックス・ニルセンのことはときどきキャンパス周辺で見かけていたけれど、大学の一学年が終了するまで話すことはなかった。

　そんな彼とふたたび言葉を交わすことになったのは、わたしのルームメイト、ボニーのお膳立てのせいだ。ボニーから、オハイオ出身の友人が故郷へ帰るのに相乗り（カープール）する人を探している、と聞かされたとき、その相手がオリエンテーションで知りあった、あのリンフィールド出身の男の子かもしれないとは夢にも思わなかったのだ。

　そんな事態を招いた大きな理由は、そもそもわたしがボニーをよく知らないことにあった。それまでの九カ月というもの、彼女が寮の部屋に戻ってくるのはシャワーを浴びて着替えをするためだけ。そのあと、すぐに姉のアパートメントへ直行していた。

正直言って、ボニーがどうやってわたしがオハイオ出身だと知ったのかもわからない。

わたしは同じ階に住む女の子たちと仲よくなり、一緒に食事をしたり、映画を観たり、パーティーに行ったりするようになっていた。ところがボニーは、そんなわたしたち一年生グループとは別の世界に存在していた。だから彼女から相乗り相手を探している友人の名前を聞かされ、携帯電話の番号を教えられたときも、それが〝リンフィールド出身のアレックス〟だとは思いもしなかった。けれど帰省当日、約束の時間に寮の階下に停められたステーションワゴンのなかで待っていたのは、あのアレックスだった。ばつの悪そうな硬い表情から察するに、彼は相乗りの相手がわたしだと気づいていたに違いない。

彼は、初めて会ったあの夜と同じTシャツを着ていた。それか、いつでも交換できるよう同じTシャツを何枚か持っていたのかもしれない。わたしは通りの向こう側から大声で叫んだ。「あなただったのね!」

アレックスは首をすくめ、顔を真っ赤にした。「ああ」それ以上何も言わず、わたしのほうへやってくると、いくつかのランドリーバッグとわたしが腕にかけていたダッフルバッグを受け取り、後部座席に詰めこんだ。

出発してから最初の二十五分、車内は気まずい沈黙に包まれていた。しかも最悪なことに、大都市ならではの渋滞からいっこうに抜けだせそうにない。

「AUXケーブルある?」わたしはそう尋ね、運転席と助手席のあいだにあるセンターコンソールを手探りした。

彼はちらりとわたしのほうを見た。不機嫌そうに口をへの字に曲げている。「なんで？」

「シートベルトをしたまま縄跳びできるかどうか試してみたいから」むっとしながら、探している最中に逆さまにした抗菌ウェットティッシュと手指消毒剤の向きを揃えながら答えた。「なんでだと思う？　あれば音楽が聴けるからよ」

アレックスは両肩を上げ下げした。甲羅に首を引っこめた亀みたいに見える。「渋滞にはまっている最中に？」

「ええ。そういうもんでしょ？」

彼は両肩をさらに高くあげた。「今、いろいろなことが起きていて大変なんだ」

「車はちっとも進んでないけどね」

「わかってる」アレックスは顔をしかめた。「でも集中できない。クラクションがあちこちで鳴ってるし、それに――」

「了解。音楽はなし」自分の座席にもたれ、またウインドウの外を眺め始めた。アレックスがわざとらしく咳払いをしている。まるで何か言いたいことがあるみたいに。

わたしは彼のほうを向いた。「何？」

「よければ……それ、やめてくれないかな？」アレックスは顎をしゃくってわたしのほうにあるウインドウを指し示した。そのとき初めて、無意識のうちに指先でウインドウをとんとん叩いていたのに気づいた。両手を膝の上に置いたものの、今度は片足でこつこつ音をたてているのに気づいた。

「静かなのに慣れていないの！」こちらを見ているアレックスに向かって、言い訳がましく言う。

　われながら、どう考えても控えめな表現だ。だってわたしが育った実家には大型犬三匹と、オペラ歌手みたいに大声で鳴く猫一匹、トランペットを演奏する兄ふたり、そして騒がしいケーブルテレビのホームショッピングネットワーク（HSN）が流れていると〝癒される〟と感じる両親がいたのだ。

　大学の寮ではルームメイトのボニーがいなかったけれど、その静けさにはすぐに慣れた。でも、それとこれとはわけが違う。渋滞中、ほとんど知らない誰かとふたりきりの車内で沈黙を守りながら座り続けているのはやはり何か変だ。

「お互いの話をしたりしない？」わたしは尋ねてみた。

「ぼくは運転に集中したいんだ」アレックスは唇を引き結びながら答えた。

「了解」

　そのとき、アレックスがため息をついた。渋滞の原因が小さな衝突事故だとわかったのだ。どちらの車もすでに路肩に寄せられているが、この事故現場が渋滞を引き起こしていることに変わりはない。

「混むのは当然だな」アレックスが言う。「みんな事故を見ようとスピードを落としているんだから」センターコンソールを開けると手探りして、AUXケーブルを取りだした。「ほら、これ」

わたしは片眉を吊りあげた。「本当にいいの？　後悔するかもよ」

彼は両眉をひそめた。「なんでぼくが後悔するの？」

わたしはサイドに人工木材の羽目板が貼られたステーションワゴンの後部座席をちらりと見た。彼の私物はラベルが貼られたボックスに入れられ、きちんと重ねられている。そのまわりを囲むように、わたしの洗濯物を入れたランドリーバッグが積み重ねられていた。車そのものはものすごく古いはずなのに、しみひとつ見当たらない。車内に漂っているのは、アレックス自身のにおいなのだろう。杉と麝香（じゃこう）が相まったような柔らかな香りだ。

「あなたって……きっちり管理するのが好きみたいに見えるから」わたしは答えた。「あなたが好きな音楽をわたしが好きだとは思えない。わたし、こういうときにショパンとかあり得ないから」

アレックスはさらに眉根を寄せると、不機嫌そうに口をねじ曲げた。「きっときみが考えているほど、ぼくは神経質じゃない」

「本当？　だったらマライア・キャリーの『恋人たちのクリスマス』をかけても気にしない？」

「今は五月だぞ」

「わたしの質問に答えるのが先だと思うけど」

「それはずるい。五月にクリスマスソングを聴くなんて、どんな野蛮人だよ？」

「もし今が十一月十日なら？　だったらどう？」

アレックスは口を真一文字に引き結んだ。それから頭のてっぺんのまっすぐな髪の毛を引っ張ったが、その手をハンドルに戻したあともすぐにしゃべろうとはしなかった。彼がハンドルを十時十分の位置で握るルールを本気で守ろうとしていることに、わたしは気づいていた。それに立っているときはかなり前かがみなのに、運転中は背筋をまっすぐに伸ばしていい姿勢を保とうとしていることにもだ。なおかつ肩に力が入って緊張していることも。

「いいよ」彼は言った。「でもクリスマスソングは好きじゃない。だからかけないで。それを守ってくれるなら音楽をかけていい」

わたしは自分の携帯電話をカーステレオにつなぎ、画面をスクロールしてデヴィッド・ボウイのアルバム『ヤング・アメリカンズ』を探しだした。音が鳴りだすとすぐ、アレックスは明らかに不機嫌そうに顔をしかめた。

「何よ?」

「なんでもない」

「あなたを操っている操り人形が寝落ちしちゃったみたいに顔が引きつってるけど」

アレックスがこちらをにらみつける。「それ、どういう意味?」

「あなたはこの曲が嫌いって意味」わたしは非難するように言った。

「そんなことない」とてもそうは聞こえない。

「あなた、デヴィッド・ボウイが嫌いなのね」

「まさか!　デヴィッド・ボウイのせいじゃない」

「だったらなんのせい?」

彼は吐き捨てるように言った。「サックスだ」

「サックス」わたしは繰り返した。

「そう。ぼくはただ……本当にサックスが苦手なんだ。サックスを使うと、どんな曲も台無しになる」

「誰かそれをケニー・Gに教えてあげないと」

「サックスが入ってよくなった曲をひとつでも挙げてみて」アレックスは挑むように言った。

「サックスが入っている曲をひとつ残らず書き記したメモがあるはずだから、それを参考にしないと」

「あんなの音楽とは言えない」

「あなた、パーティーだと、さぞ盛りあげじょうずなんでしょうね」わたしは皮肉っぽく言った。

「パーティーは平気なんだ」

「じゃあ、中学校のバンドライブは例外ってわけね」

彼は横目でわたしをちらっと見た。「きみって本当にサックス擁護派なの？」

「いいえ、でも、そういうふりをしてあげてもいいわよ。まだ言いたいことが残っているならね。ほかに嫌いなものは？」

「ないよ。クリスマスソングとサックスだけだ。あとカバーも」

「カバー？ 本の表紙（ブックカバー）みたいなの？」

「カバー曲のことだ」

わたしは噴きだした。「あなた、カバー曲が嫌いなの？」

「大嫌いだ」

「それだと〝野菜が大嫌いだ〟と言ってるようなものね。あまりに曖昧すぎる。無意味だわ」

「いや、完全に納得のいく話だ。もしオリジナル曲の基本アレンジに忠実なすばらしいカバー曲があるなら、別にオリジナルを聴けばいいじゃないか。もしオリジナル曲とまるで違うカバー曲があるなら、なぜ新たな曲を作らないのか理解に苦しむね」

「うわあ。あなた、まるで空に向かって叫んでるおじいさんみたい」

アレックスはわたしをにらんだ。「へえ、だったらきみはなんでも好きなの？」

「基本的にはね。そう、たいていのものは好き」

「ぼくだってそうだ」

「列車の模型とか、エイブラハム・リンカーンの伝記とか？」とりあえず思い浮かんだものを口にしてみる。

「もちろんどっちも嫌いじゃない。どうしてきみはそういうものが嫌いなの？」

「言ったでしょう？　わたしはたいていのものが好き。うるさく注文をつけないの」

「つまり？」

「つまり……」わたしは少し考えた。「子どものころ、パーカーとプリンス――ふたりの兄たちと一緒に自転車を飛ばして、近くの映画館へよく行ってたの。どんな作品が上映されているのか確かめもせずにね」

「きみにはプリンスって名前のお兄さんがいるの？」アレックスは片眉を吊りあげた。

「今はそこは問題じゃないわ」

「それってニックネーム？」

「いいえ。歌手のプリンスにちなんで母が名づけた名前。『パープル・レイン』が大好きだったから」

「じゃあ、パーカーは誰にちなんで名づけられたの？」

「誰でもない。両親ともその名前が気に入っていたから。でもそれも問題じゃない」

「きみんちの家族全員、Ｐで始まる名前だ。ご両親の名前は？」

「ワンダとジミー」

「ってことは、Ｐで始まる名前じゃないんだね」

「そう、Ｐで始まる名前じゃない。最初にプリンス、次にパーカーが生まれただけ。たぶん、両親が調子に乗ってつけたんじゃないかな。でもそれも問題じゃない」

「すまない、続けて」

「自転車で映画館まで行って、次の三十分以内に上映される映画のチケットを買って、三人とも違う映画を観るようにしてた」

今やアレックスは眉間にしわを寄せている。「その理由は？」

「それも問題じゃない」

「ぼくは別に、きみが観たくもない映画をひとりで観に行った理由だけを尋ねているわけじゃない」

わたしはいらだちを感じた。「そういうゲームだったから」

「ゲーム?」

「シャーク・ジャンピングっていうゲームよ」わたしはあわてて答えた。「基本的には〝ふたつの真実とひとつの嘘〟みたいに、誰が一番たくさんの人をだませるかを競うゲームなの。ただし、わたしたちの場合は、自分が観た映画のあらすじを最初から最後までほかのふたりに説明することで競いあった。もしも自分の観た映画がある時点でおかしな展開になって突然つまらなくなった（ジャンプ・ザ・シャーク）ら、そのあらすじをそのまま説明するのがルール。ただし、そうならなかった場合、自分で嘘をついておかしな展開をひねり出さなければならないの。ほかのふたりは、相手が話しているのが本当のあらすじか、嘘のあらすじなのかを当てる必要がある。もしわたしが本当のあらすじを話しているのに、兄ふたりが嘘のあらすじだと答えたら、わたしの勝ち。勝者は五ドルもらえるってゲーム」ただし、ゲームを競うのは兄たちふたりで、わたしは彼らに連れていかれるだけの場合がほとんどだった。

アレックスはわたしをしばし見つめた。頬が染まっていくのがわかる。どうして彼にシャーク・ジャンピングの話なんかしてしまったんだろう? 普段はわがライト一家の伝統をほかの誰かに話したりしないのに。どうせわかってもらえないのだから。でもアレックス・ニルセン相手のこのゲームにおいて、彼からまじまじと見つめられたり、兄たちのお気に入りのゲームをばかにされたりしても、自分は何も気にしないだろうとたかをくくっていた。

「とにかく」わたしは言葉を継いだ。「問題はそこじゃない。問題は、わたしはそのゲームが本当に苦手だったってこと。だって基本的に、たいていのものは好きになるから。映画が連れていってくれる世界ならどこへでもついていけるタイプなの。たとえオーダーメイドスーツ姿のスパイが、疾走する二艘のスピードボートのあいだでバランスを取りながら、悪者たちに向けて銃をぶっぱなしていても」

アレックスの視線が、前方の道と助手席にいるわたしのあいだを何度も行き来する。

「その映画館って〈リンフィールド・シネプレックス〉？」アレックスがふいに尋ねた。その言い方を聞いても、彼が衝撃を受けているのか、反撃を開始しようとしているのかはわからない。

「もういや、わたしの言いたいことがちっとも伝わっていないみたい。そう、〈リンフィールド・シネプレックス〉」

「どういうわけか、いつも水浸しの映画館だよね？」彼が恐ろしげに言う。「最後に行ったとき、通路の半分までたどり着く前にもうぴちゃぴちゃって音が聞こえてた」

「そうそう。でもあそこは安いから。それにレインブーツも持ってるし」

「誰もあの液体の正体がわからないんだよ、ポピー」アレックスはしかめっ面をした。

「きみは病気にかかっているかもしれない」

わたしは両腕を広げてみせた。「ほら、ちゃんと生きてる。でしょ？」

彼はすっと目を細めた。「ほかには？」

「ほかに……」

「……きみの好きなものは？　水浸しの映画館で、ひとりで、どんな映画でも観ること以外には？」

「あなた、わたしの話を信じてないのね？」

「そうじゃない。ただ興味を引かれただけだ。科学的好奇心をそそられた」

「わかった。そうねえ」ウインドウの外を眺めたとき、ちょうど中華料理専門のレストランチェーン店〈P・F・チャングス〉の前を通りかかった。「レストランのチェーン店も好き。親しみやすい感じがいい。どこでも同じだし、ほとんどのチェーン店はスティックパン食べ放題だし――ううっ！」あることを急に思いつき、言葉を切った。自分が嫌いなものだ。「ランニング！　わたし、走るのは大嫌い！　自宅に体操着をうっかり忘れることが多かったせいで、高校の体育の成績はCだった」

アレックスの口角がわずかに持ちあがる。わたしはまた頬が赤くなるのを感じた。

「言いたいことがあるなら言って。高校の体育の成績がCだったこと、ばかにしたいんでしょう？　そうしたがってるのが見え見え」

「そんなんじゃない」

「だったら何？」

アレックスの口角がさらにほんの少し持ちあがる。「ただ、おもしろいなと思って。ぼくは走るのが大好きだから」

「マジで？」わたしは叫んだ。「カバー曲っていう概念そのものを忌み嫌っているのに、足の裏を歩道に強く叩きつけて、全身の骨ががたがた鳴るようなあの感触は大好きなの？　おまけにあんなに心臓がどきどきして、息苦しくてたまらないのに？」

「気休めになるかどうかはわからないけど」口元にかすかに笑みらしきものを浮かべたまま、アレックスは静かに口を開いた。「ぼくはみんながボートのことを〝彼女（シー）〟って呼ぶのが嫌いだ」

驚きのあまり、思わず噴きだした。「ねえ、聞いて。わたしもそれは嫌いだわ」

「だったらそれで決まりだね」

わたしはうなずいた。「決まり。これにてボートの女性化は撤廃」

「解決できてよかった」

「そうね。心のもやもやがひとつ解消したもの。さあ、お次はなんの撲滅に取りかかる？」

「いくつかアイデアがある。でも、まずはきみが大好きなほかのものをもう少し教えてほしいな」

「どうして？　わたしのことを研究でもするつもり？」

アレックスの耳がピンク色に染まる。「水をかき分けてでも、まったく知らない映画を観に行く人物に興味を引かれたんだ。気に入らなければ訴えてもいいよ」

それから丸二時間、わたしたちはゲームで野球カードを見せあう子どもたちのように熱心に、お互いの興味のあること、ないことに関する情報を交換しあった。車内ではわたしの運転用プレイリスト内の曲がランダムに再生されていたけれど、サックス強めの曲が流れていたとしても、どちらも気づかなかった。

わたしはアレックスに、まったく別の種類の動物たちが友情を育む動画を見るのが大好きだと教えた。

アレックスはわたしに、ビーチサンダルと人前での愛情表現のどちらも大嫌いだと教えてくれた。「脚は人前で見せるものじゃない」

「どう考えてもあなたには助けが必要ね」そう応じたものの、どうしても笑いださずにはいられなかった。ただアレックスのほうは、彼独特の奇妙なユーモアを地雷のようにしかけてこちらを笑わせても、決して笑おうとはしなかった。

まるで自分の滑稽さは百も承知だというように。

そして、彼の奇妙な一面をわたしが喜んでいるかどうかはまるで気にしていないかのように。

わたしはリンフィールドもカーキ色のズボンも大嫌いだと認めた。だって、ここへきて認めないほうがおかしいでしょ？　わたしたちはふたりとも、すでにお互いの好みの物差しを知っている。それになんの関係もない相手だ。今後一緒に過ごすこともない。こうして狭苦しい車に一緒に乗っているだけの間柄。それに基本的に相容れないふたりだ。だから、相手に自分のいい印象を植えつける必要なんて全然ない。

だから何も悩むことなく口にした。「カーキ色のズボンをはいている人って、下半身が裸に見える。それに個性がない人みたい」

「カーキ色のズボンは持ちがいいし、なんにでも合う」アレックスは反論した。

「あのね、服にはＴＰＯに応じた使い分けが必要なときがあるの。何を着られるかじゃなくて何を着るべきかが大事なときが」

アレックスはその考えを一蹴するように手をひらひらさせた。「リンフィールドについてだけど、きみにとっては何が問題なの？　のびのび育てる、すばらしい場所じゃないか」

その質問に答えるのはちょっと厄介だ。そもそも答えは誰にも聞かせたくない。たとえ相手がほんの数時間車内で一緒にいるだけで、そのあと二度とわたしのことを思いださないはずの人物であっても。

「リンフィールドは、中西部の都市のなかでカーキ色のズボンのような存在だから」

「心地いいし、持ちもいい」

「腰から下に何もはいていないように見えるけどね」

アレックスはわたしに、パーティーが大嫌いだと教えてくれた。革製のカフ・ブレスレットと、爪先が四角い尖った靴も。あと自分がどこかのパーティーに姿を現したときに、友だちやおじさんからこう冗談を言われることも。「へえ、この集まりは誰でも入れるんだな！」それにパーティー会場の給仕係から相棒とか、ボスとか、チーフとか呼ばれるのもだ。馬からおりたばかりのように気取った足取りで歩く男たちも。それに誰がどんな状況で身につけているかは関係なく、ベストも。みんなで集まって写真を撮っているとき、誰かがこう言いだすのも。「ふざけたバージョンも撮ったほうがよくない？」

「わたしは仮装パーティーが大好き」

「もちろん、きみはそうだろう。そういうのが得意だもんな」

わたしは目を細めてアレックスを見ると、片脚をダッシュボードにのせた。でも、すぐにその脚をもとに戻した。彼が不安そうに口をへの字にしたせいだ。「あなた、わたしをストーキングしてるでしょう、アレックス？」

彼は弾かれたようにこちらを見た。ぞっとした表情を浮かべている。「どうしてそんなことを言うんだ？」

その顔を見てふたたびくすくす笑いだした。「落ち着いてよ。冗談だから。でもどうしてわたしは仮装パーティーが得意だってわかるの？　一度だけあなたをパーティーで見かけたことがあるけど、あれは仮装パーティーじゃなかった」

「そういう意味じゃないんだ。ほら、きみは……いつもコスチュームをつけているみたいだから」彼はあわてたようにつけ足した。「悪い意味で言ってるんじゃない。ただ、きみの服はいつだって華やかで……」

「驚くするほどすばらしい？」わたしは言葉を補った。

「自信に満ちあふれてる」

「あなたがお世辞を言ってくれるなんてびっくり」

アレックスはため息をついた。「きみ、わざとぼくのことを誤解しようとしてないか？」

「いいえ、思ったことをそのまま言っただけ」

「ぼくはこう言いたかっただけなんだ。きみにとっては、仮装パーティーは火曜日がやってくるのと同じくらい当たり前に思えるはずだ。でもぼくにとっては、ずっとクローゼットの前に立ち続けることを意味する。十枚のまったく同じシャツと五枚のまったく同じズボンをどう組みあわせたら亡くなった有名人みたいに見えるのか、二時間もかけて頭を悩ませることになるんだ」

「せめて……服をまとめ買いしないようにすることはできるでしょう。それか、カーキ色のズボンだけはいて自分が露出狂だとみんなにわからせることもね」

アレックスはむっとしたように顔をしかめたが、それ以外わたしのコメントに反応しなかった。

「ぼくは、すべて思いどおりになる意思決定ってやつが嫌いなんだ」そう言ってこちらの提案をはねつけた。「それに、もしぼくが実際パーティーのためのコスチュームを買いに出かけたら、もっと最悪なことになる。ショッピングモールに出かけると圧倒されてしまうんだ。あまりにいろんなものがありすぎて、あのなかからどうやって店を選べばいいかもわからない。ましてや、店のどの棚から選ぶかなんて知るわけがない。だから、いつも自分の服はオンラインで買うんだ。気に入った服を見つけたら、すぐにあと五枚同じものを頼むようにしてる」

「もしビーチサンダルも、人前でいちゃいちゃ（PDA）も、サックスも絶対にないとわかっている仮装パーティーに招かれたら、あなたも出席できるでしょう。そうしたら、わたしが喜んであなたの買い物につきあってあげる」

「本気か?」アレックスはちらっとわたしを見たあと、前の道に視線を戻した。そのときようやく気づいた。ある時点から、あたりが薄暗くなり始めていたようだ。今スピーカーから流れているのは『ア・ケイス・オブ・ユー』、ジョニ・ミッチェルの悲しげな歌声だ。

「もちろん本気よ」わたしたちには共通点などひとつもないかもしれない。でもわたしは今、本来のわたし自身でいられる状態を楽しみ始めている。この一年ずっと、行儀よくしなければ、と自分を戒めていたような気がする。まるで新たな友情、新しいアイデンティティ、新たな生活のためのオーディションを受けているみたいに。

でも不思議なことに、この車内ではそういったことを何ひとつ感じていない。しかも……わたしは買い物が大好きなのだ。

「それがいいわ」わたしは続けた。「あなたがわたしの生身のケン人形になるってわけ」前かがみになり、スピーカーの音量を少しあげた。「わたしが大好きなものといえば、この曲よ」

「これ、ぼくのカラオケの持ち歌だ」

わたしは腹の底から大笑いした。だがアレックスの悔しそうな顔を見て、すぐに気づいた。彼は冗談を言っているのではない。そっちのほうがましなのに。

「あなたを笑ったんじゃない」すばやくそう話しかけた。「かわいいなと思ったの」

「かわいい？」アレックスが言う。彼が混乱しているのか、怒っているのかよくわからない。

「そうじゃなくて、わたしが言いたいのは……」そこで口をつぐみ、ウインドウを少しさげて車内に風を入れた。汗ばんだ首にまとわりつく髪の毛をひとつにまとめて持ちあげ、頭とヘッドレストのあいだに押しこんだ。「あなたはただ……」どう説明すればいいのだろう？　言葉を探す。「わたしが思っていたような人じゃなかったってこと」

アレックスは眉間にしわを寄せた。「きみはぼくをどんな人間だと思っていたんだい？」

「さあ、わからない。リンフィールド出身の人かな」

「たしかに、ぼくはリンフィールド出身の人だ」

「カラオケで『ア・ケイス・オブ・ユー』を歌う、リンフィールド出身の人だわ」彼の言葉を訂正し、その事実に改めて大笑いした。

アレックスはハンドルに向かって笑みを浮かべ、かぶりを振った。「だったらきみはリンフィールド出身の女の子で、カラオケでは……」しばし考えてから続けた。「『ダンシング・クイーン』を歌う？」

「そのうちわかることだから言うけど、わたし、カラオケに一度も行ったことがないの」

「本当に？」アレックスはわたしのほうを見た。顔に浮かんでいるのは、まぎれもない驚きの表情だ。

「カラオケバーって、二十一歳未満は入店禁止じゃないの？」

「全部のカラオケバーが身分証明書の提示を求めるわけじゃない。ぼくらで絶対に行くべきだよ。この夏のあいだに」

「オーケイ」そう答えて自分でも驚いた。誘われたことにも、その誘いを受けたことにも。「おもしろそう」

「オーケイ」アレックスが言う。「いいね」

つまり、わたしたちにはふたつ計画があるということだ。

ある意味、それって〝友だち〟と言える関係じゃないの？

一台の車が後ろから近づいてきて、あおるような運転をしている。アレックスは動じることなくウインカーを出して、その車に道を譲った。これまでも速度計を確認するたびに、彼が律儀に制限速度を守り続けているのに気づいていた。たったひとりのあおり運転者のために、その態度を変えるつもりはないらしい。

アレックスが慎重なドライバーに違いないと、初めから推測できたはずなのに。でも同時に〝この人はこういう人〟と決めこんでいても、まったくの見当違いだったとわかる場合もある。

超高層ビルが乱立する目がくらむほどまぶしいシカゴを過ぎ、道の両脇にインディアナの乾いた野原が広がり始めるあいだも、わたしのプレイリスト内の曲はランダムに再生されていた。それこそビヨンセからニール・ヤング、シェリル・クロウ、LCDサウンドシステムまで。

「きみって本当になんでも好きなんだな」アレックスがからかうように言う。

「走ることと、リンフィールド、カーキ色のズボン以外はね」

アレックスは自分側のウインドウを閉ざし続けているけれど、わたしは自分側のウインドウを開けっぱなしにしている。そのせいで髪が頭のまわりでぐるぐると渦巻いているのがわかる。車が平坦な田舎道をひた走るなか、吹きこんでくる風の音がうるさいせいで、ハートの『アローン』に合わせて、アレックスがわずかにずれた音程で歌っているのにほとんど気づかなかった。気づいたのは、急に高音に跳ねあがるコーラス部分だ。ふたりして裏声を精いっぱい張りあげ、思い思いに腕を振り、顔をゆがめ、年代物のステーションワゴンのスピーカーのうなりに合わせながらの大熱唱だ。

その瞬間のアレックスは本当にドラマチックで、情熱的で、滑稽だった。あのオリエンテーション・ウィークの夜、照明の下で見た柔らかな物腰の少年とはまったくの別人だ。

ふと考えた。きっと〝寡黙なアレックス〟は、彼が外出するときに身につけるコートみたいなものなのだろう。

たぶん、これが〝裸のアレックス〟なのだ。

いや、もう少しましな名前を考えたほうがいい。とにかく大事なのは、隣に座るこの男性をわたしが好きになり始めていることだ。

「旅行はどう？」歌と歌のあいだに尋ねてみた。

「どうって？」

「好き？　嫌い？」

アレックスは唇を真一文字に結んでしばし考えてから答えた。「なんとも言えない。正直これまでどこにも行ったことがないんだ。いろいろ読んでたくさんの場所について知ってはいるけれど、そういう場所をこの目で確かめたことは一度もない。今はまだ」

「わたしも。今はまだ」

彼は一瞬考えた。「好き、だな。旅行は好きだと思う」

「うん」わたしはうなずいた。「わたしも」

6

今年の夏

次の日の朝、わたしはスワプナのオフィスに勢いよく入った。昨日の夜遅くまでアレックスとメッセージのやり取りをしていたにもかかわらず、全身にエネルギーがみなぎっているような感じだ。スワプナのデスクに彼女のアイス・アメリカーノをぽんと置くと、彼女はびっくりしたように、来たる秋号のレイアウト校正紙から顔をあげた。

「パームスプリングス」わたしは開口一番に言った。

スワプナは驚きの表情を浮かべたままだったが、すぐに形のいい唇を持ちあげて柔らかな笑みを浮かべた。椅子の背にもたれ、腕組みをする。オーダーメイドの黒いドレスの袖からのぞくのは、完璧に日焼けした腕だ。天井の照明を受けて、彼女の婚約指輪にはめこまれた巨大なルビーが美しく輝いている。

「パームスプリングス」スワプナは繰り返した。「時代を超えた魅力がある」少し考えてからひらひらと片手を振った。「言いたいのは、もちろん砂漠のオアシスだけれど、『R＋R』的な視点に立てば、アメリカ本土においてあれほどの癒しや休息を与えてくれる場所はほかにないってこと」

「そのとおり」自分がまさにそう言わんとしていたかのように相槌を打つ。でも実を言えば、パームスプリングスを選んだのは『R＋R』とはなんの関係もない。すべてはデイヴィッド・ニルセンのせいだ。アレックスの一番下の弟で、ちょうど来週愛する男性と結婚するという。

カリフォルニア州パームスプリングスで。

予想外の話を聞かされ、ショックだった。まさか弟の結婚式に出席するために、アレックスがもうすでに来週の旅行の計画を立てていたなんて。衝撃を受けたけれど〈了解。デイヴィッドにおめでとうと伝えて〉とだけ送信し、携帯電話を置こうとした。この会話はもうこれで終わりだろうと考えたからだ。

でも実際は違った。というか、メッセージのやり取りはそれから二時間も続いた。わたしは深呼吸をして、三日間の休暇をもう少し延ばして、費用は『R＋R』持ちでわたしと一緒にバケーションを過ごさないか、と提案してみた。するとアレックスは同意しただけでなく、弟の結婚式にも招待してくれたのだ。

すべてがいい方向に進み始めている。

「パームスプリングス」スワプナはまた繰り返すと、鋭く目を光らせ、心のなかでその提案をあれこれ検討し始めた。それから突然深い物思いから覚め、キーボードに手を伸ばしたと思ったら、しばらし何かをタイプしてから画面に表示させ、顎を引っかきながらその画面を読み始めた。「ただし、言うまでもないけど今年の冬号まで待つ必要がある。夏は閑散期だから」

「でも、だからこそ完璧なんです」わたしはその場の思いつきで言った。ややパニックに陥りかけている。「夏のパームスプリングスではいろいろなイベントや催しが開催されています。しかも繁忙期に比べたら人も少ないし、安い。自分のルーツに立ち返るのもいいかなと思ったんです。この旅行をいかに安くあげるかという切り口にしたらどうかって」

スワプナは考えこむように唇をすぼめた。「でもわたしたちのブランドの売りは、読者の野心をかき立てることよ」

「パームスプリングスは最高に野心的じゃないですか」ここぞとばかりに言った。「この取材記事を通じて、わたしたちは読者にヴィジョンを与えられます。彼らにどのような旅行が可能なのかを身をもって示せるんです」

スワプナは濃い色の瞳をきらめかせながらそのことについて考えている。いけるかもしれない。そんな期待に胸がふくらむいっぽうだ。

そのとき、スワプナがまばたきをしてパソコン画面に向き直った。「却下」

「えっ？」無意識のうちにそう口走っていた。わざとではない。今起きていることに頭が追いついていないせいだ。あり得ない。まるで列車が脱線したように、こんなふうに自分の仕事が立ち行かなくなるなんて。

スワプナはすまなそうにため息をつくと、よく磨かれたガラス製のデスクの上にかがみこんだ。「ポピー、いいアイデアだと思う。ただ『R＋R』向きではないだけ。うちのブランドイメージの混乱を招いてしまうから」

「ブランドイメージの混乱」わたしはぼんやりと言った。あまりに驚いたせいで、まだ自分が口にした言葉の意味を理解できていない。

「週末ずっと考えていたんだけど、あなたをサントリーニ島へ行かせることにしたわ」そう言ってデスクの上にあるレイアウト校正紙に視線を戻した瞬間、〝他人への思いやりと管理職としての手腕をあわせ持つスワプナ〟から〝並々ならぬ集中力を発揮し続ける雑誌界の天才スワプナ〟に表情が変化したのがわかった。本気で話を先に進めようとしている。彼女の全身からそういう強烈なシグナルが伝わってくる。だからこそ、その場に立ち尽くすことしかできない自分を意識させられた。頭のなかでは〝でも、でも、でも！〟という言葉を繰り返しているのに。

〝でも、これはわたしとアレックスが仲直りするチャンスなのに〟

〝でも、当初の計画をそう簡単にあきらめるわけにいかない〟

〝でも、求めているのはこっちのほうだ〟そう、求めているのは、白い漆喰塗りの建物が立ち並ぶ美しいサントリーニ島や、まぶしいばかりに輝く海ではない。

求めているのは、うだるほど暑い夏に砂漠にいるアレックスだ。それにトリップアドバイザーの口コミを確認しないまま、現地のいろいろな場所を歩きまわること。昼も夜も予定を決めずに過ごすこと。毎日夜更かしをして、太陽が出ている時間はずっとアレックスが立ち寄らずにはいられない、ほこりっぽい本屋で過ごすこと。それか古着屋で。ごちゃごちゃした古着屋の細菌を嫌うアレックスに忍耐力を発揮させ、扉付近に立たせているあいだ、すでに死んだ人たちの、年代物の帽子をあれこれ試すことだ。

わたしはスワプナのオフィスの戸口に立ち尽くしていた。心臓が早鐘を打っている。スワプナがとうとう校正紙から顔をあげ、物問いたげに片眉を吊りあげてみせた。

〝返事はイエスよね、ポピー〟と言いたげに。

「サントリーニ行きはギャレットに譲ります」

スワプナは目をしばたたいてわたしを見た。混乱しているのは明らかだ。

「わたし、少し休みが必要なんです」うっかりそう口走ってから、言い直した。「休暇が——本物のバケーションが必要なんです」

スワプナは唇をきつく引き結んだ。途方に暮れている様子だが、それ以上何かを聞きだそうとはしなかった。ありがたい。だって自分でもどう説明したらいいのかわからないのだから。

スワプナはゆっくりとうなずいた。「だったら休暇希望日を送っておいて」

7

今年の夏

飛行機が着陸した瞬間、六時間のフライト中ずっと泣き叫び続けていた四人の赤ん坊がぴたりと泣きやんだ。

バッグから携帯電話を取りだして機内モードを解除すると、画面にすごい勢いで受信したテキストメッセージが表示された。送信者はレイチェル、ギャレット、母、デイヴィッド・ニルセン、そして——最後になったが一番大事な相手——アレックスだ。

レイチェルは三通りの表現方法で、目的地に着いたらすぐに知らせてほしい、あなたの乗った飛行機が墜落していないか、バミューダ・トライアングルにのみこまれていないか知りたいから、と訴えていた。さらに飛行機が安全に着陸し、無事到着するのを心から祈っているとも。

〈無事、何事もなく到着したけど、すでにあなたに会いたい〉レイチェルにそう返信し、ギャレットからのメッセージを開いた。〈サントリーニに行かないでくれて本当にありがとう〉改行のあと、こんなメッセージが届いていた。〈とはいえ……IMHO個人的にはかなり奇妙な決断だと思う。きみが大丈夫であることを祈ってる……〉

〈わたしなら大丈夫〉彼にそう返信した。〈土壇場で友だちの結婚式がわかったから。それにサントリーニはあなたのアイデアだもの。わたしが一生後悔するような、すばらしい写真をたくさん撮って送ってよね？〉

次に開けたのはデイヴィッドからのメッセージだ。〈きみがアルと一緒に来てくれるなんてめちゃめちゃハッピーだ！　タムもきみに会いたがってる。もちろん、ぼくらのためのありとあらゆる行事にご招待するよ〉

アレックスの弟たちのなかでも、デイヴィッドは常にわたしのお気に入りだった。でもそんな彼が結婚する年齢になったなんて信じられない。

その話を知らされ、そんな感想をメッセージで伝えると、アレックスはこう返してきた。〈あの子は二十四歳だ。自分が同じ年齢のとき、結婚するなんて考えもつかなかったけど、弟たちはみんな、若くして結婚している。タムは本当にいいやつだよ。父さんでさえ大賛成なんだ。車のバンパーに〝わたしは同性愛者のわが息子を愛してやまないキリスト者〟なんてステッカーまで貼りつけてさ〉

思わず鼻を鳴らして笑い、そのとき飲んでいたコーヒーにむせそうになった。ミスター・ニルセンは本当に最高。しかも彼は、家族のお気に入りのデイヴィッドをからかうアレックスとわたしの定番ジョークに感化され、息子が同性愛者であることを認められるようになった。かつてのミスター・ニルセンは、アレックスが高校にあがるまで世俗的な音楽を聞くのをいっさい許さなかったらしい。だから長男が宗教とはなんの関係もない大学への進学を決めたときは、嗚咽したという。

とはいえ、結局ミスター・ニルセンはそれほど息子たちを心から愛していたということだ。彼らの幸せを思って、自分の意見を変えてきたのがいい証拠だ。

〈もしあなたが二十四歳で結婚していたら、相手はサラだったわね〉わたしはアレックスにそう送信した。

〈きみはギレルモと結婚していたね〉

すかさず、アレックスの悲しげな子犬顔の自撮り写真を送りつけてやった。

〈お願いだから、まだあいつに未練があるなんて言わないでくれよ〉

ギレルモとアレックスが仲よくなることは一度もなかった。

〈もちろんそんなことはないわ。でもギレルモとわたしはくっついたり離れたりしたわけじゃない。そんな拷問みたいな関係を続けたのはあなたとサラよ〉

そのあと、アレックスは何かを入力しかけては何度も手を止めている様子だった。

もしかして、ただわたしを困らせようとしているのかと思い始めた。

でも結局、それでメッセージのやり取りは終わった。次に彼がメッセージを送信してきたのは翌日で、先のやり取りとはまったく関係のない内容だった。添付されていた写真に写っていたのは、背中に〝スパ女（ビッチ）〟というロゴが入った、セクシーで幻惑的な黒いバスローブだった。

〈夏旅行（ザ・サマー・トリップ）のユニフォームにどう?〉アレックスはそう書いていた。以前、サラの話題を振って彼にはぐらかされて以来、それはあのふたりのあいだに何か起きたときのサインだと気づいた。そういうことが何度もあった。

今こうして狭苦しくて、うだるように暑い機内に座り、赤ん坊が泣きやんだあとの静けさのなか、ロサンゼルス空港（LAX）に向けて誘導路を進んでいるとき、そのことについて考えるといまだにちょっと気分が悪くなる。サラとわたしは一度も、お互いの熱烈なファンになったことがない。もしサラとよりが戻っているとすれば、アレックスが今回またわたしと一緒に旅行することを、彼女が認めるかどうかは疑問だ。仮に完全によりが戻っていなくても、そうなる途中だった場合、アレックスとのザ・サマー・トリップはこれが最後になるかもしれない。

いずれ、サラとアレックスは結婚するだろう。そして子どもを何人かもうけ、家族旅行でディズニーワールドへ出かけるだろう。サラとわたしが親しい関係になることはない。これまでのように、わたしがアレックスの人生の一部であることはなくなるのだ。

その考えを脇へ押しやり、デイヴィッドからのメッセージに返信した。〈招待してくれてめちゃくちゃうれしい。光栄の至りです！〉

デイヴィッドはすぐに陽気に踊る熊の動画を返信してきた。わたしは続いて母からのメッセージを開けた。

〈わたしの代わりにアレックスを力いっぱい抱きしめて、キスしておいてね〉母はメッセージの最後に笑顔を表す記号を入力していた。ちなみに、母はいまだに絵文字の使い方を覚えていない。わたしが教えようとしてもすぐにいらいらして、こう言い張るのだ。「記号で入力できるんだからそれでいいじゃない！」

わたしの親はふたりとも、変化を積極的に受け入れるタイプではない。

〈ママの代わりに、彼のお尻もつかんでおこうか？〉そう返信した。

母からすぐに返ってきた。〈それでうまくいくとあなたが思うならそうして。いつ孫ができるのかと待つのに疲れちゃった〉

わたしはぐるりと目をまわして、そのメッセージを閉じた。母はいつだってアレックスの大ファンだった。少なくとも、彼がリンフィールドへ帰ってきたことがその理由のひとつであるのは間違いない。きっと母は期待しているのだ。ある日わたしとアレックスがはっと目覚めて、お互いを愛するようになり、わたしもまた故郷へ戻ってきてすぐに妊娠することを。いっぽうでわたしの父は愛情深いけれど、威圧的なところがあるため、いつもアレックスを怖がらせていた。そのせいで、父と同じ部屋にいるあいだ、アレックスは彼らしい個性を発揮できたことが一度もない。

父は同世代の男性の多くがそうであるように筋骨たくましく、よく響く声の持ち主で、そこそこ役に立つ人だ。そして鈍感にも、きいてはいけない質問をたくさんしてしまう傾向が強い。それは父が相手になんらかの反応を期待しているからではない。ただ好奇心を抑えきれず、そういう自分の一面をあまり意識していないせいだ。

父も自分の声の大きさを変えようとしない。ライト家の家族全員がそうであることを考えれば、別に驚くべきことではない。母は初めてうちにやってきた人に向かってこう叫ぶ。「この葡萄、綿菓子みたいな味がするから食べてみない？　絶対に気に入るから！　ほら、あなたのためにちょっと洗わせて！　その前に、ボウルを洗わせてね。あらやだ、ボウルは全部冷蔵庫のなかだわ。食べ残しを入れてラップをかけてるんだった。ほら、このまま手でちょっとひとつかみ食べてみて！」これだけでも相手はいくらか圧倒されるはずだ。けれど、父はもっとうわてだ。眉間にしわを寄せて、突然「前回の市長選挙には行ったか？」などという質問を大声で尋ねる。ＦＢＩがこっそりと金を渡している尋問者と一緒に、取調室へ押しこまれた気分になるはずだ。

アレックスが初めて両親の家までわたしを車で迎えに来たのは、友だちになった最初の年の夏、カラオケに出かけた夜だった。わたしはどうにかして、アレックスをうちの家族にも実家にも近づけないようにしようとした。自分自身のためだけでなく、アレックスのためにもだ。

初めて車で一緒に帰郷した旅が終わるころには、すでにアレックスのことを充分に理解していた。彼にとって、くだらない骨董品やほこりだらけの額縁や犬のフケでいっぱいの狭いわが家に足を踏み入れることは、ベジタリアンに食肉売り場をくまなく見てまわらせるのと同じに違いない。

もちろん、アレックスには居心地の悪い思いをしてほしくなかった。でもそれと同じくらい、彼にわたしの家族を勝手に判断してほしくないと強く願っていた。だらしなくて、奇妙で、声が大きくて、鈍感ではあるけれど、わたしの両親はすばらしい人たちだ。でもうちを訪ねてきた人たちには、とてもそんなふうには見えないという現実を、わたしは身をもって学んでいた。

そこでアレックスには車寄せで会おうと告げたが、その点をことさら強調したわけではない。だから彼は――いかにもアレックス・ニルセンらしく――うちの玄関までやってきてしまった。しかも、古きよき一九五〇年代の、アメフトのクオーターバックのごとく、わたしの両親に自己紹介をして、夕方から他人の車で出かけてもお嬢さんのことは心配しなくて大丈夫ですと告げる気満々で。

玄関ベルが鳴るのが聞こえた瞬間、わたしは混乱を回避すべく走りだした。しかしピンク色をした年代物の羽根つきスリッパのせいですばやく走れず、ようやく階下にたどり着いたときには、アレックスはすでに、うずたかく積みあげられた収納容器のふたつの山にはさまれながら玄関広間に立っていた。彼の前後を、よぼよぼの、しかもしつけのできていないハスキーのミックス犬二匹がうろうろと行きつ戻りつしている。それも、両脇にずらりと飾られた下品で見苦しい家族写真に見おろされながら。

小走りで階段の角を曲がった瞬間、父の朗々とした声が聞こえた。「どうして娘がきみと外出することを、おれたちが心配すると思ったんだ？」続いて聞こえたのはこんな言葉だ。「きみが言う〝車で出かける（ゴーイング・アウト）〟とは、まさかうちの娘とデート――」

「違う！」わたしは父をさえぎりながら、どう見ても性的に興奮している犬たちを引きずってアレックスから遠ざけた。ルパートの首輪をつかまえるのが少しでも遅れたら、アレックスの片脚に体をこすりつけていただろう。「わたしたちはデートに出かけるんじゃないわ。そんなんじゃない。だから、全然心配する必要ないの。アレックスは本当に慎重なドライバーなんだから」

「ぼくが言おうとしたのはそういうことです」アレックスはつっかえながら続けた。

「つまり、車の運転速度のことです。ぼくは……制限速度を守ります。言いたかったのは、そういう心配をする必要はないということなんです」

父は眉間にしわを寄せた。アレックスの顔面からみるみるうちに血の気が失せていく。彼をさらに不安にさせているのがわたしの父なのか、それとも廊下の幅木に目に見えるほど積もっているほこりなのか、わからない。正直に言えば、その瞬間までそこにほこりがたまっていることにも気づかなかった。

「パパ、アレックスの車を見た？」わたしは父の気をそらそうとした。「ものすごく古いんだから。彼の携帯電話も。アレックスはこの七年間、携帯電話を買い替えていないの」

アレックスは赤面した。父がその話題に興味を引かれたように肩の力を抜き、感心した様子を見せてもだ。「そうなのか？」

あれからもう何年も経っているというのに、今でもアレックスが正しい答えを探すかのように、こちらをちらりと見た瞬間を鮮やかに覚えている。わたしは彼に短くうなずいた。

「はい……？」アレックスが不安そうに答える。すかさず父にばしっと肩を叩かれ、痛さに顔をしかめた。

父は満面の笑みを浮かべていた。「いつだって交換するより修理したほうがいい！」

「交換するって何を？」キッチンから母が叫んだ。「何か壊したの？　あなた、誰と話しているの？　ポピーと？　誰かチョコレートに浸したプレッツェルはいらない？　ちょっと待って、お皿を一枚洗うから……」

それからアレックスがわたしの両親に別れを告げ、うちから立ち去るのに二十分ほどかかった。ようやくわたしと一緒に自分の車へ戻っても、彼はその二十分間の出来事すべてについて、たったひと言感想をもらしただけだった。「きみのご両親はとってもいい人たちみたいだね」

「実際、そうなの」思ったよりも強い口調になった。まるで、さあ、次に何を持ちだしても受けて立つ、と身構えるかのように。積もりに積もったほこりでも、発情したハスキー犬でも、冷蔵庫にいまだにマグネットで貼られている数えきれないほどの子どもたちの絵でも、それ以外でもなんでも。しかしもちろん、彼はそんなことはしなかった。だって彼はアレックスなのだから——当時は、今ほど彼のすべてを理解してはいなかったとしても。

知りあってからずいぶん経つけれど、そのあいだ、アレックスが何かに対して思いやりのない言葉を発するのを聞いたことがない。あのハスキー犬、ルパートが死んだときも、わたしの大学寮まで花を送ってくれた。〈あの夜以来、いつも彼とは特別な結びつきを感じていた〉添付されたカードは、そんな冗談から始まっていた。〈彼がこの世からいなくなって寂しいと思う、もし何か助けになれることがあれば、ぼくがここにいるから。いつでも〉別にそのカードの文面を記憶していたとか、そういうことじゃない。

それに大切に取っておきたいカードや手紙や雑誌の切り抜きを入れた靴箱をひとつ、自宅アパートメントに置いていて、そのときのカードがいつまでも残っているということでもない。

彼との友だちづきあいが途切れているあいだずっと、こんなカードは捨てるべきだ、あの〝いつでも〟が永遠に終わってしまったのだから、とさんざん自分を責め続けていたわけでもない。

飛行機の後部で赤ん坊のひとりがふたたび泣き始めた。でもわたしを乗せた飛行機はすでに到着ゲートへ近づきつつある。もうすぐこの飛行機からおりられる。

そして、アレックスと再会できる。

背筋がぞくぞくするような喜びを感じている。同時に胃が締めつけられるような不安も。

受信ボックスに最後に残った未読メッセージを開いた。アレックスからだ。〈今着いた〉

〈わたしも〉そう入力した。

そのあと、なんて続けたらいいのかわからなくなった。この一週間以上、ずっとメッセージのやり取りをしているけれど、あの不幸なクロアチア旅行を話題にしたことは一度もない。今の今まで、すべて前と全然変わらないように感じていた。でもここへきて急に、実生活でアレックスにもう二年以上も会っていないことを思いだした。もうずっと彼に触れていないし、声を聞くことさえなかった。いろいろな意味で、それがとても気まずく感じられる。これから確実に、そのうちのどれかを体験することになるから。

もちろん、アレックスには会いたい。でもそれ以上に、自分が彼との再会を恐れていることに気づいた。

あらかじめ、待ち合わせ場所を決めておかなければ。どちらかがそう提案するべきだろう。空港内のレイアウトを思いだそうとする。『R+R』に入社してからの四年半で目にした、くすんだ色の絨毯(じゅうたん)が敷かれた到着ゲートや歩く歩道といったぼんやりした記憶をたどり始めた。

もし手荷物受取所(バゲージ・クレーム)を待ち合わせ場所にした場合、お互いの声が聞こえるくらい近づくまで、ずっと相手を見つめながら無言で歩き続けることになるのだろうか？　それに、いざ近づいたら彼をハグしていいの？

ニルセン家の人たちはほとんどハグをしない。正反対なのがわれらがライト家だ。誰かと話している最中、それがどんなにつまらない話題でも、話のポイントを強調するために相手をつかんだり、肘でつついたり、ぴしゃりと叩いたり、軽く揺さぶったり、強く抱きしめたり、肘で軽く押したりする人種として知られている。わたしにとって相手に触れるのはごく当たり前の習慣だ。一度など、仕事を終えた食洗機の修理人の男性をアパートメントで見送るときにうっかりハグしてしまい、彼から自分は既婚者だとさりげなく告げられたこともある。もちろん、その男性にはよかったわね、おめでとうと告げた。

アレックスと親しかったころは、四六時中ハグしていた。でもそれは、わたしが彼をよく知っていたころの話だ。彼がわたしと一緒にいて心地いいと感じていたころの話。

頭上の荷物入れからキャリーケースをどうにか取りだし、押しながら前へ進み始めた。薄手のセーターの下で脇に汗をかいている。首にかかったポニーテールらしきものを払いのけた。

フライトは永遠に終わらないような気がしていた。時計を確認するたびに、この機内では一、二分が一時間に感じられて仕方なかった。狭い座席で上下に跳ねるような気分で、早く目的地にたどり着かないかとわくわくしていた。それなのに、飛行中は過ぎるのがとてつもなく遅く感じられた時間が、今こうして搭乗橋(ボーディング・ブリッジ)を進んでいると、急にスピードが速くなった気がする。

喉が締めつけられているみたいに息苦しい。溶けかかった脳味噌が、頭蓋骨のまわりでばしゃばしゃ跳ねているような感じだ。ゲートを出ると、あとからボーディング・ブリッジを歩いてくる人たちの邪魔にならないよう脇へ移動して、ポケットから携帯電話を取りだした。汗ばんでいる手でメッセージを入力し始める。〈待ち合わせ場所はバゲージ――〉

「やあ」

弾かれたように、声のしたほうへ顔を向けた。その声の持ち主は、ふたりのあいだを通り過ぎていく人たちの邪魔にならないよう横に移動している。

笑顔だ。アレックスは笑っていた。相変わらず、腫れぼったい眠たげな目をしている。ノートパソコン用バッグを肩からかけ、首からイヤホンを垂らし、濃い灰色のズボンとボタンをきっちり閉めたシャツ、傷ひとつない革製ブーツといういでたちをしている。ちゃんとした装いに比べると、髪の毛は手のつけようがないほど乱れていた。彼はこちらへ近づいてくると、背後にバッグをどさりと置き、わたしを引き寄せてハグをした。

ごく自然な動作だった。あまりに自然だったため、わたしは爪先立ちになると、アレックスの腰に両腕をまわし、彼の胸に顔をうずめ、思いきり彼のにおいを吸いこんだ。杉と麝香、ライムがまざった香り。普段の習慣を曲げないことにかけて、アレックス・ニルセンの右に出る者はいない。

すべて同じだ。何を考えているのかわからないへアカットも、ぬくもりが感じられる香りも、基本的な服装も（ただし時間の経過とともに、服の仕立てと靴にはやや改善が見られる）。それにわたしの背中の上のほうに手をまわして体を引き寄せ、ぎゅっと抱きしめるやり方も。こちらの体が地面から持ちあがるほど引っ張りあげるのに、骨が砕けるのでは、と心配になるほどには手に強い力をこめないやり方もだ。

まるでふたりの形を変えようとしているかに思える。あらゆる面から穏やかな圧力をかけ、ほんのわずかな瞬間だけ、わたしたちふたりを本来の倍の数の心臓を持つ、ひとつの生き物として圧縮するのだ。

「こんにちは」アレックスの胸に向かって微笑むと、背中のなかほどまでわずかにさげられた彼の両腕にぎゅっと力がこめられるのを感じた。

「こんにちは」アレックスが答える。笑みが感じられる声だ。アレックスもわたしの声に笑みを感じてくれていますように。いかなる形であれ、彼は人前で愛情表現を示すことを忌み嫌っている。それなのに今はすぐに体を離そうとはしなかった。なんとなくわかる。アレックスも自分も同じことを考えているのだろう。最後にハグしてから二年も経っているのだから、不適切なほど長い時間抱擁しあっても許されるはずだ、と。

なんとも言えない気持ちがこみあげてきて、思わず目をきつく閉じ、額をアレックスの胸に押し当てた。彼は両腕を腰までおろすと、ほんの数秒、指先にしっかりと力をこめた。「フライトはどうだった？」

わたしは体を引いてアレックスを見あげた。「将来、世界的なオペラ歌手になりそうな赤ちゃんたちと同じ飛行機に乗りあわせたわ。あなたはどうだった？」

普段はわずかな笑みしか浮かべないはずの、アレックスの鉄壁の自制心が揺らいでいる。彼は歯を見せてにやりとした。「飛行機が何度かひどく揺れてね、隣の席の女性の手をうっかり握りしめてしまったんだ。ぼくのせいで彼女はあわや心臓発作を起こすところだった」

わたしは甲高い笑い声をあげ、思わず体を震わせる。アレックスはさらに笑みを広げ、両腕に力をこめた。

これぞ〝裸のアレックス〟だわ。そう考えたが、すぐにその考えを脇へ押しやった。はるか昔に思いついたこの呼び方だが、本当にもっとましな呼び方を考えたほうがいい。

そんなわたしの心の動きを読んで恥ずかしくなったかのように、アレックスは笑みを消してわたしの体から腕を離し、あとずさった。「バゲージ・クレームで受け取るものはある？」彼は自分のバッグと一緒に、わたしのバッグの持ち手もつかんだ。

「いいわよ、自分で持てるから」

「気にしないで」アレックスは答えた。

彼のあとについて人でごった返す到着ゲートから離れる合間も、先を進むアレックスのことを見つめずにはいられなかった。畏怖の念を抱いてしまう。彼がここにいることにも、彼が以前とまったく同じに見えることにも、これが現実だということにも。アレックスは歩きながらわたしのほうをちらりと見て、唇をねじ曲げた。アレックスの顔で好きな点はいくつもあるけれど、これもそのひとつ。アレックスの顔はいつだって、ふたつの異なる感情を同時に表現できるのだ。しかも、わたしは今でもそれらの感情を読み解ける。

今この瞬間、彼のひねられた唇は〝楽しさ〟と〝ほんの少しの用心深さ〟を表している。

「何?」アレックスの声からも同じふたつの感情が聞き取れた。

「あなたって……背が高いなあと思って」

それに筋肉がついて体も引き締まっている。でもそういうことを言われると、アレックスはいつも困ったような顔をする。どういうわけか、ジムで鍛えた体を持つことが、性格上の欠点であると考えているかのように。でも、彼にとってはそうなのかもしれない。きっと幼いころから虚栄心を持つなと教えられてきたのだろう。いっぽうわたしの母は、わたしの浴室の鏡にホワイトボードマーカーで、こんなちょっとしたひと言を書き記してくれたものだ。〝おはよう、美しい笑顔。ハロー、長くてきれいな手足。どうかいい一日を、わたしの愛する娘に栄養を与えてくれるかわいらしいおなか〟今でも、シャワーを浴びて鏡の前に立ち、髪をとかしているときに、心のなかでこの言葉が聞こえてくることがある。〝おはよう、美しい笑顔。ハロー、長くてきれいな手足。どうかいい一日を、わたしの愛する娘に栄養を与えてくれるかわいらしいおなか〟

「ぼくの背が高いから、そんなに見つめているの？」アレックスは尋ねた。

「だってものすごく高いから」わたしは答えた。その答えですべてが解決するかのように。

そう答えるほうが簡単だ。〝あなたに会えなくて寂しかった、美しい笑顔。また会えて本当にうれしい、長くてきれいな手足。本当にありがとう、わたしがこれほど愛しているこの人物に栄養を与えてくれる異常に引き締まったおなか〟

こちらの視線を受け止めた瞬間、アレックスは弾けるような笑みを浮かべた、「ぼくも会えてうれしいよ、ポピー」

8

十年前の夏

一年前、汚れた洗濯物が入ったランドリーバッグ六個を持って大学寮を出たところでアレックス・ニルセンと再会したときには、ふたりで休暇旅行に出かけるようになるなんて、とてもじゃないけれど信じられなかった。

事の始まりは、一緒の車で帰郷したあと、ときどき交わしていたメールだ。アレックスはリンフィールドにある映画館の前を車で通りかかったときに撮影した、ぼやけた写真を添付してきた。タイトルは〈ワクチン接種を忘れずに〉だった。あるいは、わたしがスーパーで見つけた十枚入りシャツの写真に〈誕生日プレゼント〉と書き添えて送信したこともある。でも三週間後にはメールだけの関係を卒業し、わたしたちは電話をかけたり一緒に出かけたりするようになっていた。たとえふたりで〈シネプレックス〉へ映画を観に行っても、アレックスがずっとシートの上で微動だにせず、何にも触れないようにするとわかっていてもだ。

その年の夏が終わるころ、ふたり一緒に大学の必修科目の授業を取った。数学と科学だ。それからはほとんど毎夜、アレックスがわたしの寮へやってきたり、わたしが彼の寮へ行ったりして宿題と格闘した。わたしの最初のルームメイト、ボニーは正式に姉の家へ引っ越していったため、今度は医学部進学課程のイザベルがルームメイトになった。イザベルはときどき、大好物のセロリにかじりつきながら、アレックスとわたしの肩越しに宿題を見てくれ、答えを正してくれたものだ。

アレックスはわたしと同じように数学が大嫌いだったけれど、英語の授業は大好きで、毎晩貴重な時間を割いて課題図書を読みふけっていた。そのあいだ、わたしはといえば、彼の隣の床に座って旅のブログやセレブのゴシップ記事をなんとはなしに追いかけていた。授業はどれも退屈だったが、夕食のあと、アレックスと一緒にホットチョコレートのカップを手にキャンパスをぶらぶらしているときや、週末になって一番おいしいホットドッグスタンドや一杯のコーヒー、ひよこ豆のコロッケ（ファラフェル）を求めて街歩きをしているときは、かつてないほどの幸せを感じていた。そうやって街に行って、さまざまなアートや食べ物、騒音、新しい人たちに囲まれているのが大好きだった。おかげでつまらない大学生活も我慢できた。

ある夜遅く、自分の寮の部屋でアレックスと一緒に床に座って試験勉強をしていたときのことだ。わたしたちは窓辺に雪が降り積もるのを眺めながら体を伸ばし、ここではなくて今いたい場所をリストアップし始めた。

「アメリカ文学論期末試験の勉強中」アレックスが言う。

「パリ」わたしが言う。

「ソウル」

「ノンフィクション入門期末試験の勉強中」

「ブルガリアのソフィア」めげずに言う。

「カナダ」アレックスは答えた。

わたしは彼を見つめ、能天気でくたびれたような笑い声をあげた。アレックスはたちまち、彼のトレードマークである悔しそうな表情を浮かべた。「あなたが休暇に行きたい場所トップスリーって」敷物の上に仰向けに寝転びながら続ける。「ふたつの小論文と、わたしたちの国から一番近い国なんだ」

「パリよりも手頃な値段で行ける」アレックスはまじめに答えた。

「将来をあれこれ夢見ているとき、あなたにとって一番重要な点ってそこなの？」

アレックスはため息をついた。「前にきみが記事で読んでた温泉はどう？　ほら、熱帯雨林にあるっていう。あれはカナダだよね」

「バンクーバー島ね」わたしはうなずいた。実際は、その近くにあるもっと小さな島だったはずだ。

「ぼくが行きたいのはそこだ。もし旅の同伴者が反対しなければね」

「アレックス、わたしならあなたと一緒に喜んでバンクーバーに行くわ。それ以外の選択肢が〝さらに宿題を片づけるあなたをただ見つめる〟しかないならなおさらよ。ねえ、来年の夏に行こう」

アレックスはわたしの隣で仰向けに寝転んだ。「パリはどうするの？」

「パリは待ってくれる。それに、今は行くお金もないし」

彼はかすかな笑みを浮かべた。「ポピー、ぼくらは週末にホットドッグを買うお金の余裕すらない」

でもそれから数カ月間、忙しい学期の合間を縫って大学でのバイト（アレックスは図書館、わたしは郵便仕分け室で）に精を出し、可能な限りシフトを入れまくったおかげで、格安の夜行便（二回も乗り継ぐ）でカナダ旅行を実現するための貯金ができた。そして今、こうして飛行機に乗りこみ、うずうずするほどの興奮を覚えている。

それなのに離陸してすぐに客室の照明が薄暗くなると、どうしようもない疲労に襲われ、いつしか眠っていた。しかもアレックスの肩に頭を休め、彼のシャツに少しよだれを垂らしながら。びっくりして飛び起きたのは、乱気流に入った飛行機が揺れ、うっかり反応したアレックスの肘が顔に命中した瞬間だった。

「くそっ！」アレックスがあえいでいる。わたしは背筋を伸ばして座り、ひりひりする頬に手を当てた。「くそっ！」肘かけをつかんでいる彼の拳は真っ白だ。それに胸もせわしなく上下している。

「あなた、飛ぶのが怖いの？」

「違うよ！」彼はささやいた。パニックに陥ってもなお、眠っているほかの乗客たちを思いやってのことだろう。「ぼくは死ぬのが怖いんだ」

「あなたは死んだりしない」わたしはそう請けあった。飛行機の揺れは落ち着いてきているものの、シートベルトサインはまだ点灯したままで、アレックスは肘かけをきつく握りしめている。まるで誰かがこの飛行機を上下逆さまにして、乗客を機外へ放りだそうとしているかのように。

「いや、何かがおかしい。さっき、飛行機が壊れたような音がした」

「それはあなたが肘でわたしの顔をぶっ叩いた音よ」

「なんだって？」彼はわたしのほうを見た。その顔には、驚きと困惑というふたつの異なる感情が同時に浮かんでいる。

「あなたがわたしの顔を叩いたの！」

「うわっ、そうなのか」アレックスは続けた。「ごめん。見せてくれる？」

ずきずきしている頬骨から手を離すと、アレックスが体をかがめ、わたしの肌の上で指先を静止させた。そしてわたしの頬に一度も触れることなく、手を下におろした。

「大丈夫そうだ。客室乗務員に氷を持ってきてもらおう」

「いい考えね。彼女を呼んだら、事情をこう説明しましょうか。あなたに顔をぶたれたけれど、あれは単なる事故だし、あなたのせいではないとわたしは確信しているって。あなたはただ驚いただけで――」

「許してくれ、ポピー、本当にごめん」

「大丈夫。そんなに痛いわけじゃない」わたしは自分の肘で彼の肘をついた。「どうして飛ぶのが怖いって教えてくれなかったの？」

「自分でも知らなかったんだ」

「どういう意味？」

アレックスはヘッドレストに頭を預けた。「飛行機に乗るのは初めてだから」

「まあ」罪悪感で胃がきりきりしている。「言ってくれたらよかったのに」

「大げさにしたくなかった」

「大げさになんてしなかったのに」

アレックスは疑いの目でわたしを見た。「だったら、この騒ぎは何？」

「オーケイ、わかった。そうね、わたしは大騒ぎした。でもほら」わたしは手をアレックスの手に下に滑りこませ、ためらいがちに指をからめた。「わたしがあなたと一緒にここにいる。もし少し眠りたいなら、わたしがずっと起きて飛行機が墜落しないかどうか見張っているから。絶対にそんなことは起きないけどね。だって飛行機は自動車よりも安全なんだもの」

「ぼく、車の運転も大嫌いなんだ」

「知ってるわ。でもわたしが言いたいのは、車よりこっちのほうがいいってこと。ていうか、はるかにいい。しかも、わたしがあなたと一緒にここにいる。前にも飛行機に乗ったことがあるから、もし機内がパニックに陥るような事態になればすぐにわかるわ。それに先に言っておくけど、実際そういう事態になったら、パニックに陥るのはわたしで、原因に気づくのはあなただわ。そのときまでゆっくり休んで」

客室の薄暗がりのなか、アレックスはしばしわたしを見つめて手の力を抜くと、荒れたあたたかい指をそのままゆだねた。その瞬間、自分でも驚くほどぞくぞくした。アレックスの手を握っているのが信じられない。これまでは九十五パーセント、アレックス・ニルセンのことを純粋にプラトニックな視点から眺めてきた。きっと彼のほうは九十五パーセント以上、わたしのことをプラトニックな視点から眺めているはずだ。でも残り五パーセントで、〝もし〇〇したらどうなる？〟と考える瞬間もある。

その考えがずっと続くわけでも、行動に駆り立てるわけでもない。ただそこにあるだけ。つながれたわたしと彼の手のあいだにはさまれている、それほど深刻ではない、ひそやかな考え。もしアレックスとキスしたらどうなるだろう？　彼はどんなふうにわたしに触れるの？　アレックスの唇は、彼の香りと同じ味わいなのだろうか？　アレックスほど歯の衛生管理に気をつけている人はいない。それってセクシーな考えとは言えないけれど、歯が汚い相手とキスするよりはセクシーに感じられる。

とはいえ、こういう考えをめぐらせているだけなら害はないだろう。だってわたしが好きなのは、アレックスの何事にもこだわりすぎる点であって、とてもそんな相手とデートする気にはなれないのだから。そのうえ、わたしたちは完全に相容れない関係なのだ。

飛行機がまた乱気流に入り、激しく揺れると、アレックスは指先にさらに力をこめてきた。

「パニックを起こすべきときかな？」

「まだよ。さあ、眠って」

「ぼくが死に直面するとき、充分に休息している必要があるからだね」

「あなたが充分に休息している必要があるのは、わたしがブッチャート・ガーデンの途中でくたびれ果てて、残りの道をあなたに運んでもらうときのためよ」

「わかってるよ。そのためにぼくを一緒に連れてきたんだよね」

「別に、あなたをラバ代わりに連れてきたわけじゃないけど。あなたを連れてきたのは、わたしの相棒だから。わたしがエンプレス・ホテルのハイティーの時間に、ダイニングルームを歩きまわって小さなサンドイッチを盗んだり、疑うことを知らない宿泊客たちから高価なブレスレットを盗んだりするあいだ、あなたには彼らの気をそらしておいてもらうつもりなの」

アレックスはわたしの手を握りしめた。「だったらもっと寝ておいたほうがよさそうだね」

わたしは彼の手を握り返した。「ええ、そう思う」

「パニックを起こすべきときになったら、ぼくを起こして」

「いつだってまかせて」

彼はわたしの肩に頭をもたせかけると、眠ったふりをした。

飛行機が到着したら、アレックスはひどい首の痛みに悩まされることになるだろう。そしてわたしは、長いこと同じ姿勢で座っていたせいで肩こりになっているはずだ。でも、今はそんなこと気にしない。これから五日間、一番の親友とのとびきり楽しい旅が始まろうとしているのだから。心の奥底で、なんとなくわかっている。問題は起きないだろう。それほど深刻な問題は。

今はパニックを起こすべきときじゃない。

9

今年の夏

「レンタカーを借りたのかい？」空港から熱風が強く吹きつける外へ出ながら、アレックスは尋ねた。

「まあ、そんな感じ」わたしは唇を嚙みながら、タクシーを呼ぶために携帯電話を引っ張りだした。「フェイスブックのグループで車を調達したの」

アレックスは目を細めた。到着ロビーにジェット機の突風が吹き渡っているせいで、彼の前髪が額に何度も打ちつけられている。「今なんて言ったの？　さっぱり理解できない」

「覚えてる？　初めて旅行に出かけたとき、まさに同じことをしたじゃない。あのころは若すぎて、レンタカーを借りるお金もなかったから」

彼がまじまじとこちらを見る。

「ほら、わたしが十五年前から、女性たちのオンライン旅行グループに登録しているのは知ってるでしょう？　そのサイトでは、自宅アパートメントや車を誰かに貸したい人が投稿しているの。覚えてる？　あのときも車を取りに行くのに、郊外までバスに乗って、重たい荷物を抱えたまま八キロも歩かなきゃいけなかったでしょう？」

「ああ、覚えてるよ」彼は答えた。「ただ、やっぱり不思議でならない。なぜ自分の車を見ず知らずの他人に貸そうとする人たちがいるんだろう？」

「ニューヨークの住人の多くは、冬はあの街から離れたがっているから。それにロサンゼルスの住人の多くは、夏はどこか別の場所に行きたがっているから」わたしは肩をすくめた。「この女の子の車、もう一カ月も誰にも使われていないの。だから、一週間七十ドルで借りることにした。今からタクシーを呼んで、その車を取りに行きましょう」

「いいね」アレックスが言う。

「でしょ」

そのあと、初めて気まずい沈黙が訪れた。この一週間、矢継ぎ早にメッセージのやり取りをしていたことなど関係ない。むしろ、そのせいで沈黙がさらに気まずく感じられる。頭が完全に真っ白になった。ひたすら携帯電話のアプリを見つめることしかできない。車のアイコンが自分たちに近づいてきた。

「ほら、あれよ」わたしは顎をしゃくって向かってくるミニヴァンを示した。

「いいね」アレックスがまた言う。

運転手に自分たちのバッグを預けて車に乗りこむと、すでにほかの乗客がふたり乗っていた。相乗りしたのは中年のカップルで、目がちかちかしそうな色のお揃いのデザインのサンバイザーをかぶっている。〝WIFEY（ワイフィ）〟というロゴ入りのほうがホットピンク色で、〝HUBBY（ハビィ）〟というロゴ入りのほうはライムグリーンだ。ふたりともフラミンゴがプリントされたシャツを着ていて、すでにこんがりと日焼けしているせいでアレックスの靴みたいに見える。夫（ハビィ）は頭を剃りあげていて、妻（ワイフィ）は頭を鮮やかな赤に染めている。

「こんにちは！」アレックスとわたしが真ん中のシートに座ると、ワイフィが話しかけてきた。

「こんにちは」アレックスはシートの上で体をひねり、ほとんど笑みに見える表情を浮かべた。

「わたしたち、新婚旅行なの」ワイフィが手ぶりで自分とハビィを指し示す。「おふたりは？」

「ええと」アレックスが言う。「その」

「同じです！」わたしは手を彼の手にからませると、新婚夫婦に笑みを向けた。

「まあ！」ワイフィが甲高い声をあげる。「ねえ、ボブ、どう思う？　この車、あつあつカップルでいっぱいよ！」

ハビィのボブはうなずいた。「おめでとう、ふたりとも」

「どうやって知りあったの？」ワイフィが知りたがった。

わたしはちらりとアレックスを見た。今、彼の顔にはふたつの表情が浮かんでいる。恐れと、うきうきした陽気さだ。わたしたちにとって、これは慣れ親しんだゲーム。たとえ今はわたしの手が彼の手にからめられているせいで、いつもに比べてぎこちなさを感じていたとしても。それに、いつでも好きなときに手を離せばいいという気楽さも感じている。これまでと同じように一緒にふざけて楽しめばいい。

「知りあったのはディズニーランドです」アレックスはそう答え、後部座席に座るカップルのほうに体を向けた。

ワイフィは目を丸くした。「まあ、魔法にかけられたのね！」

「本当にそんな感じでした。そうよね？」わたしは愛情たっぷりの視線をアレックスに向け、空いている手で彼の鼻先を軽く突いた。「彼はそこでＶＳとして働いていました——嘔吐処理係（ヴォミット・スクーパーズ）の略です。新しい３Ｄライド系アトラクションの周辺を見回って、乗り物酔いしたおじいちゃんやおばあちゃんたちの嘔吐（おうと）物をきれいに片づけるのが仕事なんですよ」

「ポピーはマイク・ワゾウスキを演じていました」アレックスがさりげなくつけ足した。これはポイントが高い。

「マイク・ワゾウスキ？」ハビィ・ボブが尋ねる。

「『モンスターズ・インク』のキャラクターよ、ハニー」ワイフィが説明した。「主役モンスターのひとりなの！」

「どっち？」ハビィが言う。

「背の低いほうです」アレックスは答えるとわたしに向き直り、これまで見たなかで一番称賛と愛情に満ちた表情を浮かべた。「ひと目見た瞬間、恋に落ちました」

「すてき！」ワイフィが心臓のあたりをつかみながら叫ぶ。

ハビィは眉をひそめた。「彼女があのコスチュームを着ているときに？」

ハビィに指摘され、アレックスの顔がピンク色に染まった。そこでわたしは会話に割りこんだ。「わたしの脚、ものすごくきれいなんです」

運転手はハイランドパークにある通りでわたしたちを車からおろした。通りには、ジャスミンの花で囲まれたスタッコ壁の家々が立ち並んでいる。ふたりして熱いアスファルトの上に立ち、遠ざかる車を見送っているあいだ、ワイフィとハビィは愛情たっぷりに手を振り続けてくれた。タクシーが視界から見えなくなった瞬間、アレックスはつないでいたわたしの手を離した。わたしは家々に振られた番号をざっと確認し、顎をしゃくって赤く塗られた柵に囲まれた建物を指し示した。「ここよ」

アレックスは門を開け、ふたりで中庭へ足を踏み入れたところ、私道に白の角張ったハッチバックが停められていた。あちこちが錆(さ)びたり欠けたりしている。

「なるほど」アレックスは車を眺めながら言った。「七十ドルね」

「払いすぎたかもしれない」体をかがめ、運転席側にある前輪に手を伸ばすと、たしかにマグネットボックスがあった。この車の持ち主であるサーシャという名の陶芸家から、キーはそこにあると教えられていた。「もし車を盗むとしたら、スペアキーがないかまずここをチェックするべきね」

「そんなに体を低くかがめてまで盗みたい車だとは思えない」わたしがキーを引き抜いて背筋をまっすぐに伸ばすのを見て、アレックスは言った。それから車の背後にまわりこみ、バックドアの部分に書かれた車種名を読みあげた。「フォード・アスパイア」

思わず笑い声をあげ、ドアロックを解除した。「笑ったのはね、『R+R』のブランドコンセプトが野心(アスパイア)をかき立てるだから」

「ほら」アレックスは自分の携帯電話を取りだして後ろにさがった。「その車と一緒に一枚写真を撮らせて」

わたしはドアを開けると、片足をかけて気取ったポーズを決めた。その瞬間、アレックスがしゃがみこんだ。「アレックス、だめ！　下からは撮らないで」

「ごめん。きみがそれを異様に嫌がるのを忘れてた」

「異様なのはわたしなの？」わたしは言い返した。「あなたの写真の撮り方、iPadを持ったお父さんみたいよ。もし鼻の先に眼鏡を引っかけて、シンシナティ大学ベアキャッツのTシャツを着ていたら、全然見分けがつかない」

アレックスは大げさに携帯電話をこれ以上ないほど高々と掲げた。

「何よ、今度は二〇〇〇年代初期のエモ・アングル（カメラを高く掲げて写真を撮影する方法）で撮ろうっていうの？　極端すぎる。適当な落としどころを見つけてよ」

アレックスはぐるりと目をまわし、かぶりを振ったが、標準的な高さから二、三枚写真を撮ると見せにやってきた。わたしは最後のショットを見て思わずあえぎ、アレックスの腕をつかんだ。きっと先のフライトで、彼もこんなふうに隣に座っていた八十代女性の腕をつかんだに違いない。

「何？」アレックスが尋ねる。

「これ、ポートレート・モードよ」

「そうだよ」

「しかもあなた、使いこなしている」

「ああ」

「あなた、ポートレート・モードの使い方を知ってるのね」まだ驚いたまま、わたしは言った。

「あはは」

「ポートレート・モードの使い方をどうやって知ったの？　感謝祭であなたの孫息子が家に遊びに来たとき、教えてくれたとか？」

「おお」アレックスは無表情になった。「わしはおまえに会いたくてたまらなかったよ」

「ごめん、ごめん。すごく感動しているの。あなた、変わったわ」あわてて言葉を継ぐ。「悪い意味じゃない！　ただ、あなたは変化を好まないタイプだから」

「たぶん、今は変化を好むタイプに変わったのかも」

わたしは腕組みをした。「まだエクササイズのために毎朝五時半起きしてるんじゃない？」

彼は肩をすくめた。「それは習慣だ。変化を怖がっているのとは違う」

「同じジムに通ってる？」

「ああ」

「半年ごとに会費を値上げするあのジムに？　いつも同じニューエイジの瞑想CDをかけているのに？　二年前からすでに文句を言っていたあのジムに？」

「文句は言ってない。ただあの音楽でどうやってトレッドミルをやる気にさせるつもりなのか、理解できないだけだ。ぼくはあの音楽を聞くと考えこんでしまう。じっくりとね」

「あなたのプレイリストを持っていけばいい。スピーカーから流れる音楽なんて重要じゃないでしょう？」

彼は肩をすくめ、わたしの手から車のキーを取ると、アスパイアをまわりこんで後部ドアを開けた。「主義の問題だ」車の後部にふたりのバッグを放りこみ、ドアをばたんと閉めた。

てっきり冗談を言いあっていると思っていた。でも、本当にそうなのかわからなくなっている。

「ねえ」手を伸ばし、脇を通り過ぎたアレックスの肘をつかんだ。彼は足を止め、両眉を吊りあげている。喉元にプライドのかたまりがせりあがり、本当に言いたい言葉がなかなか出てこない。でも思えば、最初にわたしたちの友情を引き裂いたのはプライドだった。同じ間違いはもう繰り返したくない。今回は、それをアレックスのほうから先に言ってほしいから、というつまらない理由のせいで、言う必要のあることを口にしないつもりはさらさらない。

「何？」アレックスは尋ねた。

わたしはかたまりをのみ下した。「あなたがあまり変わっていなくてよかった」

アレックスは一瞬わたしを見つめ、それから——彼も何かをのみ下したように見えた。わたしがそう想像しただけ？「きみも」彼はそう続けると、わたしのポニーテールからはみだして頬にほつれかかっていた巻き毛の先に軽く触れた。頭皮に感じるか感じないのかの、ごく軽いタッチ。繊細な動きのせいで、うなじにうずきが走った。

「それにその髪型、好きだ」

頬が熱くなるのを感じた。おなかの下あたりも。両脚まで、いっきに二、三度体温があがった気がする。

「あなたは携帯電話の新しい機能を使いこなせるようになり、わたしは髪を切った」ぽつりと言った。「世界よ、今のわたしたちに注目せよ！」

「まさに根本的な変化だからね」アレックスは同意した。

「本当の意味で、大人になったってこと」

「問題は、きみが前より運転がじょうずになっているかってことかな？」

わたしは片眉をあげ、腕を組んだ。「あなたのほうこそどうなの？」

「切に願うのは、エアコンがちゃんと効くこと」アレックスが言う。

「切に願うのは、マリファナを吸った肛門(こうもん)みたいなひどいにおいがしないこと」わたしは応じた。

砂漠に向かって高速道路を走る車内で、ずっとこのゲームを続けた。陶芸家サーシャは、彼女の車のエアコンの風が不規則に出たり消えたりすることは報告してくれていた。でも五年間ずっと、明らかにマリファナを吸うためにこの車を利用していた事実には触れていなかった。

「切に願うのは、長生きして、人々が抱えるすべての苦しみが終わるのを見届けること」わたしは続けた。

「この車は『スター・ウォーズ』シリーズが終わるのを見届けるまですらもたないだろうな」

「でも、世の中に見届けられる人がいると思う?」

結局、車はずっとアレックスが運転することになった。わたしの運転だと彼が車酔いするせいだ。しかも恐怖をかき立てられるせいもある。本音を言えば、どうにも運転は好きになれない。だからほとんどの場合、運転手役は彼にまかせることにしている。

すぐにわかったのは、アレックスのように慎重なドライバーにとって、ロサンゼルスの渋滞を走るのは大きな挑戦だということだ。一時停止の標識で止まり、混みあう道へ右折するのに十分もかかった。そのあいだ、背後にいる三台の車からクラクションを鳴らされる羽目になった。

でも都市部を抜けた今は、いい調子で運転している。エアコンの効きの悪さでさえも、もはや大きな問題ではない。さげたウインドウから風が吹きこんで、甘い花の香りを運んでくれるからだ。それより大きな問題は、ＡＵＸ入力ができない車であること。つまり、ずっとラジオに頼らなければいけない。

「ビリー・ジョエルって、いつもこんなにオンエアされてるのかな？」コマーシャルの合間にチャンネルを変えるたびに、演奏途中の『ピアノ・マン』が流れてくる。これでもう三度目というとき、アレックスが尋ねた。

「きっと太古の昔からよ。洞穴に住んでいる人たちが最初にラジオを発明したときから、この曲はすでに流れていたんだと思う」

「まさかきみが歴史の大家だったとは」アレックスは大まじめに答えた。「ぼくのクラスで授業をするべきだ」

わたしは鼻を鳴らした。「わたしをイースト・リンフィールド高校の廊下に引きずりこむことはできないわよ。たとえ、あの建物の半径五メートル以内にあるどんな強力なトラクターの力を結集してもね」

「きみだってわかっているはずだ。きみをいじめた生徒たちはもうとっくに卒業している」

「そうかしら、それが本当かどうかはわからないわ」

アレックスがちらっとこちらを見た。まじめな表情で、唇をわずかに引き結んでいる。「ぼくにそいつらを叩きのめしてほしい?」

思わずため息をついた。「ううん、もう遅すぎる。今では彼女たち全員、サイズが大きすぎる赤ちゃん用眼鏡をかけた子どもがいるはず。それにほとんどの人が自分なりの〝神〟を見つけたり、リップグロスなんかを売りつける怪しげなマルチ商法を始めたりしているはず」

アレックスはわたしを見た。太陽の光を浴びて、顔がピンク色に染まっている。

「もし気が変わったら遠慮なく言ってほしい」

アレックスはわたしがリンフィールドで過ごしたつらい歳月について知っているけれど、ほとんどの場合、自分では当時を振り返らないようにしている。いつだって、アレックスに連れられて故郷の街へ戻る自分のほうが好きだ。こっちのポピーのほうが、世界は安全だと感じられる。それはアレックスがその世界にいてくれるからでもある。さらに重要なのは、彼が本当はわたしに似ているということだ。

それでもなお、アレックスのウェスト・リンフィールド高校での体験は、その姉妹校でのわたしの体験とはまるで異なるものだった。それは、彼がスポーツ――バスケットボールをやっていたおかげに違いない。学校でも、実家の教会が主催していたクラブでもだ。それにハンサムなおかげもあっただろう。とはいえ、アレックスはいつも、自分はおとなしかったから、おかしなやつというより得体の知れないやつと思われて、いじめっ子から目をつけられなかったのだろうと言い張っている。

もしも、両親が兄たちやわたしの個人主義をあれほど徹底的に奨励するタイプではなかったら、わたしももう少し運に恵まれていたかもしれない。学校生活になじめず周囲から浮いていても、どうにかうまくやっている子たちはいた。たとえばふたりの兄プリンスとパーカーも、自分とほかの人たちの個性の重なる部分を見つけて学校生活を送っていた。

それに、わたしのような子たちもいた。結局は〝仲間である子どもたち〟も自分らしさを貫こうとするわたしを許してくれるだけでなく、尊敬すらしてくれるだろうと思い違いをしている子たちだ。

なかには、自分がほかの人に認められるかどうかをまったく気にしていないように見える者に対して、このうえない不快感を抱く人もいる。その不快感とは、こんな憤りなのかもしれない。〝わたしはより多くの人たちのために自分を抑えている。ルールに従っている。それなのになぜあなたはそうしないの？　あなただって少しは気を遣うべきよ〟

もちろん、わたしだって人知れず周囲に気を遣ってはいた。それもかなり頻繁に。

たぶん、校内で侮辱の言葉を投げつけられたとき、肩をすくめて平気なふりをして、自宅に戻ってから枕に顔をうずめて泣くよりも、みんなの前で涙を流したほうがよかったのかもしれない。母が刺繍（ししゅう）してくれたベルボトムのオーバーオールを初めてはいて登校した日に周囲からあざわらわれたときも、すぐにはくのをやめたほうがよかったのかもしれない。十一歳のジャンヌ・ダルクのごとく、デニムのためなら死ねると言いたげに、顎をつんとあげてオーバーオールをはき続けるよりずっとよかったのかも。

つまり言いたいのは、アレックスは世の中の渡り方を心得ていたけれど、わたしはそうではなかったということ。いつもすべてが手をつけられないほど大炎上してから、あわてて指南書のページをめくっているようなものだ。

でもふたりで一緒にいると、そんなことは気にしなくてよくなる。わたしたち以外の世界は消えて、今いるところこそが本当のあるべき世界だと信じられるようになる。自分が周囲から誤解され、ひとりぼっちだと感じたことなんて一度もない女の子のように思えてくる。いつだってこの自分――アレックス・ニルセンによって理解され、愛され、存在を丸ごと受け入れてもらえる女の子――だったように感じられるのだ。

アレックスと出会ったとき、彼に自分のことを〝リンフィールドのポピー〟として見てほしくなかった。もし自分たち以外の要素が入りこんだら、ふたりの世界の力関係がどう変わるのか見当もつかなかったからだ。彼にとうとうその話を打ち明けた夜のことは、今でもよく覚えている。大学三年の最後の授業が終わった夜、打ちあげパーティーのあと、千鳥足でアレックスの寮に戻ったところ、彼のルームメイトは夏休みのためにすでに帰郷しているのを知った。だからアレックスからTシャツと毛布を借りて、彼の寮の部屋のツインベッドの片方で眠らせてもらったのだ。

そうやって誰かの部屋に泊まるのは、たぶん八歳のとき以来だったと思う。夜遅くまでおしゃべりを続け、眠気をこらえながら、結局話の途中でどちらも寝落ちするような〝お泊まり〟をするのは。

その夜、わたしたちはお互いのありとあらゆることについて話しあった。それまで一度も触れたことのなかった話も含めて。アレックスはわたしに、自分の母親が死んだ当時のことを打ち明けてくれた。それから何カ月も、彼の父親がパジャマを着替えようとしなかったこと。アレックスが弟たちのためにピーナッツバターサンドイッチを作り、まだ赤ん坊だった弟のために粉ミルクの作り方を学んだことも。

それまでの二年間、アレックスと一緒にいる時間をひたすら楽しんできた。でもその夜、自分の心のなかにあるまったく新たな小部屋が開け放たれたような気がした。今までそこにあることさえ気づかなかった小部屋だ。

それからアレックスは、リンフィールドで何があったのか、なぜ夏に帰郷するのをそこまで恐れるのか、と尋ねてきた。つい先ほどアレックスから聞いた話を考えると、自分の悲しみなどささいなもので、気恥ずかしく感じられて当然だっただろう。ただアレックスといると、自分が心の狭い、情けない人間のようにはまったく感じられなかった。

時間はかなり深まり、ほとんど朝になりかけていた。自分の秘密を打ち明けるのが一番安全に思える、眠気を抑えきれない時間帯だ。だから、わたしは彼にすべてを打ち明けた。中学一年生のときから話を始める。

運悪く、その年齢で歯列矯正器（ブレース）をつけていたこと。キム・リードルズに髪にガムをつけられ、結果的にボウルのような髪（ボウルカット）に切りそろえなければならなかったこと。その侮辱に加え、キムがクラス全員に、わたしと口を利いたら自分の誕生日パーティーには招待しないと言い放ち、心を傷つけられたこと。彼女の誕生日パーティーまであと五カ月もあったにもかかわらず、それはクラスの誰にとっても待つ価値のある五カ月だった。彼女の自宅にはウォータースライダーつきのプールがあり、地下には映写室まで完備されていたのだから。

高校生になると、一度はついに汚名返上した。突然おっぱいが大きくなり、それから人気者になったのだ。ただ、それもわずか三カ月で終わった。ジェイソン・スタンリーのせいだ。いきなりキスをしてきたジェイソンにそっけない態度を取ったところ、彼を清掃用具入れに誘いこんでフェラチオをしたと言いふらされたのだ。

そのあと一年間、サッカーチーム全員から〝ポルノ・ポピー〟というあだ名で呼ばれ続け、わたしと友だちになりたがる子はひとりもいなくなった。そして、より最悪な高校二年が訪れた。

その年は無難なスタートを切ることができた。ふたりいる兄のうち、年下のほうが同じ学校の上級生にいて、彼のミュージカルマニアの友人グループと一緒に過ごせたおかげだ。でもそんな日々も、自分の誕生日のお泊まりパーティーで終わりを告げた。そのとき、ほかのみんながわたしの両親を〝困った人たち〟〝恥ずかしい人たち〟と考えていることに気づいたからだ。その瞬間、自分は思っていたよりも友だちのことが好きではなかったのだと思い知らされた。

アレックスには、自分の家族を心から愛しているし、彼らを守りたいと思っているし、彼らもわたしを同じように考えてくれているけれど、それでもときどき少し寂しくなることがあると打ち明けた。わたし以外の人には、常に一番大切な別の誰かがいる。ママとパパ。パーカーとプリンス。ハスキー犬だってつがいだし、テリアミックスは日がな一日、猫と一緒に陽だまりの下で丸くなっている。アレックスと出会う前は、わたしにとって自分の家族がただひとつの居場所だった。でも彼らと一緒にいるときでさえ、どこか自分だけ浮いているように感じていた。ＩＫＥＡで買った組み立て式本棚セットのうち、どうしたらいいかわからずに焦る余分なボルトみたいな存在だ。高校以来、とにかくそういう感じや、そういう人間を避けるためにありとあらゆる手を尽くしてきた。

そういうわけで、アレックスにはすべてを打ち明けた。ただし彼と一緒にいると、自分の居場所がここだと感じられるという事実は伝えなかった。もう二年以上も友情を育んできているとはいえ、そこまで伝えるのは言いすぎのように思えたからだ。話し終えたとき、とうとうアレックスは眠ったのだと思った。でも数秒後、彼はこちらに寝返りを打ち、暗がりのなか、わたしをじっと見つめて静かに口を開いた。「賭けてもいい。ボウルカットのきみは絶対にかわいかったはずだ」

いいや、本当にかわいくなかった。でもどういうわけか、そのひと言でつらい記憶の刺すような痛みが和らいだ。アレックスはわたしを見てくれている。そして、愛してくれている。

「ポピー?」アレックスの声でわたしは現実に引き戻された。灼熱の、悪臭が漂う車内へ。そして砂漠へ。「今、どこにいる?」

片方の腕をウインドウから突きだし、風をつかんで答えた。「イースト・リンフィールド高校の、〝ポルノ・ポピー、ポルノ・ポピー!〟ってからかう声が響き渡る廊下をさまよってる」

「だったら」アレックスは優しい声で答えた。「ビリー・ジョエルのラジオ史を教えてもらうために、きみをぼくの教室へ連れていくのはよそう。だが、これだけはわかっていてほしい……」彼はまじめな顔でわたしを見ると、感情が何も感じられない声で続けた。「もしぼくが教えている生徒たちの誰かが、きみをポルノ・ポピーというあだ名で呼んだら、ぼくがそいつを徹底的にぶちのめしてやる」

「それって、これまで誰かに言われたなかで最高に胸が熱くなる言葉だわ」

アレックスは笑ったが、視線をそらした。「ぼくはまじめに言っている。いじめは、ぼくがどうしても許せないことのひとつなんだ」考えるように頭をかしげて続けた。「ただし自分自身は別だな。彼らはいつだってぼくをいじめてる」

思わず笑い声をあげたが、そんなはずはないとわかっている。アレックスが教えているのは成績優秀者（AP）クラスと上級者（オナード）クラスの生徒たちだ。それに彼は若くてハンサムで、さりげなく陽気だし、異常なほど頭が切れる。そんなアレックスを生徒たちが慕わないわけがない。

「でも、彼らはあなたをポルノ・アレックスと呼ぶ?」

彼は顔をしかめた。「うわあ、そうならないことを願うよ」

「失礼しました、ミスター・ポルノ」

「勘弁してくれ。ミスター・ポルノはうちの父だ」

「きっと、あなたに熱をあげてる生徒はたくさんいるんでしょうね」

「ある女生徒からライアン・ゴズリングに似てるって言われたことがある……」

「ワオ！」

「……彼が蜂に刺されたバージョンだって」

「きつっ！」

「そうなんだ」アレックスは同意した。「きついけど、正しい意見だ」

「きっと外へ出っぱなしで脱水症状になったら、ライアン・ゴズリングのほうがあなたそっくりになるかもよ。そう考えてみたことはある？」

「ああ。これでもくらえ、ジェシカ・マッキントッシュ」彼は答えた。

「このビッチが」すかさずそう応じたが、すぐにかぶりを振った。「だめだめ。子どもをビッチ呼ばわりするのは気分のいいものじゃない。最低のジョークだわ」

アレックスはふたたび顔をしかめた。「これで気分がよくなるかどうかはわからないけど、ジェシカは……ぼくのタイプじゃない。でも、これからたくさんのことを経験して成長していくだろうと思う」

「そうね。人生において、ガムを髪につけられてボウルカットにせざるを得なかった時期を乗り越えている最中かもしれないもの。あなたって優しいわ。彼女にチャンスを与えてあげるなんて」

「きみはジェシカとは全然違う」アレックスは自信たっぷりに言いきった。

わたしは片眉を吊りあげた。「どうしてわかるの？」

「だって」アレックスは日に焼けた道をじっと見つめたままで答えた。「きみはいつだって、ポピーだから」

宿泊するデザート・ローズは複合アパートメントで、バブルガムピンク色に塗られた、漆喰仕上げの建物だった。その建物から浮きでるように、丸みを帯びたミッドセンチュリー風のフォントで宿名が記されている。庭園には色鮮やかなサボテンや巨大な多肉植物がいっぱい飾られていて、白い囲い柵のなかに、青緑色の水面が輝くプールがあった。プールのまわりにはヤシの木が植えられ、長椅子が数脚置かれ、日焼けした人たちが数人くつろいでいる。

アレックスは車のエンジンを切った。「よさそうだね」安心したような声だ。

車からおりたとたん、アスファルトの熱がサンダル越しに伝わってきた。

ふと思った。夏のあいだ、ニューヨークだと灼熱の太陽が行ったり来たりを無限に繰り返すなか、人々はそびえ立つ摩天楼に囚われ、身動きできなくなる。そのかなり前から、このオハイオ川渓谷だと人々は自然の湿気に囚われ、身動きできずにいたに違いない。ここへきて暑さとは何かを、身をもって知ることになった。

今までわかっていなかったのだ。

砂漠地帯特有の容赦ない太陽にさらされ、肌がひりひりしている。こうして立っているだけで足の裏をやけどしそうだ。

「まいったな」アレックスはあえぐと、汗に濡れて額にほつれかかる前髪を払った。「だから、今はオフシーズンなのね」

「デイヴィッドとタムは、ここでどうやって暮らしているんだろう？」アレックスがうんざりしたような声で言う。

「あなたがオハイオで暮らしているのと同じよ。悲しそうに、しかもアルコールを浴びるように飲みながらね」

冗談のつもりだった。それなのにアレックスは硬い表情になると、何も答えないいま、車の後部へまわりこんだ。

咳払いをしながら続ける。「冗談よ。それにデイヴィッドたちはほとんどロサンゼルスに住んでいるんでしょう？　あそこはこんなに暑くなかったから」

「ほら」アレックスはわたしにひとつ目のバッグを手渡した。しゅんとしながらそれを受け取る。

心のなかのメモに刻みつける。〝オハイオがらみでこれ以上ふざけないこと〟

自分たちの荷物と、途中で立ち寄ったコンビニで買いこんだ紙袋ふたつ分の食料品を車から出し、三階にある自分たちの部屋の前までどうにか運び終えただけで、滝のような汗をかいていた。

「暑さで溶けそうだ」わたしがドア脇にあるキーボックスにコード番号を入力していると、アレックスはうんざりしたように言った。「シャワーを浴びなきゃ」

ボックスが開いたためドアノブにキーを差しこみ、宿主から送られてきた特別な指示どおりに鍵を揺らしたりひねったりしてみた。

「外へ出たらすぐにまた暑さで溶けるのがおちよ」わたしは指摘した。「シャワーを浴びるのは、ベッドに入る直前まで待ったほうがいいかも」

ようやく鍵が開き、扉を勢いよく開けて足を引きずりながらなかへ入ったところで、わたしは立ち止まった。脳裏で警告ベルがふたつ同時に、けたたましく鳴り始めたせいだ。

熱くて硬い壁のごとく立ちはだかる汗まみれのわたしに、あとから入ってきたアレックスがぶつかった。「いったいどう――」

そこで声が途切れた。ふたつの恐ろしい事実のうち、アレックスがどちらに気づいて口ごもったのかわからない。室内が信じられないほど暑いことか、それとも……。

ワンルームタイプのこの部屋の真ん中には、ベッドが一台しか置かれていなかった（それ以外は完璧なのに）。

「まさか」アレックスはひっそりと言った。声に出して言うつもりなどなかったかのように。きっと本当にそうなのだろう。うっかりもれてしまったのだ。

「ベッドはふたつって書いてあった」わたしはそう口走りながら、予約メールを確認しようとあわてて携帯電話を引っ張りだす。「絶対に」

わたしがこんなしくじりをするはずがない。そんなことは許されるはずがない。

振り返れば、ふたりで一緒のベッドに寝ることがさほど大きな問題に思えない時期もあった。とはいえ、今回の旅行はそうではない。ふたりの関係そのものがまだ不安定で、ぎこちない。ちょっとしたことがきっかけですぐに壊れそうなほどに。

「本当に？」アレックスは尋ねた。疑いよりもいらだちが強く感じられる声だ。それが嫌でたまらない。「写真を確認した？　ベッドが二台写ってた？」

わたしは受信箱から顔をあげた。「もちろん！」

でも本当に確認しただろうか？　この部屋は信じられないほど安かった。大きな理由は、先の予約が突然キャンセルになったせいだ。ワンルームタイプであることは知っていた。ターコイズ色の美しいプールや、風にゆったりと揺れるヤシの木の写真も見たし、〝清潔〟、〝簡易キッチンは手狭に見えるけれどシックなデザイン〟というレビューも確認した。それに――。

ベッドが二台並んだ写真をこの目で確認しただろうか？

「ここの宿主はたくさんアパートメントを所有しているの」わたしはとりあえず言った。なんだか頭がくらくらしている。「きっと彼がわたしたちに伝えた部屋番号が間違っていたんだと思う」

ようやく探していた電子メールを見つけだすと、添付されていた写真をクリックし、思わず叫んだ。「ほら！　見て！」

アレックスは近づいてきて、わたしの肩越しに写真をのぞきこんだ。写っているのは明るい白とグレーでまとめられたアパートメントで、角にはみずみずしいフィドルリーフイチジクの鉢植えがある。室内の中央には巨大な純白のベッドが一台置かれ、その脇に小さめのベッドが並んでいた。

きっとこれらの写真は、部屋を広く見せるような角度から意図的に撮られたものに違いない。写真だと、大きいほうのベッドはキングサイズに見えるけれど、実際はクイーンサイズだ。つまり、もう一台のベッドがダブルサイズより大きいことはないだろう。でも絶対にどこかに存在するはずだ。

「どうにも理解できない」アレックスは、写真から二台目のベッドがあるべきはずの場所へと視線を移した。

「あっ」あることに気づき、彼とわたしはハモるように言った。

アレックスは床を横切り、幅広で肘かけのない、サンゴ色をした人工スエード張り椅子に歩み寄った。装飾的なクッションを脇にどかし、椅子の縫い目に沿って座面の裏側を持ちあげ、背もたれを倒すと、三つのパーツで構成された簡易ベッドが現れた。

「折りたたみ式の……椅子だ」

「わたしがそこに寝る！」すかさず申しでた。

アレックスは弾かれたようにわたしを見た。「そんなのだめだよ、ポピー」

「どうして？　わたしが女で、この宿があなたから中西部じこみの男らしさを奪おうとしているから？　死んでもあらゆるジェンダー規範に屈するつもりはないと？」

「違うよ。もしここで寝たら、翌朝起きたとき、きみが偏頭痛になるからだ」

「あんなことが起きたのは一度だけよ。それにエアマットレスで寝たせいかどうかはわからない。あのとき飲んだ赤ワインのせいかもしれないし」とはいえ、そう言いながらも必死で室内温度の制御盤を探している。わたしの頭を痛くする原因があるとすれば、間違いなくこの暑さのなかで寝ることだからだ。ようやく簡易キッチンで見つけた。「信じられない。二十七度に設定してる」

「ほんとに？」アレックスは片手を髪に突っこみ、額にしたたる汗をぬぐった。「設定が九十度以上じゃないのが驚きだよ」

わたしは二十二度までさげた。ファンが大きな音をたてて動き始めたけれど、すぐに涼しくなるわけではない。「少なくともここからプールが見えるはず」部屋を横切って奥にあるドアへ向かい、遮光カーテンを開けた瞬間、立ちすくんだ。かろうじて残っていた希望をこっぱみじんに打ち砕かれてしまったのだ。

バルコニーはわたしの自宅よりも広く、しゃれたデザインの赤いカフェテーブルとお揃いの椅子二脚が置かれている。ただ問題は、その四分の三がビニールシートで覆われていることだ。頭上のどこかから、機械のがたがたという音と耳をふさぎたくなるようなきしみ音が絶え間なく聞こえている。

アレックスもバルコニーの外へ出て、わたしの隣に立った。「工事?」

「なんだか食品保存袋のなかに閉じこめられてるみたい。誰かの体内にある袋に」

「しかも高熱の誰かのね」アレックスは答えた。

「火事の現場にいる誰かの」

彼が少し笑った。この事態を陽気に明るく受け流そうとしているような、力のない笑い声。でもアレックスは断じて陽気ではない。だって彼はアレックスだ。ストレスを感じやすく、無類の清潔好きで、自分の空間を大事にし、〝これじゃないと眠れないから〟と自分の枕を手荷物に詰めてくる人。たとえ枕のせいで、着替えをたくさん持ってこられなくても。この旅行で絶対に起きてはならないのは、わたしたちの関係を不必要に刺激することだというのに。

突然、これから先の六日間がとてつもなく長く感じられた。結婚式のお祝いが行われる三日間だけにするべきだった。そのあいだなら、わたしたちふたりの緩衝材となる人たちも、ただ酒もたっぷりある。それにアレックスは弟のバチェラー・パーティーやらなんやらで忙しく、一緒にいられる時間も限られていたはずだ。

「プールに泳ぎに行かない？」わたしは少し大きな声で言った。今や心臓がばくばくしていて、大声を出さないと自分の声すら聞こえない。

「そうだね」ドアのほうに向き直ったアレックスは体をこわばらせた。口をあんぐりと開けたまま、わたしに何かを伝えようと言葉を選んでいる。「ぼくは浴室で着替える。きみが着替え終わったら声をかけてくれる？」

そう。ここはワンルーム。浴室のドア以外は扉がひとつもない、完全なオープンルームなのだ。

もし今のふたりがこれほど気まずい関係でなかったら、さほど戸惑うことではなかったはずなのに。

「ああ、うん」わたしはもごもごと答えた。「了解」

10

十年前の夏

わたしたちは足と背中が痛くなるまで、ヴィクトリアの街をあてもなく歩きまわった。フライト中によく眠れなかったせいで、体は重たく感じるのに、頭がふわふわしている。さんざん歩きまわったあと、焼き団子（ダンプリング）を食べるために人目につかない小さなレストランに立ち寄った。窓は着色ガラスで、赤く塗られた外壁には黄金の山並みや深い森、丸みを帯びた低い丘のあいだを蛇のように流れる急流が見事に描かれている。

客はわたしたちだけだった。時刻は午後三時。夕食にはまだ早すぎる時刻だったが、店内はエアコンがよく効いていて、料理もとてもおいしかった。ふたりともあまりに疲れ果てていたため、どんな小さなことでもおかしくて、思いだし笑いを止められなかった。

午前中、飛行機が着陸したとき、アレックスがしわがれた叫び声をあげたこと。

スーツ姿の男性が気をつけの姿勢で、そのレストランの脇を全速力で駆け抜けていったこと。

エンプレス・ホテルのアートギャラリーの女性が三十分もかけて、二万一千ドルもする、十五センチほどの大きさの熊の彫刻を売りつけようとしてきたこと。彼女はぼろぼろの荷物を引きずりながら歩くわたしたちのあとを追いかけてきた。

「ぼくたち、本当に……そんな持ちあわせがないんです」アレックスはやんわりと断った。

すると女性は熱心にうなずいた。「ええ、誰だってそうです。でも芸術はあなたの心に訴えかけてきます。そういうときこそ、その言葉に耳を傾ける方法を探すべきです」

どういうわけか、ふたりともその女性に〝二万一千ドルの熊の彫刻は自分たちに何も訴えかけてこない〟と告げることができなかった。でもそのあと、わたしたちはその日一日を、いろいろなものを手に取って過ごした。中古レコード店ではバックストリート・ボーイズのサイン入りアルバムを、石畳の通りから外れた場所にひっそりとたたずむ小さな本屋では『わたしのGスポットがあなたに告げていること』というタイトルの小説を手に取った。また、アレックスを困らせるのが目的で入った大人のおもちゃの店では、合成皮革のセクシーなキャヤットスーツを手に取って、彼に尋ねた。

「これはあなたの心に訴えかけている？」

「ああ、ポピー。こう訴えてきているよ。バイバイって」

「そうじゃなくて、アレックス、あなたのGスポットが告げていることを教えて」

「ああ、ぼくがそれを二万一千ドルでもらうよ。びた一文値切ることなくね！」

そんな調子でお互いに質問と回答を繰り返し、今はレストランの漆塗りの黒テーブルに倒れこみながら、頭が半分おかしくなったかのようにスプーンやナプキンを次々と手に取り、それらの訴えに耳を傾けずにはいられなくなっている。

わたしたちの給仕係は同い年くらいで、たくさんピアスをつけた、やや舌足らずの、しかもユーモアセンスのある女性だった。「もし醤油がちょっといかがわしいことを語ったらわたしに教えて」彼女はつけ加えた。「ここらじゅうの評判になるから」

結局、アレックスは彼女に三十パーセントもチップを払った。バス停まで歩くあいだ、彼女から見られるたびにアレックスが顔を赤くしていたことを、わたしはからかった。するとアレックスは負けじと、わたしがレコード店のレジの男性に色目を使っていたとからかい返してきた。正当な指摘だ。だって本当にそうしていたのだから。

「こんなに花でいっぱいの街は見たことがない」わたしが言う。

「こんなにきれいな街は見たことがない」アレックスが言う。

「わたしたち、カナダに移住すべきかな？」

「さあ、わからない」アレックスは続けた。「カナダはきみに訴えかけている?」

それから女性向け旅行サイト、ウィメン・フー・トラベル(W W T)でレンタルした車のある場所を目指したが、次のバス停まで徒歩で移動しながら何本かバスを乗り継いだせいで、結局二時間もかかった。

　実際に停車している車を見つけたときは心底ほっとした。車の持ち主エスメラルダから言われたとおり、後部座席のフロアマットにキーがあるのを発見したときは、思わず手を叩いた。

「うわあ」アレックスが言う。「この車は本当にきみの心に訴えかけているんだね」

「そうよ。こう言ってる。〝アレックスに運転させないで〟」

　彼は口をあんぐりと開け、目を見開くと、ここぞとばかりに傷ついたふりをした。

「やめて!」わたしは叫んでアレックスからさっと離れた。まるで彼が手榴弾(しゅりゅうだん)を手にしているかのように、いっきに運転席へ飛びこもうとする。

「やめてって何を?」アレックスは体をかがめ、わたしの顔の真正面であの悲しげな子犬顔をしてみせた。

「もうっ!」金切り声をあげてアレックスを突き飛ばすと、彼の体から無数の蟻(あり)が湧きでているかのように、あわてて体をよじって助手席へ逃げこんだ。その瞬間、アレックスはしごく冷静に運転席に座った。

「その顔、嫌い」思わず言った。

「嘘だね」アレックスが応じる。

そう、彼は正しい。

本当はあのまぬけ顔が大好きだった。

それに、本当は運転が大嫌いだ。

「逆心理（リバース・サイコロジー）（言われたことと反対の行為をしたくなる心理）について調査しているなら、完全にやられた」わたしはぽつりと言った。

「ん？」アレックスは左右を確認しながら車を発進させた。

「なんでもない」

それから北へ向けて二時間ドライブをして、わたしが島の東側に見つけたモーテルにたどり着いた。霧深い、おとぎの国に迷いこんだようだ。太古の昔と変わらず深い森林が両脇に広がるなか、幅広くてまっすぐな道がどこまでも続いている。街ではさほどやることがなかった。でもここにはセコイアの木があり、滝まで通じるハイキングコースもある。しかもわたしたちのモーテルから数キロ車を走らせたところにはドーナツ店〈ティム・ホートンズ〉もある。モーテルは背の低いロッジ風の建物で、建物の前に砂利の駐車場があり、背後には霧のなか、一面の紅葉が広がっていた。

「ここ、ある意味、好みだな」アレックスが言う。

「わたしも。ある意味、好み」一も二もなく同意した。

その週はずっと雨続きで、ハイキングを終えるころには全身ずぶ濡れになっていた。それに手頃な価格のレストランが二軒しかなくて、そのどちらかで三度の食事をすませる必要もあった。しかも道ですれ違うほぼ誰もが六十歳以上の高齢者であることに気づき、ここが高齢者向けの村（リタイアメント・ヴィレッジ）だと確信するに至った。モーテルの部屋は常にじめじめしていたし、近くにある〈チャプターズ・ブックストア〉以外、丸一日時間をつぶせるような場所がほとんどなかった（ちなみに、わたしたちはその書店に併設されたカフェで朝食と昼食をとった。食事のあいだは騒ぐことなく、アレックスは村上春樹を読み、わたしは今後の参考に旅行ガイドブック『ロンリープラネット』を次々と読みあさった）。

だけど、そんなことはどれも気にならなかった。その一週間ずっと、わたしはこう考え続けていた。この日々こそが、わたしの心に訴えかけている。

これこそ自分がこれからの人生に求めていることにほかならない。新しい土地をこの目で見て、新しい人たちと知りあい、新しい物事を試してみること。ここでは途方に暮れたり、自分だけ場違いだと感じたりすることがない。とにかく逃げだしたくてたまらなかったリンフィールドとは全然違う。それに長く退屈な授業が嫌で、戻ることを考えるだけでぞっとする大学とも。わたしはこの瞬間にしっかりと根をおろしている。

「いつもこんなふうに過ごせたらいいと思わない？」アレックスに尋ねてみた。

彼は読んでいた本から顔をあげてわたしを見ると、片方の口角を持ちあげた。「そんなことをしたら、本を読む時間がなくなってしまう」

「もしもわたしが、あなたをありとあらゆる街の本屋に連れていってあげると約束したらどう？　そうしたら、あなたは大学を辞めて、ヴァンでわたしと一緒に生活する？」

アレックスは頭を傾け、しばし考えた。「たぶん、それはない」その答えは驚くべきものではなかった。理由はいろいろあるけれど、そのひとつはアレックスが大学の授業をこよなく愛していたことだ。彼は英語学の大学院教育課程に関して、すでにあれこれ調べ始めている。いっぽうのわたしの成績表には見事にCばかり並んでいる。

「とりあえずやってみたかったなあ」わたしはため息まじりに答えた。

アレックスは読みかけの本を置いた。「こう考えてみるのはどうかな？　きみはぼくの夏休みを利用できる。きみのために丸々空けておくようにするよ。きみの行きたい場所へ、どこでもいいからふたりで行こう。金額的に行ける場所に限るけど」

「本気？」わたしは疑わしげに尋ねた。

「約束する」アレックスは片手を差しだし、わたしたちは握手を交わすと、しばらくにんまりとしながらそこに座っていた。人生を変えるような、重要な契約書にサインしたかのような気分を味わいながら。

旅行も残り三日となった日、わたしたちはカテドラル・グローブへハイキングに出かけ、朝日がのぼるにつれ、朝露に濡れた森が黄金色の光で満たされていく、ひっそりとした光景を楽しんだ。そのあと車で向かったのがクームズという小さな町だ。メインのお楽しみは、わずかに立ち並ぶ草ぶき屋根のコテージと、その周囲で草を食む（は）ヤギの群れだけ。それでも、わたしたちはそれらの写真を楽しんで撮った。記念撮影用のフォトスポットもあったので、雑に塗られたヤギの体の上から頭だけを突きだして、自分たちの写真も撮った。市場をまわってクッキーやキャンディ、ジャムの試食でおなかいっぱいになりながら、贅沢な二時間を過ごした。

最終日の前日、丸一日かけて旅行できる最後の日には車でバンクーバー島を横断し、トフィーノ観光を楽しんだ。もし節約する必要がなければ、絶対にトフィーノでもう一泊しただろう。わたしは（心配になるほど安い）水上タクシーのチケットを買って、アレックスを驚かせた。いろいろな記事で目にしていた観光名所トフィーノに加え、熱帯雨林から温泉まで連れていってくれるタクシーだ。

水上タクシーの運転手はバックという名の男性だった。わたしたちより年上だが、そんなに年齢は離れていない。メッシュキャップの後ろから、日焼けした黄色の髪が突きでている。かなり不潔なタイプのハンサムだ。特に体臭。かすかにパチョリが入り混じったようなビーチ特有のにおいがする。でも、彼はそれをうまく自分の魅力に変えていた。

水上タクシーでの移動は実に荒々しいものだった。モーター音がうるさくて、アレックスの耳元で大声で叫ばなければならなかった。強風にあおられた自分の髪が、彼の顔に叩きつけられるのを見ながら話しかける。「水の上を跳ねる小石ってこんな感じかも！」小さな乗り物が黒々とした波にぶつかるたびに、自分の声にリズミカルなアクセントがつく。

バックは（どうにも長すぎる）移動のあいだ、両手をひらひらとさせながらわたしたちに話しかけてきた。でも、何を言っているのか全然聞き取れない。そのせいで、彼の聞こえないひとり語りを聞くだけだった最初の二十分が過ぎると、アレックスとわたしは半分頭がおかしくなったかのように笑い始めた。

「もし彼が今、自分の犯罪を自白していたらどうする？」アレックスが叫ぶ。

「辞書の最後から最初まで暗唱してるのかも！」わたしは答えた。

「数学の方程式を解いているんだ！」アレックスが応じる。

「死者と交信してるのよ！」

「これって――」

バックが突然エンジンを切ったため、アレックスの最後の声がやけに大きく聞こえた。彼は声を落としてわたしの耳元でささやいた。「飛行機より最悪だな」

「彼、わたしたちを殺すためにボートを止めたのかな?」小声でささやき返した。

「さっきから彼が話していたのはそれか?」アレックスが甲高い声で言う。「パニックを起こすべきときかな?」

「ほら、あそこを見てごらん」バックは座席に座ったまま体を左側に向け、遠くを指差した。

「ぼくらを殺すつもりの場所かな?」アレックスがささやく。わたしは思わず噴きだしそうになったが、咳をしてごまかした。

バックはくるりと後ろを向き、ゆがんだ、でもとびきりハンサムな満面の笑みを浮かべた。「カワウソの家族だ」

わたしは甲高い、しかも百パーセント本物の叫び声をあげると、よろよろしながら立ちあがり、体をかがめるようにして、波間を漂う小さな毛むくじゃらのかたまりを見つめた。どの子も脚を折りたたんで重ねあっているため、完全にひとつの集団として漂っている。まるでかわいらしい海の生き物たちで作られた網のようだ。アレックスはわたしの背後に立つと、こちらの両腕に軽く手をかけ、前かがみになってわたしの頭越しにカワウソたちを見つめた。

「オーケイ」アレックスが言う。「やっぱりパニックを起こすべきときだ。信じられないほど愛らしい」

「一匹、家に連れて帰れるかな?」彼に尋ねる。「あの子たち、わたしの心に訴えかけてくれてる!」

そのあとのハイキングでは、青々と生い茂る熱帯雨林を通り抜け、熱い地上から湧きでる温泉まで歩いた。そのすばらしさを思えば——驚くべきことに——水上タクシーに乗り続けたせいで背中がこわばっていようが気にならなかった。

服を脱いで水着になり、岩々のあいだにある、ぬるくて濁った温泉にそろそろと入った。アレックスが言う。「カワウソたち、手をつないでいたね」

「世界はわたしたちを好きでいてくれる」わたしはしみじみ言った。「今日は完璧な日ね」

「完璧な旅行だ」

「まだ終わったわけじゃない。あとひと晩あるもの」

その晩、水上タクシーで安全に港まで送り届けてもらうと、わたしたちはバックと一緒にぼろぼろの小さな小屋に入った。そこで料金を支払うのだ。

「きみたち、どこに泊まってるの?」バックはわたしから印刷されたクーポン式乗車券を受け取り、そのコード番号をパソコンに入力しながら尋ねてきた。

「島の反対側なんだ」アレックスが答える。「ヌヌース・ベイの外側」

バックはブルーの瞳をあげ、満足げな様子でアレックスとわたしを交互に見た。

「おれのじいちゃんとばあちゃんがヌヌース・ベイに住んでるんだ」

「ブリティッシュ・コロンビアのおじいちゃん、おばあちゃん全員が、ヌヌース・ベイに暮らしているみたいに思えるけど」わたしが言うと、バックは大きな笑い声をあげた。

「あの場所でいったい何をしてたんだ?」バックが不思議そうに尋ねる。「若いカップルが心から楽しめる場所とは思えないけど」

「ああ、ぼくらは……」アレックスは居心地悪そうに、片足から反対の足へ重心を移した。

「わたしたち、血のつながってない、法律でも認められていないきょうだいなの」

「つまり、ただの友だちってこと」アレックスはそう説明し直した。わたしのことを恥ずかしがっている様子だ。当然だろう。バックからじっと見つめられた瞬間、わたし自身も自分の頬がロブスターみたいに真っ赤になり、胃がきりきりするのを感じた。

バックは視線をアレックスに戻すと、にっこりと笑みを浮かべた。「もし今夜、わざわざ車を飛ばして年寄りばかりの施設に戻りたくなければ、おれが友だちと住んでる家に来ないか? うちには中庭も、予備のテントもある。みんな、大歓迎さ。おれたちはいつだって誰かと一緒に過ごしているから」

アレックスは絶対に地べたになんて寝たくないはず。そう思ったが、意外にも彼はこちらをちらっと見た。わたしがその提案をどう考えているか確認したに違いない。これぞ、まさに思いがけない展開。この瞬間、わたしがこの旅に求めていたサプライズが起きた。なんとアレックスはほとんど聞こえないほど小さなため息をつくと、振り返ってバックに笑みを向けてこう答えたのだ。「ああ、いいね。ありがとう」

「よし、きみたちが最後の客なんだ。店の戸締りをしたら一緒に行こう」

そのあと港から離れるとき、アレックスはバックに彼の家の住所を尋ねた。そうすればGPSに接続できるからだ。でもバックから一蹴された。「そんなのいらないさ。運転する必要なんてないんだから」

バックの家は港から半ブロック離れた場所にあった。屋根がたわみ、老朽化した二階建ての家で、二階のバルコニーには洗濯物のタオルや水着、汚れた折りたたみ家具などがずらりと並べられている。前庭ではたき火がたかれ、まだ夕方六時だというのに、すでに十数人が集まっていた。みんな、バックと同じくやや不潔なタイプだ。サンダルやハイキングブーツの者もいれば、泥のついた裸足のままの者もいる。彼らはビールを飲みながら、玄関ポーチにダクトテープで貼りつけられたふたつのスピーカーからトランスミュージックが流れるなか、芝生でアクロヨガをしていた。いたるところで大麻のにおいがする。いわばバーニングマン祭り（ネバダ州の砂漠で行われる野外イベント）の安っぽい縮小版といったところだ。

「よう、みんな」バックはわたしたちを丘の中腹まで連れていくと叫んだ。「ポピーとアレックスだ。出身は……」彼は肩越しにわたしを見て、答えるよううながした。

「シカゴ」わたしが答えたのと同時に、アレックスも口を開いた。

「オハイオ」

「オハイオとシカゴだ」バックが繰り返すと、みんなは歓迎の歓声をあげ、ビールを掲げた。手編みのクロップトップを着たスリムで筋肉質な女の子が、わたしとアレックスにボトルを運んできてくれた。アレックスはむきだしの彼女のおなかを必死に見ないようにしている。そのあいだに、バックはたき火を囲んでいる人たちの輪のなかにまぎれると、何人かの仲間と背中を軽く叩きあいながらハグを繰り返した。

「トフィーノへようこそ」女の子が話しかけてきた。「デイジーよ」

「わたしと同じ花の名前ね！」わたしは言った。「でも少なくとも、あなたの名前の花はアヘンには使われない」

「アヘンは試したことがないの」デイジーは考えこむように答えた。「ＬＳＤとかマッシュルームに目がないから。それに、もちろん大麻も」

「睡眠グミは試したこと、ある？」わたしは尋ねた。「びっくりするほど効くわよ」

アレックスは咳きこんだ。「デイジー、ビールをありがとう」

彼女はウインクをした。「どういたしまして。わたしは新しく来た人の歓迎係なの。それに家の案内人でもある」

「あら、あなたもここに住んでいるの？」わたしは尋ねた。

「ときどきね」

「ほかには誰が？」アレックスが尋ねる。

「うーん」デイジーは体の向きを変え、集まっている人々を眺めると、曖昧に指を差した。「マイケル、チップ、タラ、カビール、ルウでしょ」彼女は濃い色の髪を背後でまとめ、首の脇でひとまとめにした。「モーとクインシーもときどき。リタはもうここに一カ月ほどいるけれど、そろそろ離れるんじゃないかな。コロラドでラフティング・ガイドの仕事が見つかったみたいだから――ねえ、そこからシカゴってどれくらい遠い？　あなた、彼女に会いに行ってあげるべきだわ」

「ああ」アレックスは答えた。「そうかもね」

バックはふたたびわたしとアレックスのあいだに戻ってくると、口のなかで大麻を嚙みながら、それぞれの体にさりげなく腕をまわした。「デイジーにまだ案内されてない？」

「ちょうど今そうしようと思ってたところ」彼女は答えた。

でもどういうわけか、わたしはこの湿っぽい家のなかを見てまわるツアーに出かける気になれなかった。結局、火のそばにある、ひび割れたプラスチック製のアディロンダック・チェアに、バックと一緒に座ることにした。それに——これってわたしが考えた世界?——もうすぐラフティング・ガイドになるリタはチップと話しこんで、さまざまな基準からニコラス・ケイジ主演の映画をランクづけしている。紫色の黄昏が夜のより深いブルーと黒にゆっくりと溶けこみ、いつしか頭上に満天の星空が広がっていた。ちかちかした光がまたたく巨大な毛布がいっきに広がったみたいに。

リタは屈託なく笑う女の子だ。この特性は信じられないほど過小評価されている。わたしは常々そう考えている。バックは本当にのんびりとくつろいでいた。そんな彼と一緒の椅子に座っているだけで、わたしは間接的にいい気持ちになり始めた。それから彼と大麻を分けあうことで、生まれて初めて本当のハイになった。

「これ、いいだろ?」何度か吸いこんでいるわたしを見て、バックが熱心に尋ねてきた。

「うん、すごくいい」わたしは答えた。本当にそう考えていた。もし別の場所なら、ドラッグなんて嫌だったかもしれない。でも今夜は完璧。だって今日も、このトリップも完璧だから。

アレックスが〝ツアー〟を終えて戻ってきたときには、わたしはバックの膝の上で体を丸めて座っていた。肌寒くなった両肩に、彼の汗臭いシャツを巻きつけながら。

〝大丈夫?〟アレックスはたき火の向こう側から、口の形だけで尋ねてきた。

わたしはこくんとうなずいて、彼にならった。〝あなたは?〟

アレックスもうなずき返すと、何か尋ねてきたデイジーに向き直り、彼女と熱心に話しこみ始めた。わたしはふたたびバックのほうに顔を向けると、ひげが剃られていない彼の顎の線をちらりと見て、頭上高くに広がる星々を見つめた。

もし今夜があと三日続いたとしても耐えられるだろう。そう考えていた。でも結局、空の色はまたしても変わり始めた。どこか遠くのほうで朝日が地平線からのぼるにつれ、芝生を覆っていた朝霧が晴れていく。その場にいるほとんどの人が眠っていた。アレックスも含めてだ。たき火がすっかり燃えさしになったころ、バックから家のなかへ入りたいかと尋ねられ、そうしたいと答えた。

〝家のなかへ入るのが、今わたしの心に訴えかけてくることよ〟思わずそう言いそうになったけれど、すんでのところで思いだした。これは世界共通のジョークじゃない。わたしとアレックスにしか通じない冗談だ。それに結局のところ、バックには言いたくない。

バックには自分の部屋があった。それがわかってほっとした。たとえ、それがクローゼットくらいの広さしかなく、床に直接マットレスが敷かれた場所だったとしても。

しかもベッドというよりむしろ、ファスナーが開いたままの寝袋がふたつしかなかったとしても。しかもバックがキスをしてくる。ひどく荒々しい。ひげが当たって肌がちくちくする。しかも大麻とビールの味がする。とはいえ、今回を除けば、今までキスをしたことのある相手はふたりだけ。そのうちのひとりは、あのジェイソン・スタンリーだ。だからわたしの基準からすれば、これはまだかなりいいほうのキスと言える。バックの両手は自信たっぷりではあるものの、彼の唇以外の部分と同じく、ややゆっくりとした動きだ。そのうち、わたしたちはマットレスの上にくずおれ、お互いに海風でもつれた髪に手を差し入れ、ふたりして腰を揺らし始めていた。

彼っていい体してる。わたしはぼんやりと考えた。活動的な生活を送っているおかげで、ほとんどの部分が引き締まっている。けれど、いろいろな悪い習慣にふけっているせいで、ややぽっちゃりしている部分もある。アレックスの体とは違う。もう何年もジムに通い続け、日々の鍛錬とケアを怠らずに作りあげたアレックスの体とは。でもだからと言って、アレックスがいい体をしていないわけじゃない。というか、実際ものすごくいい体をしている。

いや、ふたりの体を、というか、誰とであれ比べる理由なんてない。こんな考えが頭に浮かんだこと自体、ある意味どうかしている。

でも、わたしにとって、そばにあるのが一番自然なのはアレックスの体なのだ。しかも、決して自分からは触れたいと思わない体でもある。アレックスのような人たち――慎重で誠実で、ジムで鍛えている控えめな人たち――は、サラ・トーヴァルみたいな人たち――慎重で誠実なアレックスが図書館でひと目でベタ惚れした女性――に惹かれる傾向が強い。

いっぽうで、わたしのような人たちは、結局バックのような人たちといちゃいちゃすることになる。マットレスしか敷いていない床で、ファスナーが開いたままの寝袋の上で。

今やバックは一方的に舌と両手を動かしている。それでも楽しい。ほとんど見ず知らずの相手とキスするのも、その相手に触れることを許されるのも。なんだか何かの練習みたいだ。わたしの実生活には全然関係のない、休暇旅行で出会ったどこかの男性と楽しむ、完璧な練習。今のポピー・ライトしか知らない、しかもそれ以上のことを知る必要がない相手と。

唇が腫れぼったく感じられるまでキスを続け、ふたりでシャツを脱いだあと、わたしは夜明け前の暗闇のなか、体を起こして息を整えた。「わたし、セックスはしたくない。いいかな?」

「あ、そうなんだ」バックは軽い調子で答え、壁にもたれて座った。「いいよ。無理しないで」

セックスを拒まれたことに関して、バックは少しも気まずさを感じていないように見える。でも、それ以上わたしの体を引き寄せたり、もう一度キスをしたりしようともしない。しばしそこに座ったまま、何かを待っているようだ。

「何？」わたしは尋ねた。

「ああ」バックは扉を一瞥し、視線をわたしに戻した。「思ったんだけど、もしきみがヤリたくないなら……」

彼の言いたいことがわかった。「ここから出ていってほしいのね？」

「まあね……」バックは恥ずかしげな（彼にしては恥ずかしそうな）半笑いを浮かべたが、それでも吠えるような声で続けた。「つまり、もしきみがセックスしないならおれは……」

彼が口ごもる。自分でもびっくりしたことに、わたしは思わず笑いだした。「ほかの誰かとセックスするつもり？」

バックは正真正銘、心配そうな表情になった。「気を悪くしたかい？」

わたしはたっぷり三秒ほど彼を見つめ返した。

「なあ、もしヤリたいならやろう。おれはしたい。ていうか、めちゃくちゃしたい。でもきみがセックスしたくない以上……きみ、頭がおかしくなったの？」

わたしは声をあげて大笑いした。「ううん」ふたたび自分のシャツを身につけた。

「本当に、頭は全然おかしくなってない。ただ、あなたの正直さに感謝してる」

本気だ。だって相手は休暇中に出会ったどこかの男にすぎない。でも、もろもろの事情を考慮すれば、彼は一種のジェントルマンと言っていいだろう。

「オーケイ、よかった」バックは彼独特のゆったりとした笑みを浮かべた。暗がりのなかでも輝くように見える笑みだ。「おれたち、問題なくてよかった」

「ええ、本当に」わたしは同意した。「でも……テントがあるって言ったわよね？」

「あ、そうだ」バックは片手で額をぴしゃりと叩いた。「家の前に赤と黒のやつがある、好きに使っていい」

「ありがとう、バック」わたしはすぐに立ち去ろうとせず、言葉を継いだ。「いろいろありがとうね」

「なあ、ちょっと待って」彼は体をかがめ、マットレスの脇にある床から一冊の雑誌をつかみ、手探りでサインペンを探しだすと、雑誌の余白に何かを殴り書きし、そのページを破り取った。「もしこの島に戻ってくることがあれば、おれのじいちゃん、ばあちゃんが住んでる地域に泊まることない。まっすぐここに来て泊まればいい。わかった？　ここにはいつだって泊まれる部屋がある」

わたしは雑誌の切れ端を受け取ると、その家から出た。途中、通り過ぎたいくつかの部屋からはすでに――というか、相変わらず――音楽が流れ、扉の背後からは柔らかなため息やあえぎが聞こえてきた。

表に出ると、朝露に濡れた玄関ポーチの階段をおりて赤と黒のテントに向かった。アレックスは数時間前に、デイジーとこの家のなかに消えたに違いない。そう思っていたのに、テントを開けるとそこでアレックスが熟睡していた。起こさないよう気をつけながらなかへそっと入り、彼の脇に体を横たえる。アレックスは腫れぼったい眠たげな目をうっすらと開け、かすれ声で話しかけてきた。「やあ」

「どうも」わたしは答えた。「起こしちゃってごめん」

「大丈夫。どんな夜だった？」

「まあまあ。バックといちゃついた」

アレックスはほんの一瞬目を見開いたが、すぐに眠たげな薄目に戻った。「へえ」しゃがれ声で言い、こみあげる眠たげな笑い声をのみ下そうとしている。「きみの上と下の毛、同じ色？」

笑いながら彼の片脚を軽く蹴飛ばした。「教えない。笑われるから」

「彼、水上タクシーに乗ってるあいだずっとなんて言ってたか教えてくれた？」アレックスはまた笑いながら尋ねた。「いったい何人、きみと一緒にあのハンモックで寝たの？」

いったん笑いだすと止まらなくなった。おかしくて目尻に涙がたまる。「彼……追いだしたの……」ひっきりなしに笑っているせいで、なかなか言葉がうまく出てこない。それでもどうにか続けた。「わたしが……彼とはセックスしたくないって言ったら、すぐに追いだされた」

「なんてことを！」アレックスは片肘を突いて体を起こした。むきだしの胸から寝袋がはらりと落ち、彼の髪がかすかに揺れる。「とんでもないやつだ」

「違うの。そんなんじゃない。バックはただ、ほかの誰かを相手にしたかっただけ。もしわたしがだめでも、このひっそりとした半エーカーの森には、ほかに彼の誘いに簡単に乗る女の子がゆうに四百人はいるはずだもの」

アレックスはふたたび横になった。「ああ、ぼくはいまだにそういうのが不愉快だ」

「女の子といえば」わたしはにやにやしながら言った。

「そんな話してないけど……？」

「デイジーとは寝たの？」

アレックスはぐるりと目をまわした。「きみ、ぼくがデイジーと寝たと思ってるの？」

「うん。あなたがそんなふうに答える一瞬前までは思ってた」

アレックスは枕の下で片腕の位置を調整した。「デイジーはぼくのタイプじゃない」

「たしかに。彼女はサラ・トーヴァルとは全然違うもの」

アレックスはふたたび目をまわすと、完全に閉じた。「さあ、もう寝よう、変人さん」

あくびをしながらわたしは答えた。「眠りがわたしの心に訴えかけてくる」

11

今年の夏

デザート・ローズのプール脇に並べられた長椅子は、ほとんど空いていた。誰もがプールに入っているからだ。だからアレックスとわたしは角にある長椅子二脚に、とりあえず自分たちのタオルをかけた。

長椅子に座ったとたん、アレックスが顔をしかめた。「このプラスチック、めちゃくちゃ熱い」

「何もかもが熱い」わたしは彼の隣の椅子に座ると、体を包んでいたタオルを引きはがした。「今あのプールの水の何パーセントがおしっこだと思う？」顎をしゃくり、プールにいる赤ん坊たちを指し示した。どの子も日よけ帽をかぶって笑い声をあげながら、両親と一緒にプールの階段に向かって水しぶきをあげている。

アレックスは露骨に嫌な顔をした。「そんなこと言うなよ」

「なんで？」

「この暑さをしのぐために、プールに入るつもりでいるからだよ。それに、そんなことは考えたくないからだ」彼は視線をそらすと、白いTシャツを頭から脱いで丁寧に折りたたむと、体をひねって脇にある地面に置いた。その動作のせいで、胸から腹筋にかけての筋肉が引き絞られる。

「ねえ、どうして前より筋肉もりもりなの？」わたしは尋ねた。

「そんなことないよ」アレックスはわたしのビーチバッグから日焼け止めを取りだし、手のひらにつけた。

自分のおなかを見おろしてみる。蛍光オレンジ色をしたピチピチのビキニパンツの上に見事に張りだしている。ここ数年、飛行機内でカクテルを楽しみ、深夜にブリトー、ギリシャのスパイシーな焼き肉（ギロス）、麺類を食す生活を送っているせいで、確実に体重が増え始め、体が丸みを帯びてきている。「ふうん」アレックスにそう答えて続けた。「だったら、あなたは前と同じ見た目のままってわけね。そのあいだに、わたしたち残りの人たちは目が落ちくぼみ、おっぱいが垂れて、首にしわが寄って、前よりも妊娠線、あばた、傷跡がどんどん増え続けているっていうのに」

「きみ、本当に十八歳のときの見た目のままでいたいの？」アレックスは尋ねると、日焼け止めの大きなかたまりを自分の両腕と胸に塗り始めた。

「ええ」わたしは日焼け止めローション（バナナボート）のボトルを手に取り、両肩に塗った。「でも二十五歳でよしとするつもり」

　アレックスはかぶりを振り、首に日焼け止めをさらにたっぷりとこすりつけた。

「きみはあのころよりずっとすてきに見えるよ、ポピー」

「本当に？　でもわたしのインスタのコメント欄には、それと正反対のことが書かれてるわ」

「あんなの全部でたらめだよ。インスタグラム投稿者の半数は実在していないし、編集されてない画像なんて一枚もない。もし彼らが実物のきみを見たら、その魅力に卒倒するはずだ。ぼくの生徒たちは全員、〝インスタグラム・モデル〟に夢中なんだ。完全にコンピューターグラフィックス（CGI）で生成した画像だけど、生きてるみたいにいきいきしてる。文字どおり、ビデオゲームのキャラクターみたいで、アカウントが更新されるたびに、生徒たちはみんな、彼女がどれだけ美しいか大騒ぎしてる」

「あ、その子知ってる。つまり、もちろん彼女を実際に知っているわけじゃない。実在しないから。でも彼女のアカウントなら知ってる。ときどきコメントを読んでて深い沼にハマることがある。彼女にはもうひとり、ライバルの別のＣＧＩモデルがいるの——背中、やってほしい？」

「なんだって？」アレックスは困惑したように顔をあげた。

わたしは日焼け止めのボトルを掲げてみせた。「背中に塗ろうか？　今、ちょうど日に当たってる」

「ああ、そういうことか、ありがとう」アレックスは体の向きを変え、頭をさげた。だけどそれでも長身のため、彼の肩甲骨のあいだに手を届かせるために、わたしは長椅子の上で膝をついて座らなければならない。「とにかく」アレックスは咳払いをした。「生徒たちは、ぼくが不気味の谷現象（人間にそっくりだがわずかに違う存在は、かえって人に嫌悪感を抱かせるという仮説）をひどく嫌っているのを知っている。だから、わざとそのインスタグラム・モデルの写真を見せて、ぼくが嫌がる姿を眺めて楽しんでるんだ。それで反省させられたよ。これまでずっときみに悲しげな子犬顔を見せて悪かったなって」

わたしは両手をアレックスの両肩にのせたまま、手の動きを止めた。太陽の光を浴びて、肌からぬくもりが伝わってくる。とたんに胃がきりきりとするのを感じた。

「もしあなたが、あれをやめちゃったら悲しい」

アレックスが肩越しに振り返り、こちらを見た。横顔の半分に青い影が落ち、あとの半分が強烈な陽光にさらされている。ほんの一瞬、彼がこれほど近くにいることに胸のときめきを感じた。それに、手の下から伝わってくる彼の肩の筋肉の硬さや、日焼け止めの甘いココナッツの香りと相まった彼のコロンの香りにも。わたしにじっと注がれているはしばみ色の瞳にもだ。

これこそまさに――〝もし○○したらどうなる？〟を想像する――残り五パーセントに相当する瞬間だ。もしわたしが体をかがめてアレックスの肩にキスをして、それから口づけて彼の下唇に軽く歯を立て、両手を彼の髪に差し入れたらどうなるだろう？　アレックスが体の向きを変え、胸にわたしを引き寄せるまで……。

でも、そんな〝もし○○したらどうなる？〟はない。自分でもよくわかっている。きっとアレックスもわかっているはずだ。だって実際、彼は咳払いをして視線をそらしたから。「きみも背中に塗ってほしい？」

「ああ、うん」どうにかそう答え、今度はアレックスがわたしの背中に向きあうようにふたりして体の向きを変えた。彼が両手をこちらの背中に這わせているあいだ、ずっとそのことを意識しないようにした。アレックスの手のひらの優しい感触によって、パームスプリングスの太陽よりも熱い何かが、自分のおへその下に集まらないように。

赤ん坊たちが泣き叫び、人々が笑い声をあげ、思春期直前の子どもたちが狭すぎるプールに勢いよく飛びこんでいてもどうってことない。この騒々しいプールで、今のわたしの気を充分にそらしてくれる刺激は何もない。だから急いで次のプランを実行することにした。

「サラとはあれから話した？」いつもより一オクターブ高い声が出た。

「ああ」アレックスは両手をわたしの背中から離した。「ときどき。さあ、終わった」

「そう、ありがとう」わたしは体の向きを変え、長椅子の背にもたれかかると、アレックスとのあいだに充分な距離を取った。「彼女はまだイースト・リンフィールドで教えているの？」教師になりたい人が多くて競争が激しい昨今の事情を考えると、ふたりとも同じ学校で教員の仕事を見つけ、オハイオに戻ったなんて夢みたいな話に思える。それなのにふたりは別れた。

「ああ」アレックスはわたしのビーチバッグに手を伸ばし、先にコンビニで買っておいたマルガリータ・スラッシーをたっぷり入れた水筒を二本取りだした。一本をわたしに手渡しながら続ける。「まだ彼女はあそこにいる」

「だったら頻繁に顔を合わせなくちゃいけないでしょう。気まずくない？」

「いや、あんまり」

「あんまり顔を合わせないってこと？　それとも、あんまり気まずくないってこと？」

アレックスは水筒をあおって時間を稼いだ。「うーん、どっちもかな」

「彼女……ほかに相手がいるの？」

「なんで？」アレックスが尋ねる。「てっきりきみはサラのこと、好きじゃないと思っていたけど」

「うん」ふいにきまり悪さを感じた。ドラッグみたいに全身の末端まで広がっていく。

「でも、あなたは好きだった。だから大丈夫かどうか知りたくて」

「ぼくなら大丈夫」彼はそう答えた。でも居心地が悪そうな声だったので、それ以上深追いするのはやめた。

オハイオがらみのたわごとは言っちゃだめ。アレックスの滑稽なほど引き締まった体についてのコメントも口にしてはいけない。それに、わずか十五センチしか離れていない場所にある、彼の澄みきった瞳を見つめるのもなし。サラ・トーヴァルの話題を持ちだすのも禁止。

それでもなんとかなる。たぶん。

「プールに入る?」わたしは尋ねた。

「いいよ」

ところが赤ん坊たちのあいだを通り抜けて白塗りのプールの階段をおりたものの、すぐに気づかされた。この状態は、ふたりのあいだの気まずさをいっきに解決する手立てにはならない。理由はふたつある。ひとつは、多くの人たちが立っているせいで(そしておそらくおしっこしているせいで)プールの水が外の空気と同じくらい熱く、どういうわけか外にいるより不快に感じられるせいだ。

もうひとつは、プールが混んでいて、体を寄せあうように立たなければいけないせいだ。実際、上半身の三分の二がほぼ触れあわんばかりになっている。迷彩柄の帽子をかぶったずんぐりした男性がそばを通り過ぎていったとき、あわや押しのけられそうになり、アレックスとまともにぶつかってしまった。下腹部に彼のよく引き締まったおなかの感触が伝わったとたん、全身に稲妻のようなものが走った。アレックスはとっさにわたしの腰をつかんで体を支えてくれたが、少しずつ遠ざかり、五センチほど離れた適切な位置へ戻った。

「大丈夫？」彼が尋ねてくる。

「ああ、うん」そう答えるのがやっとだった。自分の腰骨にかけられている、彼の手の感触のことしか考えられなかったから。今回の旅行にはたくさんのことを期待している。でも〝ああ、うん〟としか言えなくなるようなこと――アレックスの大きな手が自分の腰にかけられることは想定外だ。

彼はわたしの体を離し、肩越しに背後を振り返ってふたりの長椅子のほうを見た。

「もう少し人が少なくなるまで読書でもしていようか」

「そうね」わたしは彼のあとからジグザグに進みながらプールの階段まで戻り、焼けるように熱いセメントの上を歩き、ふたたび長椅子の前にやってきて、短すぎるタオルを広げた。長椅子に横たわり、人が少なくなるのを待つことにする。アレックスが取りだしたのはサラ・ウォーターズの小説だ。その小説を読み終えると、今度はオーガスタス・エバレットの本を読み始めた。わたしは『R＋R』最新号を取りだした。

これから自分が書いていないすべての記事に目を通すつもりだ。スワプナに持ち帰れるような、すばらしいアイデアのヒントになるものを探したい。そうすれば彼女がわたしに腹を立てることもないだろう。

それから汗だくになりながら丸二時間、雑誌を読むふりをした。でもプールの混雑はいっこうに解消されなかった。


自分たちのアパートメントのドアを開けた瞬間、事態がさらに悪くなっていることに気づいた。

「どういうことだ」アレックスがわたしのあとから入ってきた。「さっきより暑くなってる?」

わたしはあわてて室内温度の制御盤に駆け寄り、そこに表示されている数字を読んだ。「二十八度?」

「もしかして強く押しすぎたからかな?」アレックスはそう言って、わたしの横へやってきた。「せめて二十七度までさげられるか確認しよう」

「ねえ、アレックス、わたしだって理屈では、二十七度が二十八度よりはましだってことくらいわかる。でも二十七度の部屋で寝ようとしたら、きっとわたしたち、殺し合いになる」

「誰か呼ぶべきかな？」

「そうね！　誰か呼びましょう。いい考えだわ！」わたしはビーチバッグから携帯電話を取りだし、宿主の電話番号が書かれたメールをすばやく確認した。その番号にかけると、呼び出し音が三度鳴ったあと、不機嫌そうなくぐもった声が聞こえた。

「もしもし？」

「ニコライ？」

二秒ほど沈黙があった。「誰？」

「ポピー・ライトよ。四Bに泊まっているんだけど？」

「オーケイ」

「室内温度の調節がうまくできないの」

今度は沈黙が三秒続いた。「グーグルで調べてみた？」

わたしはその質問をさらりと無視して話を進めた。「ここに着いたとき、設定温度は二十七度になってた。二時間前に二十二度までさげたはずなのに、今は二十八度になってる」

「ああ、それだ」ニコライが言う。「強く押しすぎたんだよ」

アレックスにもニコライの声が聞こえているに違いない。その証拠に、彼は今〝ほらね〟と言いたげにうなずいている。

「だったら……二十五度以下に温度設定できないってこと?」わたしは言った。「そんなこと、ここの広告にはひと言も書いてなかったわ。それに外が工事中だってことも――」

「一回に一度ずつしかさがらないんだよ」ニコライは困ったようなため息をついた。「いきなり二十二度にさげようなんて無理な話だ! それに部屋を二十二度に冷やしたままにする人なんているかい?」

アレックスとわたしは顔を見交わした。「ぼくは十九度」彼はささやいた。

〝十八度〟自分を指し示しながら口の形で伝える。「でも――」

「まあまあ、落ち着いて、ハニー」ニコライはまたしてもわたしをさえぎった。「まず二十七度にさげてみて。それで二十七度までさがったら、今度は二十六度にさげてみて。それで二十六度までさがったら、今度は二十五度にさげてみて。それで二十五度までさがったら――」

「それ以上続けたら、おまえの首を切り落としてやる」アレックスがささやく。ニコライに笑いが聞こえないよう、わたしは自分から携帯電話を遠ざけた。

ふたたび携帯電話を耳に戻したとき、ニコライは依然としてカウントダウンを続けていた。「わかったわ」根負けして言う。「ありがとう」

「どういたしまして」ニコライはそう言うと、またため息をついた。「いい一日を、ハニー」

携帯電話を切ると、アレックスは部屋を横切って制御盤の前まで戻り、とりあえず設定温度を一度さげてみた。「文字どおりの〝ダメもと〟だな」

「もしどうにもならなかったら……」今がどういう状況か思いだすにつれ、声が尻つぼみになった。こう言おうとしたのだ。もしどうにもならなかったら、『R＋R』のカードを使ってホテルの部屋を予約すればいいだけだ、と。

でももちろん、そんなことはできない。

自分のカードを使うことはできる。でもニューヨークで贅沢すぎるアパートメントに暮らしているうえ、実際は自由に使えるほどの大金を稼いでいるわけでもない。金銭面で最大の助けになっているのは、仕事柄受けられる特典だろう。宣伝を条件にホテルの部屋に泊まれる立場にある。とはいえ、最近ではブログやソーシャルメディアの更新をサボっている。そんな自分にまだ影響力があるかどうかわからない。そのうえほとんどのホテルは、インフルエンサーにおもねったりしないだろう。逆に、特典を要求するメールをスクショして投稿し、相手に恥をかかせる者もいるはずだ。わたしはジョージ・クルーニーじゃない。ちょっとこぎれいな写真を撮る、どこかの女の子にすぎない。割引はしてもらえるかもしれないけれど、ホテルの宿泊料金がただになるとは思えない。

「どうにかしよう」アレックスは答えた。「先にシャワーを浴びる？　それともぼくが先のほうがいい？」

アレックスは両腕を体にきつく巻きつけている。一刻も早く、体をきれいに洗いたい証拠だ。それに、もし今から彼がシャワーを浴びたら、そのあいだにどうにかして設定温度を何度かさげられるかもしれない。

「どうぞお先に」わたしがそう言うと、アレックスは早足で立ち去った。

シャワーの音を聞きながらずっと、室内のあちこちを行きつ戻りつしていた。折りたたみ式の偽ベッドから、ビニールシートが張り巡らされたバルコニー、室内温度の制御盤までだ。ようやく二十七度にさがっていたので、設定温度を二十六度にしてまた行きつ戻りつし始めた。

よし、このすべてを記録に残して、エアB&Bに報告し、宿泊料金の一部を取り戻そう。そう心に決めた。お粗末な椅子兼用ベッドの写真を撮り、お次はポーチ――ありがたいことに、今日の階上の工事は終わっていて少なくとも静かになっているので、プールの水音と人の話し声がぼんやり聞こえるだけだ――を撮影し、ふたたび制御盤に戻ると、今では二十六度にさがっている。その写真もバッチリ撮った。

温度を二十五度に設定し直したとき、シャワーの音が止まった。だから自分のキャリーケースを持ちあげて折りたたみ椅子の上にどっかりと置き、ファスナーを開けてなかをひっかきまわし始めた。ディナーのために、軽くて涼しい服がほしい。

アレックスが湯気とともに浴室から出てきた。腰にタオルを巻いて、片手でそのタオルをしっかりとつかみ、空いたほうの手で濡れた髪をこすっているせいで、髪の毛はあちこち逆立ったままだ。「きみの番だ」そう言われたものの、一瞬ぼんやりしてしまった。漂う湯気のなかから、彼の引き締まった上半身と鋭く突きでた左の腰骨を見きわめようとしていたせいだ。

どうして水着姿とタオルを巻いた姿がこうも違って見えるのだろう？ 三十分前、アレックスは事実上、これより裸に近い姿だった。それなのに今、彼のしなやかな体の線が、水着姿よりもはるかにスキャンダラスなものに感じられる。全身がうずきだし、このままだと体じゅうの血液が肌を突き破って出てきそう。今や、体の隅から隅まで危うい状態だ。

前はこんなこと、一度もなかったのに。

すべてはクロアチアのせい。

いまいましいクロアチア。美しい島々を持つあなたを心から恨むわ！

「ポピー？」アレックスがうながした。

「ああ、うん」ぼんやりと答えたが、少なくともこうつけ足すのは忘れなかった。

「そうね」あわてて自分のキャリーケースに向き直ると、ワンピース、ブラ、下着を適当にひっつかんだ。「オーケイ。寝室はすべてあなたの自由に使って」

蒸気が残る浴室へ駆けこみ、ドアを閉めるとすぐにビキニの上をはぎ取ったが、目の前に広がる光景を見て、身動きできなくなった。浴室の一方の壁一面に、ブルーの曇りガラスの巨大なカプセルが鎮座している。反対側の壁には、リクライニングシートが一脚置かれているだけだ。まるでアニメ『宇宙家族ジェットソン』の世界。

「嘘でしょ」断言できる。絶対に、これはウェブサイトで見た写真ではない。というか、この浴室全体が、ウェブで見たのとは似ても似つかない代物だ。以前は淡いグレーで統一されていたはずの浴室が、目の前の信じられない光景に生まれ変わったのだろう。光沢のある青と混じり気のない白のハイパーモダンな光景に。

わたしはラックからタオルをつかんで体に巻きつけ、浴室のドアを大きく開いた。

「アレックス、どうして言ってくれなかったのよ、こんな――」

彼はタオルをひっつかんで、全身に巻きつけた。一瞬口ごもったものの、わたしは最善を尽くして何事も起こらなかったふりをしようとした。「宇宙船みたいな浴室だって?」

「きみは知っていると思ったんだ」アレックスはかすれ声で答えた。「ここを予約したのはきみだから」

「きっとあの写真を撮ったあとに、浴室を改築したんだわ。どうしてあのシャワーの使い方がわかったの？」

「正直言って、一番難しかったのは『２００１年宇宙の旅』式の人工知能(AI)制御システムと格闘することだった。そのあとめちゃくちゃ大変だったのは、六番目のシャワーヘッドとフットマッサージャーのどれかひとつのコントロールボタンを取り違えてしまったことだ」

その場の緊張がいっきに解けた。わたしは大笑いをし、アレックスも笑いだした。ふたりしてタオルを巻いただけの姿で立っていることなど、もうどうでもいい。

「ここは煉獄(れんごく)だわ」すべてにおいて火に油を注いでいる気がする。

「ニコライはサディストだ」アレックスが同意した。

「宇宙船みたいな浴室を所有するサディストね」わたしは身を乗りだし、いくつもあるシャワーヘッドを改めて観察した。

わたしがまた笑いだして振り向くと、アレックスもにやにやしながら立っていた。湿った体にTシャツを身につけているが、タオルはまだ巻いたままだ。

わたしは浴室に戻った。「じゃあ、シャワーを浴びるから、人目を気にせず、裸でダンスを楽しんで。時間は有効に」

「ぼくの入浴中、きみは裸でダンスを楽しんでいたんじゃないのか？」

わたしは背を向けて扉を閉めた。「どうしても知りたい、ポルノ・アレックス？」

12

九年前の夏

アレックスは大学三年の学生生活のうち、すべての空き時間を図書館バイトのシフトで埋めていた（結果的に、わたしはすべての空き時間を図書館の調べ物相談デスク（レファレンス）の後ろにある床に座って過ごすことになった。トゥイズラーをむしゃむしゃ食べつつ、サラ・トーヴァルがはにかみながら通りかかるたびアレックスをからかった）。それなのに、その年の夏旅行（ザ・サマー・トリップ）に遠出するだけのお金は貯（た）まっていなかった。

アレックスの弟ブライスが、翌年からコミュニティ・カレッジに通う予定になっていた。学費の免除はほとんど受けられない。だからアレックスは聖人のごとく、自分で稼いだバイト代全額をブライスの授業料につぎこんでいたのだ。

貯金がないという打ち明け話をしたあと、アレックスはぽつりと言った。「もしぼくなしで、きみがパリに行きたいなら行っていい」

わたしは即答した。「パリはいつだって待ってくれる。だったら代わりに、アメリカのパリへ行こうよ」

アレックスは片眉を吊りあげた。「アメリカのパリって、どこ?」

「もちろん、ナッシュビルよ」

アレックスはうれしそうな笑みを浮かべた。彼を喜ばせるのが好きだ。なんなら、そのために生きていると言ってもいい。彼がこんなふうに、普段はほぼ無表情の顔をほころばせてにっこりするのを見るといい気分になる。でも最近は、それだけでは物足りなくなっている。

ナッシュビルはリンフィールドから車でわずか四時間。しかも奇跡的に、アレックスのステーションワゴンはまだ立派な現役だ。だからナッシュビルを提案した。

旅の出発日の朝、アレックスが車で実家まで迎えに来たとき、わたしはまだ荷造りの最中だった。だから荷造りが終わるまで、アレックスは階下でわたしの父と座り、質問攻めされる羽目になった。二階にある自分の部屋でダッフルバッグに荷物を詰めていると、母がそっと入ってきた。背中に何かを隠しながら歌うように言う。「ハーイ、かわいい娘」

わたしはバッグから顔をあげた。バッグには、マペットが嘔吐したかと思うような、とにかく色とりどりの服が詰めこまれている。

母はベッドの端にちょこんと腰かけた。両手を背中にまわしたままだ。

「何してるの?」わたしは尋ねた。「今、手錠をかけられた? もしかして強盗に入られたとか? 何も話せないなら、答えがイエスの場合、まばたきを二回して」

母が背後に隠していた箱を突きだした瞬間、わたしは叫び声をあげ、彼女の手から箱を床へ叩き落とした。

「ポピー!」母が叫ぶ。

「ねえ、わたしが悪いの?」強い口調で言う。「違う、叫びたいのはこっちのほう。ママ! なんで後ろにコンドームの大箱なんて隠し持ってるの?」

母は体をかがめ、床に落ちた箱を拾いあげた。未開封だったため(幸いにも?)何ひとつこぼれ落ちていない。「そろそろあなたとこのことについて話すべきだと思っただけ」

「ううん」わたしはかぶりを振った。「朝の九時二十分よ。どう考えても、このことについて話すべき時間じゃない」

母はため息をつき、拾った箱を荷物であふれ返っているダッフルバッグの一番上に置いた。「あなたたちに気をつけてほしいだけ。これから明るい未来が待っているんだもの。あなたたちにはどんな夢も叶(かな)えてほしいから!」

心臓がとくんと跳ねた。母から、アレックスとわたしがセックスしているとほのめかされたからではない。母が暗に、大学を卒業するのが大切だと伝えてきたからだ。実は、まだ母には打ち明けていないけれど、中退を考えている。

来年は大学に戻らない。そう心を決めていた。まだアレックスにしか話していない。両親には、この旅行のあと――旅の最中に大爆発でも起こらない限り――話すつもりだった。

両親はわたしを熱心に応援してくれる。でもその理由のひとつは、ふたりとも大学へ進学したかったのに、支援が得られずにあきらめた経緯があるからだろう。彼らはいつも、大学卒業という肩書きさえあればどんな夢でも叶えられると考えている。

でも大学に通うあいだ、わたしは夢もエネルギーもほぼすべて旅行に捧げてきた。週末旅行や、学校の休みを利用して貧乏旅行にも出かけている――ほとんど、わたしひとりだけれど、アレックスが一緒のときもある（ふたりともどうにか行けるキャンプ旅行だ）。それか、ルームメイトのクラリッサと一緒のときもある。彼女は昨年末に開かれた留学プログラム説明会で知りあった、裕福なヒッピータイプの女の子だ（両親それぞれが所有する湖畔の別荘に彼女と一緒に訪れていた）。クラリッサは来年――最終学年――をウィーンで過ごし、美術史の単位を取る予定でいる。でもわたしはそういったプログラムについて考えれば考えるほど、興味を失うばかりだった。

別に、わざわざ教室で日がな一日過ごすためにオーストラリアになんて行きたくない。それにベルリンで学歴にはくをつけるためだけに、さらに数千ドルもの借金を背負いたくない。わたしにとって、旅行とはさすらうこと。予期せぬ人たちと出会って、経験したことがないことに挑戦することだ。そういう話は別にしても、週末旅行がお金になり始めている。ブログを始めてまだ八カ月しか経っていないのに、フォロワーがすでに数千人に達しているのだ。

一般教養の生物化学の単位を落とし、卒業まであと半学期必要だとわかった時点で、もう我慢の限界だった。

だから大学中退の話を両親にしようと考えている。どうにかして、わたしのような人間に学校は不向きな場所だと理解してもらう方法を見つけなければ。学校とは、アレックスのような人間のための場所なのだ。でも今日はそういう日ではない。今日は、わたしたちがナッシュビルに出かける日。ようやく最後の学期を終え、今はただひたすら自分を解き放ちたい。

母がほのめかしたのとは違うやり方で。

「ママ」わたしは言った。「わたし、アレックスとはセックスしてない」

「わたしになんでも話す必要はないわ」母はごく冷静にうなずきながら答えた。でも言葉を継いだとき、その冷静さは完全に消えてなくなっていた。「わたしはただ、あなたが責任感のある大人かどうか知りたいだけ。ああ、なんてこと、あの小さかった娘がこんなに大きくなるなんて信じられない！　そう考えただけで涙が出てきちゃう。とにかく、あなたは責任を負わなければならないの！　もちろん心配はいらないってことはよくわかってる。だって、あなたはこんなに頭がいいんだもの！　いつだって自分自身をよく知っている。そんなあなたを誇りに思っているのよ、ハニー」

　母が思う以上に、わたしは責任感が強い。去年は数人の男性といちゃついたし、そのうちのひとりとはいちゃつく以上のこともしたけれど、いまだに一線を超えることはなく〝安全運転〟を続けている。ミシガン湖の対岸にあるクラリッサの母親の別荘に遊びに行ったとき、ほろ酔いでその事実を認めたら、クラリッサは占いの水晶玉をのぞきこんだかのように目を丸くし、彼女らしい無頓着さでこう言った。「あなた、なぜぐずぐずしてるの？」

　わたしは肩をすくめただけだった。本当のところ、自分でもよくわからない。実際にそういう状況になったときに答えがわかるだろうと考えている。

　自分は現実的すぎると思うことがある。それが欠点だとは思っていない。ただ、こういうことに関しては違うのだ。〝初めてのとき〟のために完璧な状況が整うのを待っているように感じることがある。

　あるときには、ポルノ・ポピー呼ばわりされたことと何か関係があるのかもしれないと思ったりもする。あの一件のせいで、わたしは自分を見失うほど誰かに夢中になれなくなったのだろう。

たぶん、ただわたしが腹を決めなければいけないのだろう。アレックスと一緒に行くパーティーで定期的に顔を合わせる男性のなかで、ひそかに〝この人なら恋愛してもいいかも〟と思っている候補者は数人リストアップしている。そのなかから誰かを選ぶ必要があるのだ。アレックスと一緒の英文学部の男性たち、あるいは、自分と同じコミュニケーション学部の男性たち、それか日々の生活でしばしば顔を合わせるほかの男性たちのなかから。

でも今のところ、希望は捨てていない。運命の男性だと思える、特別な相手が現れる魔法の瞬間を待ち望んでいる。

ただ、アレックスはそういう相手ではない。

実際の話、もし初体験の相手を機械的に選ぶなら、彼になるだろう。アレックスの前では正直でいられる。自分が何をしたいか、なぜそうしたいかを説明して、〝これは一度きりのこととし、それに関して二度と話題にしない〟という血判状をふたりのあいだで交わすべきだと言い張る羽目になるだろう。

でも、たとえそうなっても、今ここでわたしは心ひそかに、厳かな誓いを立てた。母がわたしのダッフルバッグにねじこんだ徳用ボックスのコンドームだけは絶対に使わない、と。

「本当に、本当に必要ない。誓って必要ない」わたしは言った。

母は立ちあがり、箱を軽く叩いた。「今は必要ないかもしれない。でもどうして持っていかないの？　もしもの場合に備えるべきよ。それに、おなかがすかない？　クッキーを焼いたから――いけない、食器洗い機をまわすの忘れてた」

母があわてて部屋から出ていったあと、荷造りを終えたわたしはダッフルバッグを引きずって階下までおりた。母はカウンターにいて、焼いたクッキーを冷ますあいだに、バナナブレッドを作るために茶色くなったバナナをカットしていた。アレックスは傍目から見てもわかるほど体をこわばらせて、父の隣に座っている。「準備できてる？」わたしが話しかけると、彼は飛び跳ねるようにスツールから立ちあがった。

〝いつだって、きみのめちゃくちゃ威圧的な父親の隣に座る準備はできてない！〟と言いたげに。

「ああ」アレックスは両腕を垂らし、長ズボンをはいた脚の前で手をごしごしこすっている。「できてる」彼はその瞬間、わたしが脇に抱えているコンドームの箱に気づいた。

「これ？」わたしは言った。「これは五百個入り徳用コンドーム。わたしたちがセックスし始めたときのために、ママがくれたの」

アレックスは真っ赤になった。

「ポピー！」母が叫んでいる。

父が肩越しにこちらを振り向き、愕然(がくぜん)とした様子で言う。「おまえたちふたり、いつからそういう関係なんだ?」

「ぼくは……ぼくたちは……そんなことしていません、サー」アレックスは説明しようとした。

「ねえ、パパ、これを車まで運んでくれない?」わたしは徳用ボックスを父に放り投げた。箱がカウンターを飛び越えていく。「抱えてるだけで腕がくたびれちゃう。泊まるホテルに大きな荷物用カートがあればいいけど」

アレックスはまだ父をまともに見ようとしていない。「ぼくたち……本当にそんなことは……」

母は両手を腰に当てた。「そういうのは内緒にすべきことだわ。見なさい、ポピー、あなたは彼にきまりの悪い思いをさせている。彼を困らせるのはやめなさい。アレックス、恥ずかしがらなくていいのよ」

「ずっと内緒にしておけることなんかないでしょ」わたしは答えた。「もしその箱が車のトランクに入らなければ、あのステーションワゴンのてっぺんに縛りつけていかないと」

父はサイドテーブルに問題の箱を置くと、眉根を寄せて脇に記された説明書きを読み始めた。「本当にラムスキンでできてるのか？　再利用可能なのか？」

アレックスはぶるりと体を震わせたのを隠しきれなかった。

母が言う。「あなたたちのどちらかがラテックスアレルギーかどうかよくわからなかったから」

「オーケイ、そろそろ出なくちゃ」わたしは言った。「さあ、いってらっしゃいのハグをして。次にわたしたちに会うときには、もしかしたらおじいちゃんとおばあちゃんになっているかも――」言葉を切って、意味ありげに下腹部をさすりながら、アレックスの表情を確認した。「冗談よ！　わたしたち、ただの友だちだから。じゃあ、行ってくるね、ママ、パパ！」

「すばらしい時間を楽しんできてね。おみやげ話を聞くのが待ちきれないわ」母はカウンターの後ろから出てくると、わたしを引き寄せてハグをした。「いい子にしてね。それと、着いたら忘れずにお兄ちゃんたちに電話して！　ふたりともあなたの声を聞きたくてうずうずしているんだから！」

母の肩越しに、アレックスに口の形だけで〝うずうずしてる〟と伝えると、彼はとうとう笑顔を浮かべた。

「愛してるよ、ポピー」父はスツールからおりると、わたしを力いっぱい抱きしめた。「おれのかわいいベイビーをよろしく頼む、いいな？」今度はそう言いながらアレックスの背中を叩き、ハグをした。毎回こうされるたびに、アレックスは驚いたような顔をする。「うちの娘がどこかのカントリー歌手と婚約しないよう、ちゃんと見張っててくれよ。それか、ロデオマシンで首の骨を折ったりしないように」

「もちろんです」アレックスが答える。

「結果をお楽しみに」わたしがそう答えると、父も母も一緒に外へ出てきて――コンドームの大箱はカウンターに置いたまま――車道で車をバックさせているあいだ、わたしたちに手を振ってくれた。

アレックスも笑みを浮かべて手を振り返していたが、とうとう車が両親から見えない場所までやってくると、わたしを一瞥してそっけなく言った。「ぼくはきみにものすごく腹を立てている」

「どうやって埋めあわせればいい?」アニメに出てくるセクシーな猫みたいに、まつげをしばたたいてみせた。

彼はぐるりと目をまわしたが、道路に視線を戻しながら口角を持ちあげた。「何しろ、きみは間違いなくロデオマシンに乗ろうとしている」

わたしはダッシュボードに片脚をあげ、数日前にリサイクルショップで見つけたカウガールブーツを見せびらかした。「自分のことは、あなたよりよくわかってる」

アレックスは横目でこちらを見て、視線をわたしの脚に移した。真っ赤なレザー製のブーツだ。「そんなブーツでどうやってロデオマシンに乗り続けるつもり?」ヒールを合わせてかちりという音をたてた。「もちろん、こんなブーツで乗り続けられるはずがないわ。このブーツはただ、バーにいるハンサムなカントリー歌手を惹きつけるための小道具よ。マットに落ちたわたしをすくいあげ、農場で鍛えあげたむきむきの両腕で抱きしめさせるためのね」

「農場でむきむき」アレックスはばかにするように鼻を鳴らした。

「ジムでむきむきの人もいるわね」わたしはからかった。

アレックスは眉をひそめた。「ぼくが運動しているのは不安解消のためだ」

「そうね。あなたはそのすばらしい肉体を気にかけずにはいられない。ありがちなことだわ」

アレックスは顎に力をこめ、視線を前方の道に戻した。「ぼくはかっこよくありたいんだ」その声から彼のこんな思いが聞き取れた。〝それって悪いこと?〟

「わたしも同じ」ダッシュボードにのせた片脚を滑らせ、赤いブーツがアレックスの視界に入るようにする。「当然だわ」

アレックスはわたしの片脚から中央にあるコンソールに視線を移した。彼のＡＵＸケーブルがきれいにおさめられている。「ほら」ＡＵＸケーブルをわたしに手渡しながら続けた。「そろそろ始めたら?」

最近では、このステーションワゴンでそれぞれのお気に入りプレイリストを代わりばんこにかけるようにしている。でもアレックスはいつだって順番を譲り、わたしを先にしてくれる。だって彼はアレックスだから。それに彼は最高だから。

わたしは今回、このドライブのあいだはずっとカントリーミュージックをかけるべきだと言い張った。だからプレイリストには、シャナイア・トゥエイン、リーバ・マッキンタイア、キャリー・マリー・アンダーウッド、ドリー・パートンを揃えてきた。アレックスはパッツィー・クライン、ウィリー・ネルソン、グレン・キャンベル、ジョニー・キャッシュを中心にし、さらにタミー・ワイネット、ハンク・ウィリアムズという助っ人まで用意していた。

今回宿泊するのは、数カ月前にグルーポンで見つけたホテルだ。実際に見てみると、安っぽくごてごてと飾りたてられた、もう二度と泊まりたくないような場所だった。ピンクのけばけばしいネオンサイン（〝空室あり〟という表示の上にカウボーイハットの少年の漫画が描かれている）がついている。ラスベガスを思わせるそのネオンサインを見て、ここが〝ナッシュベガス〟と呼ばれていることに納得した。

チェックインをすませ、自分たちの荷物を部屋へ運んだ。部屋はすべて、ナッシュビル出身の有名ミュージシャンをなんとなくテーマにした造りになっていた。つまりは、どの部屋にもその歌手の額縁入りの写真が飾られているということだ。しかも、どの部屋のベッドにもぞっとするほど趣味の悪い花柄の掛け布団と、濃い黄色をしたフリース素材のシーツが敷かれている。試しにキティ・ウェルズの部屋に泊まりたいとリクエストしたのだが、グルーポン経由で予約を入れた客にはどう考えても無理だった。

結局泊まることになったのは、ビリー・レイ・サイラスの部屋だ。

「彼はこの部屋のマージンをもらっていると思う?」わたしはアレックスに尋ねた。

彼は寝具を持ちあげて、掛け布団の下にトコジラミがいないか念入りに確認している最中だ。

「そうは思えない」アレックスは答えた。「きっとホテル側は彼に、グルーポンのローズンヨーグルト割引クーポンか何かあげているんじゃないかな」窓のカーテンを開けて、外でけばけばしく光るネオンサインを見ながら疑わしげに言う。「もしかしてここ、部屋を時間貸ししているのかな?」

「それはどうでもいい」わたしは答えた。「コンドームの大箱は実家に置いてきたんだし」

アレックスは体をぶるりと震わせると、ふたつあるベッドのうち、一台にどさりと寝転んだ。トコジラミがいないことに満足したようだ。「もしぼくがあれを目撃する必要さえなければ、結構いい話だったのに」

「それでもわたしが、わたしがあれを目撃しなければならなかったことに変わりはない。アレックス、わたしのことはどうでもいいっていうの？」

「たしかにそうだ。でも、きみは彼女の娘じゃないか。ぼくの場合、父からセックスに関する話をされたことなどほぼない。一番それっぽいのは、ぼくら兄弟がそれぞれ十三歳になったとき、純潔の大切さについて書かれた本を一冊、ベッド脇に置かれるくらいだ。ぼくなんて十六歳になるまで、マスターベーションしたらガンになるって信じこんでいた」

胸が締めつけられる思いがした。ときどき、アレックスが今までどんなにつらい思いをしてきたか忘れてしまう。彼の母親はデイヴィッドの出産中に合併症で命を落とした。それ以来、ミスター・ニルセンは妻のいない、ニルセン家の四人の男の子たちは母のいない生活を送ってきたのだ。昨年、アレックスの父はとうとう教会で出会ったある女性とつきあい始めたが、三カ月前に別れたばかりだ。別れを切りだしたのはミスター・ニルセンのほうだったとはいえ、彼はまだ立ち直れず、いまだにアレックスは週のなかばでもシカゴから車を飛ばして父の様子を見に行かなければいけない。弟たちも何かよくないことがあったとき、アレックスを呼びだす。彼が心の支えなのだ。

だから、わたしたちふたりは惹かれあうのかもしれない。そう考えるときがある。

だってアレックスは頼りがいのある兄として、そしてわたしはうっとうしい末の妹としてずっと生きてきたから。どちらもそういう力関係を理解している。わたしはアレックスをからかうのが大好きで、彼はわたしにより大きな安心感を与えてくれる関係だ。

でも今週は、アレックスから何かを与えてもらおうとは考えていない。彼に思いきり羽を伸ばしてもらうのが今回のわたしのミッションだ。〝働きすぎて深い集中状態にあるアレックス〟を〝おばかなアレックス〟に戻してあげたい。

「ねえ」わたしはベッドに腰かけた。「もしあなたが干渉しすぎる親をレンタルしてみたいと思っているなら、うちの親はちょうどいいわよ。あなたのことしか考えていないもの。つまり、はっきり言って、うちのママはあなたにわたしの処女を奪ってほしいと考えているの」

アレックスはベッドの上で両手を掲げてそっくり返ると、頭を傾けた。「お母さんはきみがセックスしたことがないって考えているの？」

わたしは不満げに答えた。「わたしはセックスしたことがない。てっきりあなたもそれはわかっていると思っていたのに」彼とはなんでも話しあってきたように思っていたけれど、話したことがない話題もまだいくつか残されていたらしい。

「まさか」アレックスは呟きこんだ。「いや、つまり、そんなふうには思っていなかった。だってきみはこれまでにも誰かとパーティーを抜けだしたことが何度もあったから」

「それはそうだけど。でも大したことは何も起こってない。誰かとつきあう感じにもならないの」

「それはただ、きみが誰かとつきあいたいって思わないせいだと思う」

「そうかもしれない」少なくとも、これまではそうだった。「自分でもよくわからない。ただ何か特別なことを求めているんだと思う。といっても、満月の夜じゃないとだめとか、バラが咲き乱れる庭じゃないと嫌っていう意味じゃないけど」

アレックスはしかめっ面をした。「屋外でのセックスはあまりおすすめできないな。楽しいものじゃない」

「この小悪魔！」わたしは叫んだ。「そういうこと、わたしにずっと隠していたのね」

アレックスは肩をすくめた。耳まで真っ赤になっている。「ぼくはただ、こういうことを話題にしないだけだ。誰ともね。そういう話をしただけで罪の意識を感じるんだよ。相手の女性に悪いことをしてしまっているような気がしてね」

「相手の女性の名前も口にしたことがないわね」わたしは前かがみになり、声を落とした。「もしかしてサラ・トーヴァル？」

彼はこちらの膝に膝をぶつけてくると、かすかに笑みを浮かべた。「まったく、きみはサラ・トーヴァルにご執心だな」

「違うわ。ご執心なのはあなたよ」

「彼女じゃない。図書館にいる別の女の子だ。リディアっていう子」

「えっ……嘘……でしょう？」わたしはめまいを感じながら答えた。「あのお人形さんみたいに大きな目の、サラ・トーヴァルとまったく同じ髪型をしている子？」

「ストップ！」アレックスはうめき、頬をピンク色に染め、枕をひっつかむとわたしに向かって投げつけた。「ぼくを困らせるのはもうやめてくれ」

「でも楽しいんだもの！」

アレックスは悲しげな子犬顔を浮かべるまさに直前で、表情を止めた。わたしはとっさに目の上に枕をあてがったけれど、ヒステリックな笑いをどうしても止められない。アレックスはベッドを大きくたわませながら隣に座り、わたしの顔から枕を引きはがすと、体をかがめて両手でこちらの頭をはさみこむようにした。さあ、これからきみの顔の前でいつもの悲しげな子犬顔をするぞという警告だ。

「やだ、やめてよ」わたしは泣き笑いしながらあえいだ。「どうしてその顔を見ると、こんなにわけがわからなくなっちゃうんだろう？」

「ぼくにもわからないよ。ポピー」アレックスがさらに悲しげな表情になる。

「その顔、わたしの心に訴えかけてくる！」そう言って大笑いをすると、アレックスも唇にかすかな笑みを浮かべた。

その瞬間だった。あれが起きたのは。

初めてアレックス・ニルセンにキスしたくなったのだ。

その衝動が全身を駆けめぐり、二秒ほどうまく息ができなくなった。それからその二秒間をきっちり縛って結び目を作り、胸の奥深くへしまいこむと心に誓った。絶対に、この二秒間のことは秘密にしておこうと。

「さあ」アレックスは優しい声で言った。「そろそろきみをロデオマシンに乗せに連れていこうか」

13

今年の夏

室内温度が二十六度までさがったのを確認し、二十五度に設定し直してからわたしたちはメキシコ料理店〈カサ・デ・サム〉へ向かった。口コミサイトのトリップアドバイザーで高評価を獲得しているにもかかわらず、料金の高さを表すドルマークがひとつしかついていなかった店だ。

料理は最高においしかった。でも、その夜の本当のＭＶＰはエアコンだった。アレックスはブース席にもたれたまま目を閉じ、満足げなため息をもらしている。

「サムはここでわたしたちを眠らせてくれると思う？」わたしは尋ねた。

「閉店までトイレに隠れていればいけるかも」それがアレックスの提案だった。

「飲みすぎたせいで熱中症になるんじゃないかしら」わたしはそう言いつつ、ピッチャーで注文したスパイシーなハラペーニョ・マルガリータをもうひと口すすった。

「飲まなすぎたせいで、ひと晩じゅう意識を失えないんじゃないかと心配だ」

そう考えただけで、うなじが汗ばんでくる。「エアB&Bのこと、本当にごめんなさい」わたしは言った。「誰ひとり、エアコンの調子が悪いなんてレビューを書いてなかったの」ただし、こんな真夏にこの街に泊まる人がどれくらいいるだろう？　今さらながら疑問だ。

「きみのせいじゃない。すべての責任はニコライにある」

わたしはうなずいた。そのあと、気まずい沈黙が落ちたためふたたび口を開いた。

「お父さんの調子はどう？」

「ああ、いい感じだ。よくなってきてる。バンパーのステッカーの話はしたっけ？」

わたしは笑みを浮かべた。「うん、聞いた」

アレックスは照れ笑いを浮かべ、片手を髪に差し入れた。「まいったな。年を取ると退屈なやつになってしまうね。最高のパーティージョークが、父親の新しいバンパーのステッカーだなんて」

「とてもいい話だと思う」わたしは言い張った。

「たしかに」彼は頭を傾けた。「お次は、ぼくの食器洗い機の話が聞きたい？」

わたしははっと息をのみ、心臓のあたりを押さえた。「えっ、自分専用の食器洗い機を持ってるの？　つまり、あなた名義の？」

「ああ。普通、自分の名義で食器洗い機の登録はしないと思うけど、そう、自分で買ったんだ。家を買ったすぐあとにね」

名状しがたい感情が胸にぐさりと突き刺さった。「あなた……家を買ったの？」

「話してなかったっけ？」

わたしは首を左右に振った。もちろん、アレックスはわたしに話してなどいない。いつそんな話をする時間があっただろう？　それでも心が傷ついている。この二年間で、自分が見聞きしそびれてしまったことすべてが、わたしの心をぐさぐさと傷つけてくる。

「祖父母の家なんだ」アレックスは言った。「おばあちゃんが亡くなって、彼女はその家をうちの父に遺した。父は売りたがったんだけど、そのためにはいろんな作業が必要で、父にはそのために必要な時間もお金もなかった。だからぼくがいろいろ手直ししながら、その家に住んでいるんだ」

「ベティが？」喉元にこみあげてきた熱い感情のかたまりをどうにかのみ下した。アレックスの祖母ベティには二、三回しか会ったことがないけれど、彼女のことが大好きだった。ベティはわたしよりも小柄で、気性が激しく、殺人ミステリとかぎ針編み、激辛料理と現代アートをこよなく愛する女性だった。ベティはかつてカトリック修道士と恋に落ち、その男性は神父になるのをあきらめて彼女と結婚した（「だからわたしたち、プロテスタントになったのよ！」）。そして（「その八カ月後に」とベティはウインクしながらわたしに言った）アレックスの母親が生まれたのだ。ベティと同じ濃い色をした豊かな髪と、アレックスの祖父と同じ立派な鼻を持つかわいらしい赤ちゃんを。その後、アレックスの祖父はベティよりも先に神に召されることになった。

ベティの家は、六〇年代初めの基準に照らしあわせても、はるかに独創的で型破りなデザインだった。居間にはもともとオレンジと黄色の花柄の壁紙が貼られ、床には堅木とタイルが張られていたが、数年前にベティが足を滑らせて股関節を骨折したため――浴室にまで――醜い茶色のカーペットを敷かなくてはいけなくなった。

「ベティが亡くなったの？」わたしはささやいた。

「穏やかにね」アレックスはわたしのほうを見ずに答えた。「知ってのとおり、祖母は本当に年を取っていたから」ストローの袋を小さな正方形にたたみ始める。なんの感情も見せてはいない。でも、わたしは知っている。アレックスは家族のなかでも特にベティを愛していた。きっと弟デイヴィッドと同じくらい大好きだったはずだ。

「ものすごく残念」声が震えないようにしたつもりだったのに、どうしても気持ちを抑えきれない。高波のように、さまざまな感情がとめどなくこみあげてくる。「フラナリー・オコナーのことも、ベティのことも。教えてくれたらよかったのに」

アレックスはしばしばみ色の瞳をあげ、目を合わせてきた。「きみがぼくの話を聞きたいかどうか、わからなかったんだ」

まばたきをしてどうにか涙を抑え、目元を拭いているのではなく、顔にほつれかかる前髪を払うふりをした。アレックスに視線を戻すと、彼はまだじっとこちらを見つめたままだ。

「もちろん聞きたかった」どうにか答えたけれど、意に反して声が震えてしまった。

奥の部屋にいるマリアッチのバンドの演奏さえ、小さなハミングに聞こえる。この赤いブース席はいっそう静かに思えた。色とりどりの手彫りのテーブルには、わたしたちふたりしかいない。

「そっか」アレックスは柔らかな声で言った。「今、答えがわかったよ」

できることなら尋ねたい。そのあいだずっと、彼はわたしと話したかったのだろうか？　わたし宛にメッセージを打ったのに送らなかったことはある？　電話しようかさんざん悩んだあげく、実際に番号を入力し始めたことは？

話すのをやめていたこの二年、アレックスも人生の大切な何かを失ったように感じて、なぜこんなことになったのかと悩んでいたのだろうか？　もしそうなら、彼に言いたい。わたしたち、前と同じ関係に戻れるはず。隠し事など何ひとつなくて、なんの寂しさも感じず、ひとりでいるときと同じようにふたり一緒にいるのが気楽でごく自然に感じられていたあのころと同じ関係に。

でもそのとき、給仕係が勘定書を持ってやってきたため、アレックスよりも先に手を伸ばした。

「『R+R』のカード払いじゃないの?」アレックスが不思議そうに言う。

どう答えるか決めかねて、とっさに嘘をついた。「これはとりあえず立て替え払い」両手がちくちくする。アレックスに嘘をついた心の痛みのせいだ。でも今さら取り消すわけにはいかない。もう遅すぎる。

店から出ると、すでにあたりは暗く、星空が広がっていた。日中の猛烈な暑さもいくらか落ち着いたようだ。まだ二十度以上あるはずだが、三十八度あった日中を考えれば、どうということはない。風さえ吹き始めている。わたしたちは無言のまま駐車場を横切り、アスパイアへ乗りこんだ。ふたりのあいだに重たい空気が流れている。あのクロアチアでの出来事を思い起こさせるように。

わたしたちなら、過去のことは蒸し返さず、そのままにしておける。そう考えていた。でも今、思い知らされている。会わなかった二年間の新たな話を聞かされるたびに、心のなかのまだ生々しい傷をえぐられるような痛みを感じずにはいられない。

アレックスも同じようなことを感じているはずだ。でも彼はいつだって、誰とも分かちあいたくない感情にふたをするのがうまい。

車でアパートメントに戻るあいだずっと、こう言いたかった。〝わたし、もとに戻りたい。もしそれによってこの状況がどうにかなるなら、もとの関係に戻りたい〟と。アパートメントに帰り着くと、室内は外よりも暑くなっていた。ふたりして制御盤めがけて一直線に進んだ。「二十八度？」アレックスが言う。「また設定温度があがった？」

わたしは指先で鼻筋をこすった。すでに目の奥が痛くなり始めている。頭痛の前兆だ。暑さのせいか、アルコールのせいか、ストレスのせいか、はたまたそのすべてのせいかもしれない。「オーケイ、また二十七度まで設定温度をさげないといけないのね？ちゃんとさがったら、また一度さげるのよね？」

アレックスは手にしていたアイスクリームコーンを叩き落とされたかのように、制御盤をじっと見つめたままだ。その顔には――意図的ではなく――悲しげな子犬顔に似た表情が浮かんでいる。

「一回に一度ずつさげろ。ニコライはそう言っていたわ」

アレックスは温度を二十七度に設定し直し、わたしはバルコニーに通じる扉を開けた。

でもビニールシートに覆われているせいで、外の新鮮な空気は入ってこない。簡易キッチンへ行き、引き出しをひっかきまわしてようやくハサミを見つけた。

「何をするつもり？」あとからついてきてバルコニーへ出たアレックスが尋ねてくる。

「このうっとうしいやつをびりびりにしてやるだけ」わたしはビニールシートの真ん中をハサミで切り裂いた。

「うわあっ、ニコライにめちゃくちゃ怒られるよ」アレックスがからかうように言った。

「こっちだって、彼にめちゃくちゃ怒ってる」わたしはだらりと垂れたビニールシートにさらに深く切りつけ、脇へ払いのけてゆるく結んだ。切れ目から外の空気が吹きこんでくる。

「ニコライはぼくらを訴えるだろう」アレックスが無表情で言う。

「かかってこい、ニッキー！」

アレックスは含み笑いをし、それからしばし黙りこんだ。わたしは話し続けた。

「明日は美術館に行って、路面電車に乗りましょう。景色がすばらしいそうなの」

アレックスはうなずいた。「楽しそうだね」

そのあと、ふたたび沈黙が落ちた。まだ夜の十時半。それなのに、こんなに気まずい雰囲気だなんて。わたしたちにとって一番いいのは、今日一日を切りあげることかもしれない。「先に浴室を使いたいなら……」

「いや、お先にどうぞ。ぼくはちょっとメールを確認したいから」

ここに到着して以来、わたしはずっと仕事のメールを確認していない。レイチェルから届いた何件かのメッセージもそのままにしている。もちろん、兄たちからのメッセージも。通常、兄たちとのやり取りはあふれんばかりの長文になる。大きな理由は、兄たちがどうにもならないアイデアをブレインストーミングしているだけだからだ。最後に確認したとき、彼らは〝クリスマスに対する戦い〟という架空のボードゲームをでっちあげ、わたしにもだじゃれで気の利いたコメントを返すよう要求していた。つまり、椅子兼用ベッドに横たわって眠れずにいるあいだも、少なくともやるべきことはある。

頭痛はまだ続いている。とりあえず髪を結んでずんぐりしたポニーテールを作ると、すり減った木の床を横切って、宇宙船浴室へ向かった。奇妙な青い光に照らされながら、顔を洗う。レイチェルからいつももらっているお気に入りの保湿剤や美容液をつける気にはならなかった。ただ冷たい水で顔を洗い、そのあと頬とうなじをこすった。鏡に映る自分はひどい顔をしていた。大きなストレスを抱えこんだ人のような。実際、そうなのだ。どうしてもこの状況をひっくり返さなければならない。かつてわたしたちがどんなふうな関係だったかを、アレックスに思いださせる必要がある。そのためにわたしに残されているのはあと五日だけ。しかも、最後の三日間は結婚祝いの行事に参加しなければならない。

明日は驚くべき一日にしなければ。〝一緒にいて居心地の悪い、傷ついたポピー〟

ではなく、〝一緒にいて楽しいポピー〟になる必要がある。そうすればアレックスもゆっくりとくつろぎ、すべてがより円滑に進むようになるだろう。シルク製パジャマのズボンとタンクトップに着替え、歯を磨いてリビングへ戻ったところ、アレックスがベッド脇の明かり以外はすべて消しているのに気づいた。しかも、彼は椅子兼用ベッドに横たわっている。エクササイズ用のショートパンツとTシャツに着替え、先ほどと同じ本を手にしていた。

わたしはたまたま知っている。アレックス・ニルセンはいつだってシャツなしで寝る人だ。室温がこれほどばか高くない場合でもそうなのだ。とはいえ、今問題なのはそこではない。肝心なのは、あの椅子兼用ベッドで寝なければいけないのはこのわたしだということだ。

「起きてよ、そこはわたしのベッドなんだから！」わたしは話しかけた。

「金を払っているのはきみなんだ。だからベッドを使ってくれ」

「払っているのは『R＋R』よ」嘘がすらすらと口をついて出た。罪のある嘘ではないけれど、それでも嘘は嘘だ。

「椅子がいいんだ」アレックスが言う。「いい年した大人の男が、けば立った折りたたみ椅子で寝る機会なんてめったにないからね。そうだろう、ポピー？」

わたしはアレックスの隣に腰をおろし、どうにか彼の体を押しのけようとした。でも筋肉質の硬い体を一ミリも動かすことができない。体をひねって立ちあがり、片脚を床に押しつけて固定し、両膝をベッドの端に押しつけながら、今度は両手をアレックスの右のヒップに当てた。歯を食いしばりながら渾身の力をこめ、もう一度彼を押しのけようとしてみる。

「やめろよ。変なやつだな」アレックスが言う。

「わたしは変なやつなんかじゃない」横向きになり、ヒップと体の側面を使って、どうにか彼を押しのけようとする。「変なのはあなたのほう。わたしから人生の喜びのひとつ、この風変わりなベッドを奪い取ろうとするなんて」

自分のヒップに全体重をかけていたその瞬間、アレックスが抵抗をやめて体を少し脇にずらしたせいで、勢いあまって倒れこんだ。なかば椅子兼用ベッドに、なかばアレックスの胸のなかに。しかもその途中で、彼の本を床に叩き落とすというおまけつきだ。アレックスは思わず笑いだし、わたしも笑い声をあげた。でも同時に、体のうずきと胸の重苦しさも感じている。それもこれも、こんなふうにアレックスの上にのしかかっているせいだ。

何より最悪なのは、どうやら自分の体を動かせなくなっていること。背中にアレックスの片腕がまわされ、肩甲骨の下あたりに軽く置かれている。アレックスの笑いがようやくおさまると、彼の胸板で顎を休めながら目をのぞきこんだ。「だましたのね」うなるように続ける。「賭けてもいい。あなたは確認の必要があるメールなんか受け取っていなかったのね」

「知ってのとおり、ぼくは電子メールのアカウントすら持っていないからね」アレックスはからかうように応じた。「怒った？」

「猛烈に怒ってる」

アレックスの笑いが胸板から伝わってきた瞬間、全身に震えが走り、背筋にかけて鳥肌が立った。いっぽうで、室内の暑さが肌からぐんぐん浸透してきて、今や脚のあいだに集まっている。

「でも、あなたを許してあげる。わたしってとても寛大だから」

「そうだね」アレックスは同意した。「きみのそういうところが好きなんだ」

そのとき、彼の手がわたしのタンクトップとズボンのあいだにあるむきだしの肌をほんの少しかすめた。たまらずアレックスの体の上で身じろぎをした。このままひとつに溶けてしまいそう。

わたし、いったい何をしようとしているの？

ふいに体を起こし、片手をあげてほつれかかる髪を後ろに払った。「本当にこの椅子兼用ベッドで寝て大丈夫？」思った以上に甲高い声が出た。

「ああ、もちろん」

わたしは立ちあがり、ベッドのほうへ歩いた。「わかった。それじゃ……おやすみなさい」

それから明かりを消して、ベッドにもぐりこんだ。いや、正確に言えば〝ベッドにもぐりこんだ〟のではなく横たわっただけだ。毛布をかけるにはあまりに暑すぎた。

14

今年の夏

何かの気配にはっと驚いて目覚めたとき、あたりはまだ暗かった。でも間違いない。部屋に誰かいる。強盗だ。

「くそ、くそ、くそっ」どういうわけか、強盗はそう繰り返している。しかも、なんだか痛そうな声だ。

「警察がここに向かってる！」とっさに大声で叫んだ。本当のことでもなければ、前もって用意していた台詞（せりふ）でもない。とにかくあわててベッドの端に手を伸ばし、明かりをつけた。

「何？」悲鳴のような声をあげたのはアレックスだ。突然まぶしい光に照らされ、目を細めている。

彼は暗がりに立っていた。寝たときと同じ黒いショートパンツをはいているが、T

シャツは身につけていない。上半身をわずかにかがめ、両手を後ろにまわして腰をつかんでいる。眠気が覚めて頭がすっきりしてから、わたしはようやく気づいた。アレックスが目を細めているのは、明かりがまぶしいせいだけではない。

彼は何かの痛みに耐えるかのように、苦しげにあえいでいる。

「どうしたの？」そう叫んで急いでベッドからおり、アレックスに近づいた。「大丈夫？」

「背中のけいれんだ」

「なんですって？」

「背中の筋肉がけいれんしてる」アレックスが吐きだすように言う。

彼が何を言おうとしているのか、まだよくわからない。それでも、恐ろしい痛みと闘っているのはわかる。だからそれ以上質問するのはやめにした。「座ったほうがいい？」

アレックスがうなずく。そこで彼をベッドのほうへいざなった。彼はごくゆっくりとベッドに腰をおろし、なんとか座り終えた。ちゃんと座り終えるまで顔をしかめたままだったが、どこかの時点でいくらか痛みが和らいだようだ。

「横になる？」

アレックスはかぶりを振った。「これが起きたら、体を起こしたり横になったりすいつからこれが起きているの？　そう考えたものの、口には出さなかった。こみあげてくる罪悪感で胸が苦しい。これもまた〝ポピーなしで過ごした二年間〟のあいだに新たに起きた出来事に違いない。

「ほら、ここ」とりあえず話しかけた。「あなたの後ろに枕をいくつか積み重ねてあげる」

アレックスはうなずいた。そうしても事態がこれ以上悪くならないと確認できたため、わたしはベッドのヘッドボードの前に枕を積み重ねた。彼はゆっくりと枕の山に体を預けたが、苦痛にゆがんだ表情のままだ。

「アレックス、何があったの？」わたしはベッド脇にある目覚まし時計を確認した。朝の五時半だ。

「起きて、走りに行こうとしたんだ。でも、きっと変な姿勢で起きあがったんだろう。それか、あまりに勢いよく体を起こしたせいか何かで、背中のけいれんが起きてしまった。それに――」彼は頭を後ろに傾け、枕の山にもたせかけると目をきつく閉じた。

「くそっ、ポピー、本当にすまない」

「すまない？　なぜあなたが謝るの？」

「ぼくのせいだから。この簡易ベッドが床からさほど離れていない低い位置にあることを計算していなかった。起きあがるときは絶対に注意が必要だって気づくべきだったのに」

「そんなこと、どうやって気づけっていうの？」信じられない思いでわたしは言った。

アレックスは額をごしごしこすっている。「いや、気づくべきだったんだ」同じ言葉を繰り返した。「前にこれが起きてから、もう一年くらい経つ。そのときはベッドで体をかがめて靴を手に取ることさえできなかった。目が覚めてベッドから起きあがるのに、少なくとも三十分はかかった。まさか、またこんなふうになるとは思っていなかった。それに、きみをあの椅子で眠らせて偏頭痛になってほしくなかったし、だから――」

「だからって、そこまでしてヒーローになる必要なんてない」

「そんなことは考えていないよ。ただ、きみの旅行を台無しにしたくなかったんだ」

「ねえ、アレックス」わたしは彼の腕にそっと触れた。体のほかの部分が痛くならないよう、慎重に。「この旅を台無しにしたのはあなたじゃない。ニコライよ」

彼は両方の口角を持ちあげ、納得したような笑みを浮かべた。

「何が必要なの？　どうすればあなたの助けになる？」

彼はため息をついた。アレックス・ニルセンが忌み嫌っていることがひとつあるとすれば、それは自分が無力な状態に陥ることだ。言い換えれば、誰かに助けてもらうのをひたすら待っている状態だ。大学時代、連鎖球菌性咽頭炎にかかったとき、アレックスはわたしの前から丸一週間姿を消した（本気で彼に激怒したのはそれが初めてだった）。彼のルームメイトから、アレックスが高熱で寝こんでいると聞かされ、わたしは自分の寮のキッチンでひどくまずいチキンヌードルスープを作り、彼の部屋へ持っていった。

それなのにアレックスは感染するのを恐れて、扉に鍵をかけたまま、部屋に入れてくれなかった。だから戸口で、わたしは声を限りに叫び始めた。「わたし、赤ちゃんを産むことにしたの、ねえ、いい？」それでようやく彼が折れてくれた。

アレックスは大騒ぎされることに居心地の悪さを感じている。そう思い至った瞬間、あの恐るべき悲しげな子犬顔をされたときと同じ衝撃を覚えた。自分ではどうすることもできない、圧倒的な衝撃だ。愛情が波のように、あとからあとからこみあげてくる。それこそ超高層ビルに匹敵するほどまっすぐ高く噴きあがり、わたしの心の中心をぶち抜くと、あっという間に体全体をのみこみ、一分の隙もなく全身に広がっていく。

「アレックス、お願い。わたしに手伝わせて」

彼はため息をつき、とうとう折れた。「ぼくのパソコンバッグの正面ポケットに筋弛緩（しかん）薬が入っている」

「これね」わたしは水のボトルを手に取り、簡易キッチンでグラスに注ぐと、薬と一緒に彼の前まで運んだ。

「ありがとう」アレックスはすまなそうに言うと、錠剤をのんだ。

「どういたしまして。ほかには？」

「もう何もする必要はない」

「ねえ」わたしは深く息を吸いこんだ。「あなたを助ける方法を今すぐに教えてくれれば、あなたの回復も早くなるのよ。それだけ早くこの状態を終わらせることができる。そうでしょう？」

アレックスはふっくらした唇を噛んでいる。その光景にうっとりと見入っていたところ、彼が突然わたしに視線を戻したので驚いた。「もしここにアイスパックがあれば助かる」アレックスは素直に認めた。「普段は冷感パッドと温熱パッドを交互に当てるようにしている。でも一番大切なのは、じっと動かずにいることなんだ」

彼の声には嫌悪が感じ取れた。

「了解」わたしはサンダルを履いてバッグを手に取った。

「何をするつもり？」アレックスが尋ねる。

「薬局に行ってくる。あの冷凍庫には製氷皿もない。アイスパックなんてあるわけがない。それに、ニッキーが温熱パッドを用意しているとは思えない」

「そんなことまでする必要ないよ。本当に、ぼくならじっとしていればよくなるから。戻って寝てくれ」

「暗闇のなか、あなたが体を起こしているっていうのに？　あり得ない。理由はふたつある。まず、それってどう考えても落ち着かないから。次に、わたしは完全に目が覚めているから。だったら誰かの役に立ったほうがいい」

「これはきみの休暇なのに」

さっさと扉に向かって歩いた。どう頑張ってもアレックスにはわたしを止められない。「違う。これはわたしたちの夏旅行（ザ・サマー・トリップ）よ。わたしが戻るまで裸で踊りまわったりしないでね、いい？」

アレックスはため息をついた。「ありがとう、ポピー、本当に感謝する」

「わたしに感謝なんかしないで。すでにこの借りを返してもらうために、あなたにどんなばかばかしいことをさせようか、リストアップし始めているんだから」

ようやくアレックスがかすかな笑みを浮かべた。「そうか。ぼくも誰かの役に立つのは好きだ」

「知ってる」わたしはひと言つけ足した。「あなたのそういうところが好きなのよ」

15

八年前の夏

ダウンタウンにあるホテルの部屋に戻ってきたのは午前二時半だった。ふたりともちょっと酔っ払っていた。普段、わたしもアレックスもそんなにアルコールは飲まないほうだけれど、なんと言ってもこれはお祝い旅行なのだ。

アレックスは無事に大学を卒業した。これからクリエイティブ・ライティングの修士号を取得するために、すぐにインディアナ大学へ進学することが決まっている。そのお祝い旅行にやってきていた。

そんなに遠く離れ離れになるわけではない。わたしは自分にそう言い聞かせていた。実際のところ、わたしが大学を中退してからよりも、距離的には近くなるのだから。

でも本音を言えば、こうして旅行をしている最中も、リンフィールドにある親の家から出たくてたまらない。実際、別の街で暮らすためにアパートメントを探し始めている。今は時間が自由になるバーテンダーや給仕係としてくたくたになるまで仕事をしてお金を貯め、数週間休みを取って旅行する生活だ。

両親と一緒に過ごすのは楽しい。とはいえ実家生活の全般において、どうしようもない息苦しさを感じてしまう。郊外での暮らしは、まるでしっかりと張られた網のなかにいるようで、網から逃れようと必死にもがくほど、かえってその網にじわじわと締めつけられていく感じがして仕方がない。

かつて教わった先生たちとばったり会い、今何をしているのかと尋ねられて答えると、彼らから非難めいた目で見られ、唇をねじ曲げられる。かつていじめられていた同級生たちや、そこそこ仲のよかった友だちの姿を見かけると、とっさにどこかに隠れずにはいられない。今仕事をしているのは、リンフィールドから四十分ほど南にあるシンシナティの高級バーだ。そのバーに、かつてファーストキスを奪われたジェイソン・スタンリーが現れたこともある。矯正した完璧な歯並びを見せながら笑みを浮かべ、いかにもホワイトカラーの会社員らしい装いをしていた。その瞬間、わたしは化粧室に駆けこんだ。ボスには気分が悪くて吐いていたと話した。

それから数週間後、その女性ボスから心配そうに体調はどうかと尋ねられた。彼女はわたしが妊娠したと思ったに違いない。

もちろん妊娠なんてしていない。そういう点に関して、ジュリアンとわたしは常に用心している。いや、少なくともわたしは気をつけている。ジュリアンは生まれつき、慎重さや用心深さとは無縁のタイプだ。ジュリアンは何を尋ねられても、絶対にイエスと答える男性だ。仕事中のわたしを訪ねてくると、バーに残されたドリンクを気にせず飲み干すし、かつては（ヘロインも含めて）ほとんどのドラッグを試していた。いつだって週末旅行には乗り気で、レッド・リバー・ゴージュだろうとホッキング・ヒルズだろうと、どこへでも出かけた。たまにちょっと時間をかけてニューヨークまで足を伸ばすこともある。往復わずか六十ドルで行ける夜行バスでだ（ただしトイレなしの場合が多い）。とにかく、ジュリアンはわたしと同じでスケジュールの都合がつきやすいタイプだった。大学中退も同じだけれど、彼の場合はわずか一年でシンシナティ大学をやめていた。

彼が勉強していたのは建築デザインだが、実際はアーティストの収入だけで生計を立てたいと思っている。街中の日曜大工（DIY）スポットで、自分の描いた絵を見せている。古ぼけた白い家でほかの画家三人と一緒に共同生活をしていて、どこかバックとトフィーノで過ごした短い時間を思い起こさせる。ときどきビールを飲みすぎたあと、彼ら全員がポーチに座って大麻やクローブタバコを吸いつつ、自分たちの夢を語りあうのを聞いていると、郷愁の念をかき立てられることがある。悲しみと幸せが入り混じったような気分になって、涙が流れそうになる。悲しみと幸せがどれくらいの割合なのか、自分でもよくわからない。

ジュリアンはひどく痩せていて、頬がくぼんで頬骨が目立ち、油断のない目をしている。見つめられるとX線を当てられているような気分になる。初めてキスをしたのは、店の奥が自転車修理店になっている、彼のお気に入りのバーを出たところだった。ダウンタウンの薄汚れた場所で初めてキスをしたあと、ジュリアンはわたしに、自分は結婚したくないし、子どもも持ちたくないと言ったのだ。

「大丈夫」わたしは彼に告げた。「わたしもあなたとは結婚したくない」

ジュリアンは不機嫌そうに笑うと、もう一度わたしにキスをした。彼はいつだってタバコかビールの味わいがした。仕事が休みの日には――彼の職場は街の外れにある大手物流サービスUPSの倉庫だ――自宅で絵を描いていた。その作業に没頭しすぎて、食べることも飲むことも忘れるほどだった。そのあとに会うとたいてい機嫌が悪かったけれど、それはほんの数分のこと。軽食を口にすれば不機嫌な彼はいっきに溶けだし、優しくて繊細な恋人に戻り、いつものようにわたしにキスしたり触れたりする。彼の愛撫はことのほか官能的だった。わたしはいつもこんなふうに考えていた。

〝こんなふうに愛されている姿をフィルムに残したら、絶対に美しいはず〟

そうジュリアンに話してみようかと考えた。カメラをセットして、自分たちが睦みあっている写真を何枚か撮るべきだと。でもすぐに、そんなことを考えた自分が恥ずかしくなった。

わたしにとって、ジュリアンは体の関係を持ったふたり目の相手だ。でも、彼はそれを知らない。というか、そういうことをわたしに尋ねもしない。最初の相手は今でもたまにわたしが働くバーにやってきて、軽くいちゃついたりする。けれど彼に初めて挿入されたあと、続けて二回あわただしいセックスをしたとき、お互いになんとなくそうなったことは、ふたりともわかっていた。セックスはぎこちなく感じられたものの、とりあえず卒業できた。それにあとになって、そういうことをすませていてよかったと思うようにもなった。もしこちらにほとんど経験がないと知ったら、ジュリアンは驚いて、わたしに近づきもしなかっただろう。同時に、ジュリアンはわたしから執着されることも恐れている。わたしも彼に執着することを恐れている。でも今のところは、ジュリアンも空き時間はわたしと一緒に過ごしたがっている——そう思うようにしていた。

ジュリアンがアレックスに初めて会ったのは、アレックスがクリスマス休暇で帰省してわたしが働くバーへ来たときだった。二度目に会ったのは彼の春休みで、ジュリアンお気に入りの小汚い自転車バーだ。そして三度目は、アレックスとわたしがこの旅行に出かける前で、三人一緒に〈ワッフル・ハウス〉で朝食をとった。

予想どおり、ジュリアンはアレックスに関心を持とうとしなかった。ちょっとがっかりだ。同時に、わたしはアレックスがジュリアンを軽蔑していることにも気づいていた。きっとこれも驚くべきことではないのだろう。

アレックスはジュリアンを気まぐれでいいかげんなやつだと考えている。いつも約束の時間に遅れて来るのが気に入らないようだ。それに、何日もわたしに連絡をよこさない日が続いたかと思えば、数週間一緒に過ごしたりするのも。あるいは同じ街に暮らしているのに、ジュリアンがわたしの両親に会おうとしないのも。

「いいのよ」数日前、サンフランシスコ行きの機内でアレックスがそう意見してきたとき、わたしは言い張った。「わたしたち、それでうまくやっているんだから」こっちだってジュリアンにうちの家族を会わせたくない。

「ただ言えるのは、彼はわかっていないってことだ」

「わかっていないって何を？」

「きみのことだよ。彼は自分がどれだけラッキーかわかっていない」

アレックスの口からそういう言葉を聞かされるのはうれしいいっぽう、傷つくことでもあった。彼がジュリアンとわたしの関係をどう見ているかを知らされ、きまり悪さを覚えた。たとえその意見が正しいかどうか、よくわからなかったとしても。

「わたしだってラッキーよ。彼はとっても特別な人なんだから」

アレックスはため息をついた。「きっと、ぼくがもう少し彼をよく知る必要があるんだろうね」その声を聞いてわかった。たとえジュリアンを今以上によく知っても根本的な問題は何も解決しない——アレックスはそう考えている。

実は、アレックスとジュリアンが親友になるところを想像してわたしは楽しんでいた。あまりに仲よくなったせいで、結局三人で夏旅行（ザ・サマー・トリップ）をするようになるところを。でも実際にふたりを会わせたあともそういう淡い理想を抱き続けるほど、自分は愚かではない。

だから、アレックスとふたりでサンフランシスコへ旅することにした。わたしのクレジットカードでたまったポイントでひとり分の往復チケットがただになったため、アレックスとわたしで残額を折半したのだ。

四日間かけてワインの産地をめぐる旅が始まった。最初の二日間は、今やフォロワー数二万五千人になったわたしのブログに広告を載せるのを条件に、ソノマ郡に新しくできた朝食つきホテル（B&B）に宿泊させてもらう。もともと性格のいいアレックスはカメラマン役を喜んで引き受けてくれた。たとえどんな風変わりなリクエストをしても断ることはなかった。

たとえば、B&Bが宿泊客たちのために用意している旧式の赤い自転車の一台にまたがり、巨大な麦わら帽子をかぶって、ハンドルバーに摘みたての花を入れた枝編みバスケットを飾って一枚パチリ。

牧草地とごつごつした木々が延々と続く自然遊歩道を散歩しながら一枚パチリ。中庭でコーヒーをすする姿も、古風なデザインがすてきな居間でくつろぐ姿もパチリ。

ワインのテイスティング中もシャッターチャンスに恵まれた。最初に訪れたワイナリーは、ボトルを一本購入すればテイスティング可能だった。だから、わたしは事前にオンラインで一番安いボトルはどれか調べていたのだ。アレックスは葡萄の列のあいだで、輝くロゼのグラスを掲げてポーズを取るわたしの写真を撮ってくれた。片脚を横に蹴りだすようにして、紫と黄色の縦縞(たてじま)模様という滑稽な古着のジャンプスーツを見せびらかしている渾身の一枚だ。

そのときにはすでに酔いがまわっていた。だから写真を撮るために、ライトグレーのズボンをはいたアレックスが乾いた泥の上にひざまずいた瞬間、倒れそうになるくらい大笑いした。彼はどう考えても写真撮影には不向きな、奇妙なアングルでカメラを構えていたのだ。「ああ、ワインを飲みすぎたわ」わたしは息も絶え絶えに言った。「ああ、飲みすぎた、ワインを?」アレックスが繰り返す。信じられないと言いたげな、どこか楽しそうな声だ。わたしが通路の真ん中にうずくまり、頭がどうにかなるほど大笑いをしていると、アレックスはさらに数枚写真を撮った。さらにカメラを低く構えた、より下からのアングルで、きっとわたしの口元のほうれい線が悲しいほど目立って写っているに違いない。彼はわざと腕の悪いカメラマンのふりをしている。それもわたしに抗議するためではなく、わたしを大笑いさせるために。

これは悲しげな子犬顔の別バージョンのようなもの。アレックスはわたしのためにパフォーマンスしてくれているのだ。わたしだけのために。

二軒目のワイナリーに着いたときには、アルコールと太陽光のせいですでに眠たくなり、わたしはぐったりとアレックスの肩に頭をもたせかけていた。厳密に言えば、ふたりしてワイナリー内部にいたことにはなるけれど、建物の裏手全面が窓つきのガレージ扉になっていたため、ブーゲンビリアで覆われた木製フェンスのある中庭から、天井の高さが六メートルもある風通しのいいバーへ自由に出入りできた。バーの頭上には巨大なファンが何台かまわっていて、そのゆっくりとしたリズムが子守唄のように眠気を誘ってくる。

「おふたりは一緒になってどれくらいなのかしら？」テイスティングを担当している優しげな中年の女性バーテンダーが、わたしたちのおかわりを注ぎに戻ってきたときに尋ねてきた。今度は軽くて爽やかなシャルドネだ。

「ええと」アレックスが言う。

わたしは半分あくびをしながら、彼の上腕二頭筋をつねった。「新婚なの」

バーテンダーは茶目っ気たっぷりの表情になった。「そういうことなら」ウインクをして続ける。「これはわたしのおごりよ」

彼女はマチルダという名前だった。フランス出身ながら、妻とオンラインで知りあってからアメリカへ移住したのだという。彼女たちはソノマ郡に住んでいるが、新婚旅行先はサンフランシスコ郊外だった。「ブルー・ヘロン・インという場所に泊まったの」マチルダはわたしに教えてくれた。「これまで見たなかで一番のどかな場所だった。ロマンチックで、居心地がよくて、ここみたいに火がたかれていて、すてきな中庭もあって――ミュア・ビーチから数分のところにあるの。ふたりとも絶対にあそこは行くべきだわ。新婚夫婦には完璧な場所だから。宿の人たちに、マチルダから聞いてやってきたと伝えてくれてかまわない」

わたしたちはバーを出るとき、無料試飲した分に少しだけ上乗せしたチップをマチルダに渡した。

それから数日間、わたしは〝新婚夫婦〟というカードを定期的に活用することにした。ときには割引を受けたり、グラス一杯無料になったこともある。何も恩恵を受けられなかった場合もあったけれど、相手から心からの笑みを向けられた。ただ、純粋な笑みではあるが、どこか意味ありげな笑みにも感じられた。

「なんだか申し訳ない気分だ」あるワイン工場から出て歩いていると、アレックスがぽつりと言った。

「もし本気で結婚したいならできるわよ」

「どういうわけか、ジュリアンが納得するとは思えない」

「彼なら気にしない。ジュリアンは結婚したがっていないから」

アレックスがつと足を止め、こちらを見おろしている。きっとワインのせいだろう。ふと気づくと、わたしの目から涙があふれていた。アレックスはわたしの顔を両手ではさみこむと、上を向かせて目を合わせた。「ねえ」優しい声だ。「大丈夫だよ、ポピー。きみだって本当はジュリアンと結婚したくないんだよね？　だってきみは、あいつにはもったいないくらいいい子だから。彼はきみにはふさわしくない」

涙をこらえようとしたのに、さらに出てくる。それでも話そうと口を開いたら、甲高い声になってしまった。「これまでわたしを愛してくれたのは、うちの両親だけ。きっとわたし、孤独死することになるのね」自分でも、メロドラマの台詞みたいに愚かなことを言っているとわかっている。でもアレックスといると、自分を抑えるのがどうにも難しい。口をついて出るのは、普段から感じている本音ばかりだ。しかも最悪なのは、わたし自身、今この瞬間まで自分がそんなふうに感じていたのを知りもしなかったこと。どういうわけか、アレックスという存在が、わたしの奥深くにある自分自身の真実を表に引きだしてしまう。

アレックスはかぶりを振り、胸のなかへわたしを引き寄せてぎゅっと抱きしめ、わたしの体を持ちあげた。まるでわたしを夢中にさせようと計画していたかのように。「ぼくはきみを愛している」そう言ってわたしの頭にキスをした。「それにもしきみが望むなら、ふたり一緒に孤独死することだってできる」

「わたし、自分が結婚したがっているかどうかもわからないの」涙を拭いて少しだけ笑いながら言った。「きっとこんなふうに泣いたのは、生理前だからかも」

アレックスはわたしを見おろした。ほんの一瞬だけ、何を考えているかわからない表情を浮かべた。ただ彼に見つめられても、ジュリアンのときのようX線を当てられているような気分にはならない。ただ見られていると感じるだけだ。

「きっとワインの飲みすぎね」わたしがそう続けると、アレックスはようやく唇の隅に笑みらしきものを浮かべた。そのあと、ふたりして喧騒（けんそう）から離れるべく宿へ戻った。

翌日、朝早くにB&Bをチェックアウトし、サンフランシスコへ向かう車のなか、スピーカーホンでブルー・ヘロン・インに電話をかけてみた。週のなかばだったため、空室はたくさんあった。

「もしかしてあなた、わたしの大好きなマチルダが言っていたポピー？」電話に応じた女性が尋ねてきた。

アレックスから意味ありげな目で一瞥され、わたしは重々しいため息をついた。

「ええ。でも実は、彼女にはわたしたちは新婚だって言ったけど、あれは冗談だったの。だから宿泊費をただにしてほしいとか言うつもりはないわ」

受話器の向こうの女性は突然咳きこむと、笑いだした。「まあ、ハニー、マチルダは昨日生まれたばかりの赤ん坊じゃないから、そんなことはわかってるわ。しかも、それはみんながよく使う冗談だし。マチルダがここを紹介したのは、あなたたちふたりを気に入ったからだと思う」

「わたしたちも彼女が大好きになったわ」わたしはアレックスに満面の笑みを向けた。彼もまた満面の笑みを返してきた。

「それに、わたしには誰かの宿泊代をただにする権限なんてないわ」女性は続けた。「でも、もしよければミュアウッズ国定公園のカップル用年間パスポートならあげられるわ」

「うわあ、すごくうれしい」わたしは言った。

そんなわけで三十ドル節約できた。

ブルー・ヘロン・インは本当にすてきな場所だった。狭い道にひっそりとたたずむ白いチューダー様式のコテージで、こけら葺き屋根と歪曲された窓が特徴的だ。周囲を囲むように花々が植えられたプランターが並べられ、霧が立ちこめるなか、煙突から煙がたなびいている景色は否応なくロマンチックな気分をかき立てる。わたししたちが駐車場に車を停車したときには、窓々から柔らかな明かりがもれていた。

それから二日間、ビーチ、セコイアの森、宿にある居心地のいい図書室、濃い色の木製テーブルと火がくべられたダイニングルームのあいだを行ったり来たりした。ふたりでUNOやハーツといったトランプゲーム、それにクィッドラーという言葉遊びのゲームもやった。泡だらけのビールを飲んで、イングリッシュブレックファストをしっかり食べた。

一緒の写真も撮ったものの、一枚も投稿しなかった。わがままかもしれないけれど、二万五千人もの人たちにこの場所へ詰めかけてほしくなかった。今のままであり続けてほしかったのだ。

旅の最後の夜は現代的なホテルに部屋を予約していた。わたしのフォロワーの父親が所有するホテルだ。ブログにこの旅行についての記事を投稿し、フォロワーたちに情報を求めたところ、ある女性からダイレクトメッセージが届き、彼女の父親のホテルにただで泊まらないかと提案されたのだ。

《あなたのブログのファンです》彼女はそう書いていた。《それに〝特定の男友だち〟に関する記事が大好きです》わたしはブログのなかで、アレックスのことを〝特定の男友だち〟と呼んでいる。ただ、なるべく彼のことは書かないようにしている。ブルー・ヘロン・インと同じく、アレックスも大勢の人とは共有したくない存在だから。とはいえ、あまりに彼がおかしなことを言ったりすると、どうしても書かずにはいられない場合もある。わたしが気づいている以上に、自分のブログで彼の存在が目立っているのはまず間違いない。

そのメッセージを読んで、今後はアレックスに関する記事は投稿しないようにしようと心を決めた。とはいえ、フォロワーからの申し出はありがたく受けることにした。もちろん費用を浮かせるためだ。しかも、そのホテルは宿泊客なら駐車料金が無料になる。サンフランシスコの場合、これはホテル側が腎臓移植を無料で受けさせてくれるのと同じくらい価値がある。

わたしたちは街に到着するなりバッグを置いて、すぐサンフランシスコのダウンタウンへ向かった。旅の最後の一日を有効に過ごしたい。車は置いてタクシーを使うことにした。

最初に向かったのはゴールデン・ゲート・ブリッジ。歩いて渡ったため、息をのむような絶景を楽しめたけれど、思ったよりも肌寒かった。風が強いせいで、お互いに何を言っているのかさっぱり聞こえない。十分ほど、ふたりで会話するふりを続けていた。強調するように両手を振りまわしたり、意味のないことを叫びあったりしながら、混みあう歩道を力強い足取りで歩いた。

ふとバンクーバーで乗った水上タクシーのことを思いだした。あのとき、バックは曖昧な身ぶりをしながら、イエスかノーのひと言で答えられる簡単な質問を繰り返していた。言ってみれば、歯科矯正医が患者の口のなかに手を突っこんでいるあいだ、問いかけてくる類の質問だ。

運よくその日は晴れていた。そうでなければ、ふたりとも橋の上で低体温症になっていただろう。ちょうど橋の半分までやってきたところで立ち止まり、わたしがすかさず手すりによじのぼるふりをするのを見て、アレックスは今や彼のトレードマークとなった〝不快そうなしかめっ面〟をして、かぶりを振った。彼はわたしの両手をひっつかんで手すりから引きはがし、体を近づけて耳元で何か言った。強風のなかでも、彼の声がはっきり聞き取れた。「そんなことをされると下痢になりそうだ」

わたしは声をあげて笑い、ふたたび彼と歩き続けた。わたしが手すりに近いほうで、アレックスは内側だ。そのあいだも、彼をからかいたくてたまらず、その衝動を抑えるのが大変だった。でも、わたしが偶然にも本当にこの橋から転げ落ちたら、死ぬだけでなく、かわいそうなアレックス・ニルセンにトラウマを与えることになるだろう。そんなことは絶対にしたくない。

橋の反対側には〈ラウンド・ハウス・カフェ〉があった。丸い形をした、一面に窓のあるレストランだ。なかへ入ってコーヒーを一杯飲んで、強風による耳鳴りが治るのを待った。

サンフランシスコには書店も古着屋もたくさんある。でもわたしたちは最初から、それぞれ二軒ずつまわれば充分だと決めていた。

タクシーを飛ばして最初に訪れたのは〈シティ・ライツ〉。保守的な社会に異を唱えたカルチャー・ムーブメント、ビートニクの最盛期に創業した老舗書店兼出版社だ。ふたりとも大のビートニクスファンというわけではない。でも、この曲がりくねった造りの古い本屋は、アレックスが訪れるのを楽しみにしていた場所だった。そこを出て次に立ち寄ったのは〈セカンド・チャンス・ヴィンテージ〉。わたしはそこで四〇年代のスパンコールつきバッグを十八ドルで手に入れた。

そのあとヘイト・アシュベリーにある書店〈ブックスミス〉に向かう予定だったが、ブルー・ヘロン・インでたらふく食べたはずのイングリッシュブレックファスト効果がついに切れて、〈ラウンド・ハウス・カフェ〉でのコーヒーのせいでふたりとも少し神経が高ぶっていた。

「わたしたち、もう一度戻ってくるべきだと思う」古着屋から出て、夕食の店を探しながら、わたしはアレックスに言った。

「ぼくもそう思う」彼は同意した。「ぼくらの五十歳の誕生日祝いにでも」

アレックスから笑顔で見おろされた瞬間、胸がいっぱいになった。心臓が大きくふくらんで、体がふんわりと軽くなり、このままどこかへ飛んでいきそうだ。「念のために知らせておくけど」そう言葉を継いだ。「そのとき、わたしはもう一度あなたと結婚することになるはず」

彼は頭を傾け、悲しげな子犬顔に近い表情を浮かべた。「それって、きみがもっとワインをただで飲みたいから？」

サンフランシスコのようにたくさん店がある都市で、レストランを選ぶのは至難の業だ。でも、ふたりともおなかがすきすぎていて、わたしが用意してきたリストを詳しく眺める元気さえなかった。だから王道を行くことにした。

〈ファラロン〉は断じて安いレストランではない。でも、わたしたちはこの旅を通じて言い続けているある言葉に従うことにした。ワインテイスティング二日目、ふたりともすっかり酔っ払い、アレックスがおかわりを注文したときに叫んだ言葉だ。「郷に入れば郷に従え、だ！」

それ以来、わたしたちのどちらかが何かを買おうかどうか迷っていると、もうひとりがこう言うようになったのだ。「郷に入れば郷に従え、だ！」

ただそれまでのところ、この言葉を使ったのは、巨大なアイスクリームコーンとペーパーバックの中古本、それにワインをたくさん買うときだけに限られていた。

でも〈ファラロン〉はサンフランシスコを代表するゴージャスな店だ。どうせ浪費するなら、ここでお金を使ったほうがいい。建物に足を踏み入れ、華やかな丸天井や金箔貼りの照明器具、黄金色で縁取られたブース席を目にした瞬間、わたしは言った。

「後悔はない」そして嫌がるアレックスに無理やりハイタッチさせた。

「ハイタッチすると、ツタウルシにかぶれたみたいに体の内側がぞわぞわするんだ」

彼はつぶやいた。

「万が一、魚介アレルギーだとわかった場合に備えて、それを克服しておいたほうがいいかもよ」

優美な室内装飾にうっとりしすぎていたため、テーブルに着くまでに三回もつまずいてしまった。まるで『リトル・マーメイド』の海の底にあるお城にいる気分だ。ただし、これはアニメではないし、みんなきちんと衣服を着ている状態だけれど。

給仕係がメニューを残して立ち去ると、アレックスはまさにおじいちゃんっぽいことをした。メニューを開けて値段を確認したとたん、驚いた馬のように目を見開いて体をのけぞらせたのだ。

「マジで?」わたしは尋ねた。「そんなに高いの?」

「場合による。きみはキャビアを一・五オンス以上も食べたい?」

リンフィールドの上中流階級なら、高すぎると避けるような値段ではないだろう。でも、わたしたちの場合は違う。どう考えても高すぎる。

結局、ふたり分の取り分け皿を頼み、オイスター、カニ、シュリンプを分けあって食べた。しかもひとり分のカクテルで。

給仕係はわたしたちを嫌悪していた。

テーブルから立ちあがり、給仕係の脇を通り過ぎるとき、アレックスが小声でつぶやくのが聞こえた。「サー、申し訳ない」

レストランを出たあと、ピザ屋に直行し、ふたりしてラージサイズのチーズピザをがつがつ食べた。

「食べすぎた」ピザ屋を出て通りを歩きながら、アレックスは言った。「あのレストランに座って、あの小さな皿が出てくるたびに、ある種の中西部の悪魔に取り憑かれているような感じだった。頭のなかで、父の声がずっと聞こえていたんだ。〝よく見ろ、それは割安とは言えないぞ〟ってね」

「わかる」一も二もなく同意した。「わたしも途中からずっと考えてた。〝ここからすぐに出して！　どうしてもコストコに行って、家族で何週間も食べられる、五ドルの袋麺を買う必要があるから〟って」

「ぼくはバケーションに向いていないと思う。こんなふうに豪勢な食事をすることに罪悪感を覚えるんだ」

「そんなことない。それにあなたはたいていのことに罪悪感を覚えてしまう。だからそんなふうに豪勢な食事をした自分を責めないで」

「まさにそのとおり」アレックスは同意した。「それでも、もしジュリアンと一緒だったら、きみはこの旅行をもっと楽しめたはずだ」彼はそう言いきった。こちらに尋ねたわけではない。でもちらりとわたしのほうを見てから、前にある歩道に視線を戻す様子を見てわかった。アレックスはそう尋ねたがっているのだ。

「実は、彼をこの旅行に誘おうと考えていたの」素直に認めた。

「そうなんだ?」アレックスはポケットに入れていた片手を引き抜き、髪を撫でつけた。どういうわけか、こうして暗い歩道を歩きながら街灯の明かりに照らしだされるたびに、アレックスの背丈がいつもより高く見える気がする。前かがみになっても、はるか上からこちらを見おろしている。きっといつもそうなのだろう。ただわたしが気づかなかっただけだ。アレックスは今までもたびたびわたしの背の高さに合わせて、こんなふうに体をかがめていたのだろう。それか彼の背の高さに合わせて、わたしの体を引きあげていたのだ。

「そうなの」わたしは彼の肘に軽く腕を巻きつけた。「でもそうしなくてよかった。ふたりきりでよかった」

アレックスは肩越しにわたしを見おろし、歩みをゆるめた。わたしも彼に合わせて歩調をゆるめる。「きみ、彼と別れるつもり?」

いきなりの、予想外な質問だった。それに今アレックスがこちらを見つめていることにも、両眉を吊りあげて唇を噛んでいることにもふいを突かれ、心臓がとくんと跳ねた。

〝ええ〟その瞬間、心のなかでそんな答えが聞こえた。考える間もなかった。

「わからない」わたしは答えた。「たぶんそう」

そのまま歩き続けていると、ヘミングウェイをテーマにしたバーを偶然見つけた。テーマとしてかなり曖昧に思えるが、それでも店内の光沢がある濃い色の木や黄色い照明、それに天井から垂れさがる魚網(フィッシュネット)（網タイツ(フィッシュネット)ではなく、漁で使う本物の網）などでどうにか格好はついている。ドリンクは全種類ラムカクテルで、すべてにヘミングウェイの小説や短編にちなんだ名前がつけられていた。それから二時間のあいだに、アレックスとわたしはそれぞれカクテル三杯とショット一杯を飲んだ。わたしは陽気に言い続けていた。「お祝い旅行だもの、いいじゃん、アレックス！」でも本当は、心のどこかで感じていた。自分が何かを忘れようとしていると。

そして、こうして千鳥足でホテルの部屋に戻ってきた今、自分が何を忘れようとしていたのか思いだせない。きっと本当に忘れたんだろう。

靴を脱ぎ捨て、近くにあったベッドに倒れこむ。アレックスは浴室に姿を消していたが、やがて水の入ったグラスを二脚持って戻ってきた。

「ほら、これ飲んで」彼が言う。わたしは低くうめくと、彼の手を振り払おうとした。

「ポピー」アレックスはさらにしっかりとした声でうながした。仕方なく体を起こし、グラスを受け取る。彼は横に座り、わたしがグラスの中身を飲み干すのを待ってから、さらにふたり分の水のおかわりを持って戻ってきた。

それから彼が何度同じ動作を繰り返してくれたのかわからない。そのあいだずっと、眠りそうになっていたから。わかっているのは、とうとうアレックスがグラスを脇に置いて立ちあがり始めたときに、半分夢うつつの、完全に酔っ払った状態の自分が彼に手を伸ばしてこう言ったことだけ。「行かないで」

アレックスはベッドにふたたび腰をおろすと、わたしの隣に体を横たえた。彼の横で体を丸くしながら眠りに落ち、翌朝、自分の携帯電話のアラームが鳴って目が覚めたとき、すでに彼はシャワーを浴びていた。

アレックスをひと晩じゅう、隣で寝させてしまった。ふいにきまり悪さがこみあげてきて、全身がかっと熱くなる。そのときふと思った。この旅行から戻って、すぐにジュリアンと別れることはできない。しばらく待たなければ。せめて自分が混乱していないと確認できるまで。そしてアレックスに、このことのせいでわたしがジュリアンと別れたと思わせないために。

絶対にそうじゃない。心のなかでそうつぶやく。そのふたつの出来事はまったくの無関係だ。

16

今年の夏

わたしはパームスプリングスにある二十四時間営業の薬局を見つけ、朝一番の日の光のなか、車でその店まで行った。それからアパートメントに戻ったが、まだ早い時間のため、道中のほかの店はほとんど閉まっていた。でもデザート・ローズの駐車場に戻るころには、早くも気温があがり始めていた。買い物袋を持って階段をのぼっていると、夜明け前の涼しい時間帯が、もはやはるか遠い記憶のように感じられる。

「具合はどう？」後ろ手でドアを閉め、アレックスに尋ねた。

「よくなったよ」彼はどうにか笑みを浮かべた。「ありがとう」

嘘つきね。顔を見れば、激痛に耐えているのがすぐにわかる。アレックスは自分の感情を隠すよりも、痛みを隠すのがへただ。わたしは買ってきたアイスパックをふたつ冷蔵庫に入れ、ベッドに戻って温熱パッドの電源を入れた。「体を前にかがめて」

アレックスが言われたとおりにしたため、枕の山に温熱パッドを置いた。ちょうど彼の背中のなかほどに当たる位置だ。彼の片方の肩に触れ、ゆっくりと枕の山に体を倒すのを手助けする。アレックスの肌はとても熱い。温熱パッドを当てても心地よくないはずだ。それでも効果はあるだろう。熱でいくらか筋肉がほぐれるに違いない。

三十分後、痛みを和らげるために、今度はアイスパックに切り替えた。

ひっそりとした薬局の、蛍光灯に照らされた通路で、背中のけいれんについての情報をもっと仕入れてくればよかったかもしれない。

「筋肉痛を和らげるボディクリームも買ってきたけど、何かの役に立つかな？」

「ああ、たぶん」

「だったら試す価値はあるわね。あなたが後ろにもたれて、少し楽な状態になる前に思いつけばよかった」

「いいんだ」アレックスは顔をしかめた。「これが起きると、楽な状態になることはない。ただ薬のせいで眠くなるのを待つだけって感じかな。で、目が覚めるとかなり具合がよくなっているんだ」

わたしはベッドの端からおりて、残りの買い物袋をかき集めると、それらを抱えたままふたたびアレックスのもとへ戻った。「痛みはどれくらい続くの？」

「たいていは、じっとしていれば一日で治る。明日は気をつけなければいけないけど、動けるようになる。だからきみにとっては、ぼくが嫌っていることをするチャンスだよ」彼はどうにか笑みを浮かべた。

わたしはその言葉を無視し、買い物袋をひっかきまわしてボディクリームを見つけた。「また体を前かがみにする手伝いをしたほうがいい?」

「いや、平気だ」でも彼の顔に浮かんでいるのは、それとは反対の答えだ。だからそばまで寄り、両手でアレックスの両肩をつかむと、彼がゆっくりと体を起こすのを助けた。

「なんか、きみがぼくの看護師みたいに思えてきた」不機嫌そうな口調だ。

「ホットでセクシーな看護師みたいって意味?」軽い口調で答える。彼の気分を和らげたい。

「いや、自分で自分の面倒も見られない悲しい老人みたいって意味だ」

「でもあなたは立派な家を持ってる。きっと浴室のあのカーペットははがしたはず」

「ああ」彼は認めた。

「ほら、ちゃんと自分で自分の面倒を見てるじゃない。わたしなんて、観葉植物ひとつまともに育てられないわ」

「それはきみが家に戻らないせいだ」

わたしはチューブのキャップを開け、指先にボディクリームを押しだした。「そうは思えない。丈夫な観葉植物を買ったの。ポトスでしょ、ザミオクルカス、サンセベリアでしょ――とにかく、もう何カ月もまったく日の当たらないショッピングモールに置かれていても、全然枯れないようなやつを買ったの。ところがわたしのアパートメントにやってきたとたん、すぐに全滅しちゃった」片手をアレックスの肋骨（ろっこつ）のあたりに添えて、彼の体を強く押しすぎないようにし、もう片方の手で背中をマッサージするようにクリームを塗っていく。

「ここでいい？」

「もうちょっと上の左側だ。ぼくから見て左側」

「ここ？」アレックスを見あげると、彼がうなずいた。視線をそらし、彼の背中に意識を集中しようとする。患部の上に優しく弧を描くように指先を滑らせた。

「きみにこんなことをさせている自分が嫌でたまらない」アレックスがぽつりと言う。

ふたたび目を合わせると、彼はこちらを見たまま、眉間に深いしわを寄せていた。

一瞬、心臓が口から飛びでるかと思った。「ねえ、アレックス、わたしがどれほどあなたを大切に思っているか、今まで一度も考えたことがないの？　言いたいのは、あなたが痛みに苦しんでいるのを見て、わたしは平気ではいられないってこと。それにあのいまわしい椅子にあなたを寝かせた自分が嫌でたまらない。でもね、もし誰かがあなたの看護師役をしなければならないとしたら、それが自分であることを光栄に思うわ」

アレックスは唇を引き結んだままだ。しばらくのあいだ、どちらも何も話そうとしなかった。

わたしは両手を彼の体から離した。「おなか、すいた?」

「大丈夫だ」

「それは残念」わたしはキッチンへ行き、指に残ったボディクリームを洗い流すと、グラスを数個つかんですべて氷でいっぱいにし、ベッドに戻って残りの買い物袋を一列に並べた。「なぜかといえば……」そう前置きして、帽子からウサギを取りだすマジシャンのごとき華麗な手つきでドーナツの箱を取りだした。アレックスは疑わしげな表情をしている。

アレックスは甘いものが大好きなほうではない。彼がいいにおいをさせている理由のひとつはそこにあると、わたしはにらんでいる。もちろん、アレックスは異常なほどきれい好きだ。でもその点を除いても、彼の息も体もいつもいいにおいがするのだ。きっとそれは彼が十歳の子どものような、それかわたしたちライト家のような食べ方をしないからだと思う。

「あなたにはこれよ」わたしはそう言うと、袋からカップヨーグルト、グラノーラの箱、ベリーミックスと水出しアイスコーヒーのボトルを取りだした。熱湯でドリップしたコーヒーを飲むにはこのアパートメントは暑すぎる。

「うわあ」彼はにやりとした。「きみは本当のヒーローだね」

「でしょ？」わたしは答えた。「あなたのおかげでね」

わたしたちはベッドに座り、ピクニックスタイルのごちそうを楽しんだ。わたしはドーナツのほとんどを食べ、アレックスのヨーグルトを二、三口もらった。彼はヨーグルトのほとんどを食べたけれど、ストロベリードーナツ半分もむしゃむしゃ食べた。

「こんなの食べたの、初めてだ」

「でしょうね」

「すごくうまい」

「これ、わたしの心に訴えかけてくるの」ふたりで初めて出かけた旅行の思い出の言葉を口にしてみた。でも仮に気づいていたとしても、アレックスはそんなそぶりさえ見せていない。そのせいで気持ちが沈んだ。

わたしにとって、これまで彼と一緒に過ごしたささやかな瞬間は、とても大切なものに思える。でも、アレックスにとってはなんの意味もないのかもしれない。その可能性はある。それにこの二年間、アレックスがわたしに連絡を取ろうとしなかったのは、ふたりで話しあうのをやめても、わたしとは違って、彼が大切な何かを失ったようには感じなかったからかも。

今日を含めて、この旅行はあと五日残っている——結婚式関連のイベントがまったくないのは今日と明日だけだけれど——そして今、わたしは気まずさ以上の何かにおびえている。

胸が張り裂けるような痛み。今の自分が感じているちくちくとした心の痛みが、本格的になったバージョンだ。でも痛みを和らげることも、逃げだすこともできないままの日々は何日も止まることなく続いていく。五日間ずっと、気分がいいふりを続けなければならない。いっぽうで、自分の内側では何かがずたずたに引き裂かれ、どんどん細かく小さくなり、やがて切れ端になってしまうというのに。

アレックスはサイドテーブルにアイスコーヒーのボトルを置くと、わたしのほうを見た。「きみは観光に行くべきだ」

「行きたくない」

「もちろん、行きたいはずだ。だってこれはきみの旅行なんだ、ポピー。それにきみは記事に必要な取材を何もしていないじゃないか」

「記事は後まわしにできるわ」

アレックスは困ったように頭を振った。「頼むよ、ポピー。もし一日じゅう、きみを部屋のなかに閉じこめていたら、ぼくは最悪の気分になってしまう」

彼に言いたい。もし外出したら、わたしが最悪の気分になってしまうのだと。それにこうも言いたかった。〝わたしがこの旅行でしたかったのは、どこでもいいから一日じゅうあなたと一緒にいること〟〝気温が三十八度もあるパームスプリングスを観光したいなんて誰が思う?〟〝あなたをこんなにも愛してるの。ときどき切なくて胸が痛くなるほど〟でも、その代わりに短く答えた。「わかった」

それから立ちあがって浴室に行き、準備を整えた。出かける前にアイスパックと温熱パッドを交換した。「自分でパッドの交換はできそう?」

「きっときみが出ていったらすぐに寝ると思う。きみがいなくても、ぼくは大丈夫だよ、ポピー」

それは一番聞きたくない言葉だった。

パームスプリングス・アートミュージアムに悪気があるわけじゃない。でも、今はそんなことは本当にどうでもよかった。もし別の状況なら、少しは気にしていたかもしれない。でも今のこの状況だと、わたしがこの美術館でただの暇つぶしをしているのは火を見るよりも明らかだ。わたし自身にとっても、ここで働いている人たちにとっても。そもそも、案内役がいなければ、どうやって絵画を鑑賞すればいいのかもわからない。

最初の恋人ジュリアンはよくこう言っていたものだ。「自分が何かを感じるか、何も感じないかのどちらかだ」とはいえ、彼はわたしを一度もニューヨーク近代美術館やメトロポリタン美術館に連れていこうとはしなかった（深夜バスでニューヨークに行っても、そのふたつは完全に無視だった）。というか、地元のシンシナティ美術館でさえ、一緒に行ったことはない。ジュリアンがわたしを連れていったのは、ＤＩＹのギャラリーだけだ。しかもそこでは、中華料理店〈Ｐ・Ｆ・チャングス〉のダイニングルームで録音した音声がフルボリュームで流れるなか、床に股間をさらした裸のアーティストたちが横たわっていた。

そういう状況下のほうが何かを感じるのは簡単だ。きまり悪さ、嫌悪感、不安、おかしさ。ゆきすぎた過激な何かを目の当たりにすると、感じられることはたくさんある。どんな細かなディテールもそれなりのヒントをくれる。

でも、ここにある視覚芸術の多くを前にしても、本能的な反応を感じることがない。一枚の絵画の前にどのくらいの時間立ち止まっているべきなのか、どんな顔をするべきなのかよくわからない。それに多くの作品のなかから自分が一番退屈なものを選びだしているのかどうか、この美術館にいる案内人たち全員が無言でわたしを判断しているかどうか知るにはどうすればいいのかも。

自分でもよくわかっている。わたしはここで意味ありげにアート作品を見つめることに時間を費やしているわけではない。何しろ、一時間もしないうちに館内を見終わってしまったのだ。今わたしが心から望んでいるのは、あのアパートメントに戻ること。でも、もしアレックスがわたしにそれを望んでいないなら、戻らないことだ。

だから二周目に挑戦した。さらに三周目にも。今度は館内にある解説パネルを一枚残らず読むようにした。受付エリアに置いてあった印刷物も手に取り、それを持ってまわるようにした。そうすれば、作品以外にもじっと見つめられるものができるからだ。肌が紙のように薄そうな、頭の禿げた案内人が悪意に満ちた目でこちらを見ている。

たぶん、あの男性はわたしがよからぬ目的を持ち、現場の下見に来ていると勘違いしているのだろう。せっかくこれほど長いこと館内をうろついているのだから、そうしたほうがいいのかもしれない。一石二鳥というやつだ。石をひとつ投げて、二羽の鳥を得るとかなんとか。

長居して嫌がられている事実をとうとう受け入れ、パーム・キャニオン・ドライブを目指すことにした。古着やヴィンテージを扱う驚くべきショップが集まっているはずだ。

思ったとおりだった。ギャラリーやショールーム、アンティークの店が整然と立ち並ぶショッピング街は、ミッドセンチュリーモダンを彷彿とさせるポップで鮮やかな色合いがちりばめられていた。薄緑色がかったブルー、まばゆいオレンジ、サワーグリーン、鮮やかなマスタードイエローの明かりはまるでイラストのように見える。人工衛星（スプートニク）柄のソファ、細いスポークがあらゆる方向に伸びている金属製のペンダント照明もだ。

まるで一九六〇年代に夢見た未来の世界を旅しているよう。

がぜん興味を引かれたが、二十分もあれば充分だった。

とうとう観念して、ついにレイチェルに電話をかけた。

「もしもーーーーし」呼び出し音が二回聞こえたところで、すぐに彼女の叫び声が聞こえた。

「酔っ払ってる？」わたしは驚いて尋ねた。

「ううん？」レイチェルが答える。「そっちは？」

「酔っ払ってたらいいのに」

「あれ。てっきりなんの返信もないのは、楽しい時間を過ごしているからだと思っていたんだけど」

「返信しなかったのは、狭苦しくて、死ぬほど暑い部屋のなかにずっといたから。しかも、どんなに最悪な状況か、あなたに詳しいメッセージを送るためのスペースの余裕もなければ、精神的な強さも持てずにいたの」

「ああ、ポピー」レイチェルはため息をついた。「こっちに戻りたい？」

「それは無理。覚えてるでしょ、この旅の最後に結婚式がある」

「無理じゃないわよ。わたしが緊急事態だってことにすればいい」

「ううん、いいの。それにそっちへ戻りたいわけじゃない。ただ――もっと物事がスムーズにいけばいいのにと思っているだけ」

「今、サントリーニにいればよかったのにって思っているでしょう？」

「ううん、今思ってるのは、アレックスが背中のけいれんにならなければよかったのにってこと。そのせいで、あの部屋から出られなくなっちゃったから」

「ええっ？　あの若くて、健康で、むきむきのアレックスが？」

「まったく同感。それに彼はわたしに何も助けさせてくれないの。部屋から追いだされたから、今日はひとりでアートミュージアムに行ってきたわ。もう四回もまわっちゃった」

「よ、四回？」

「そう。ただ部屋を行ったり来たりしてただけじゃない。中学一年生の校外学習を最初から最後まで、ぶっとおしでやった感じ。エド・ルシェに関することならなんでも尋ねて」

「あら！　だったら彼が雑誌『アートフォーラム』で仕事をしていたときの仮名は何？」

「オーケイ、わたしにはなんにも尋ねないで」

「エディ・ルシアよ」〝アートスクール・レイチェル〟がうっかり顔を出した。「でも、なぜそうしたのかは思いだせない。だって本名そっくりに聞こえるもの。だったら本名を使ったっていいじゃない？　でしょ？」

「そのとおり」わたしは同意しながら車に戻り始めた。脇にも膝の裏にも汗をかいている。コーヒーショップの日よけの下に立っているだけで、日に焼けそうだ。「わたしも今後は〝ポップ・ライト〟って名前で記事を書くべきかしら？　ライトのWはなしで？」

「それか九〇年代のDJになれる」レイチェルはそっけなく言った。「DJポップ・ライト」

「とにかく」わたしは言った。「あなたは元気？　ニューヨークはどう？　ワンコたちは元気なの？」

「まあまあね。暑いけどどうにかやってる。今朝、オーティスがちょっとした手術を受けて、腫瘍を除去したの。ありがたいことに良性だったけど。今、あの子を迎えに行く途中」

「オーティスにわたしからキスを」

「もちろんよ。動物病院に着いたから行かないと。でも、もしわたしが大けがするとか、あなたが早くこっちに戻れるような状態になる必要があれば、いつでも知らせてね」

わたしはため息をついた。「ありがとう。それにあなたも、高価なモダン家具が必要なら、いつでもわたしに知らせて」

「うん、そうする」

電話を切って時間を確認した。なんとか午後四時半まで時間をつぶせた。そろそろサンドイッチを買ってデザート・ローズに戻ってもいいころだろう。

戻って部屋のなかへ入ると、暑い外気が入ってこないようにバルコニーの扉が閉められていた。とはいえ、アパートメントのなかも不快なほど暑い。アレックスは灰色のTシャツを着て、わたしが出ていったときと同じ場所に座り、一冊の本を開いていた。傍らのマットレスにはもう二冊重ねられている。

「おかえり」彼は話しかけてきた。「楽しかった?」

「うん」嘘をついた。顎をしゃくって扉を指し示しながら言う。「起きあがって歩いたのね」

アレックスは唇をねじ曲げ、きまり悪そうに顔をしかめた。「ほんのちょっとだよ。どのみちトイレに行く必要があったし、薬ももう一錠のまないといけなかったから」

わたしはベッドの上に腰かけ、ふたりのあいだにサンドイッチの袋を置くと、両膝を折ってぺたんと座った。「具合はどう？」

「かなりよくなったよ。まだここからは出られないけれど、痛みはずいぶんおさまった気がする」

「よかった。あなたにサンドイッチを買ってきたの」わたしはビニール袋を逆さまに傾け、紙に包まれたサンドイッチを出した。

アレックスは自分の分を手に取り、包みを開きながらわずかに微笑んだ。「ルーベン？」

「昔あなたが盗み食いしたデラロのサンドイッチとは違うタイプだけどね」わたしは応じた。「ただもしご希望なら、いったんそのサンドイッチを冷蔵庫に入れて、わたしはしばらく浴室へ行ってもいい。あなたがよたよた歩きながら冷蔵庫から盗みだせるようにね」

「いや、いいんだ。ぼくの頭のなかでは、デラロ本人から盗んだことになってるからね。大切なのはそういうことだ。なかにはそう言う人もいる」

「わたしたち、この旅行で大切な教訓をたくさん学んでるってわけね」わたしは続けた。「そうそう、ここへ戻る途中、ニコライに空調についてメッセージを残しておいたの。彼、わたしからの電話には出ないようにしているみたい」

「そうだ！」アレックスは顔を輝かせた。「言うのを忘れてた！　二十五度までさがったんだ」

「マジで？」わたしはベッドから飛びおり、制御盤を確認した。「すばらしいわ、アレックス！」

彼は笑い声をあげた。「こんなことで大喜びするなんて情けないけどね」

「この旅のテーマは〝もらえるものはもらっておけ〟だもの」ベッドに戻り、アレックスの隣に座りながら言う。

「テーマはてっきり熱望（アスパイア）かと思ってたよ」

「二十四度になるのを熱望（アスパイア）するわ」

「そのうち、あのプールのなかに入れることを熱望（アスパイア）するよ」

「ニコライを殺さずにすむことを熱望（アスパイア）する」

「ベッドから出られることを熱望（アスパイア）する」

「おお、かわいそうに」わたしはうめいた。「ベッドから出られずに本を読んでるなんて――まさに地獄にハマりこんだ状態よね！　おまけに、わたしにメンソールクリームを背中に塗られたあげく、あなたの好みドンピシャの朝食と昼食まで届けてもらうなんて」

アレックスはここぞとばかりに悲しげな子犬顔をした。

「ずるい！」わたしは叫んだ。「こっちが今、あなたを痛めつけられないのを知ってるくせに！」

「わかったよ。きみがまたぼくの体を痛めつけられるようになるまでは、もうやらない」

「背中のけいれんが起きるようになったのはいつ？」

「それがよくわからないんだ。たぶん、クロアチア旅行から二、三カ月ほど経ったころかな？」

　その言葉を聞いた瞬間、胸に花火のような衝撃が走った。穏やかな表情を保ち続けようとしたけれど、うまくできたかどうかわからない。アレックスのほうは、特に気まずい様子は見せていない。「原因はわかってるの？」どうにかそう尋ねた。

「しょっちゅう背中を丸めているからかな？　本を読んだり、パソコンに向かったりしているときは特にだ。マッサージ療法師には、股関節の筋肉が収縮して背中が引っ張られているせいだろうって言われた。でも、よくわからない。医者からは筋弛緩薬を処方されただけだし、質問を思いつく前に診察が終わってしまったんだ」

「よく起きるの？」

「いや、よくってほどじゃない。これで四回目か五回目だ。いつもより運動していないときに起きている。たぶん、ずっと飛行機と車のなかで座っていたせいだ。それに……あの椅子兼用ベッドで寝たから」

「なるほど」

一瞬の間のあと、アレックスは尋ねた。「大丈夫？」

「うん。ただ……」声がだんだん小さくなる。自分でも何を言いたいのかよくわからない。「たくさんのことを見逃したんだなあと思って」

アレックスはふたたび頭を枕にもたせかけ、わたしの顔を見つめた。「ぼくもだ」

思わず半笑いした。「ううん、そんなことない。だってわたしの人生は前と全然変
わっていないもの」

「それは違うな。きみは髪を切った」

今度は本物の笑みが浮かんだ。アレックスも唇に満足そうな笑いを浮かべている。

「それはそうね」答えるあいだ、アレックスの視線がむきだしの肩から腕、彼の膝近
くのマットレスに置いた手まで這わされ、顔が真っ赤にならないよう必死にこらえた。

「それに、わたしは家も、自分専用の食器洗い機も、なんにも買ってない。これから
も買えるかどうかもわからない」

アレックスは片眉を吊りあげ、わたしの顔をじっと見つめて静かに口を開いた。

「きみはそういったものを望んでいない」

「そうね、きっとあなたの言うとおりだわ」とりあえずそう答えた。でも正直なとこ
ろ、自分でもよくわからない。そこが問題だ。かつて心の底からほしいと願っていた

ものたちを、今のわたしはもはや望んでいない。これからの自分の人生を決める大きな決断を下すとき、どうしても必要だと思って優先してきたものたちなのに。大学は学位を得ずに中退して、いまだに学資ローンを返済し続けている。たしかに、残り一年半分の授業料を支払わずにすんだけれど、最近になってふと考えこむ自分がいる。あれは本当に正しい選択だったのだろうか？

わたしはリンフィールドから逃げた。シカゴ大学からも。そして正直に言えば、あのすべてが突然起きたときにアレックスからも一種の逃げを打ってしまった。アレックスもわたしから逃げた。でも、わたしはそんな彼を非難する立場にない。

とにかく怖かった。だから逃げ去った。そして今後どうするかという問題に関して、アレックスにすべて丸投げしたのだ。

「ねえ、サンフランシスコ旅行のとき、買いたいものがあるといつも〝郷に入れば郷に従え、だ！〟って言い続けていたのを覚えてる？」

「うん、たぶん」アレックスはいかにも自信がなさそうな声を出した。その瞬間、わたしはショックの表情を浮かべたに違いない。彼がすぐにすまなそうにこうつけ加えた。「ぼく、記憶力があまりいいほうじゃないんだ」

「そう、だったら仕方ないわね」

アレックスは咳きこんだ。「何か観る？　それともまた外へ出かけるかい？」

「ううん。一緒に何か観ましょう。もしパームスプリングス・アートミュージアムに戻ったら、FBIがわたしを待っているかもしれないから」

「どうして？　高価な作品でも盗んだのか？」

「鑑定してもらうまで、まだ高価かどうかはわからない」わたしは冗談で切り返した。「今回のクロード・モーンネ（画家の〝モネ〟とうめき声をかけている）がデカい取引につながるよう祈るばかりよ」

　アレックスは笑い声をあげたが、すぐにかぶりを振った。体をほんのわずかに動かすだけで、相当な痛みが走るようだ。「やめろ、ぼくを笑わせないでくれ」

「わたしが美術館で盗みを働いた話を冗談だと思ってるの？　だったら今すぐそんな考えは捨てて」

　アレックスは両目を閉じ、唇を真一文字に結んで笑いをこらえている。しばらくして目を開けて続けた。「よし、ぼくはトイレに行ってくる。今日これが最後のトイレになるといいんだけどな。薬ものんでくるから、そのあいだにバッグからぼくのパソコンを出してネットフリックスでも観ててよ」彼は用心深く体の向きを変えると、片足を床におろしてゆっくり立ちあがった。

「了解。バッグのなかにあるヌード雑誌はそのままにしておいたほうがいい？　それとも一緒に出しておく？」

「ポピー」アレックスは振り返らずにうめいた。「冗談はなしだ」

わたしはベッドから立ちあがり、椅子からアレックスのバッグを手に取ると、ノートパソコンを探しだし、ベッドに戻って画面を開いた。

アレックスは電源を切っていなかった。マウスパッドをなぞると、すぐに画面が表示され、ログインを要求してきた。浴室に向かって大声で叫ぶ。「パスワードは？」

「フラナリー・オコナー」アレックスが叫び返す声がして、トイレを流す音、続いて洗面台で栓をひねる音が聞こえた。

大文字か、スペースや句読点は必要かどうかは尋ねなかった。アレックスはまわりくどいことを好まない。パスワードを入力するとログイン画面が消え、開かれたブラウザ画面に切り替わった。そんなつもりはなかったのだが、うっかり盗み見てしまった。

とたんに胸がどきどきし始める。

水音が消え、扉が開き、アレックスがバスルームから出てきた。ここは何も見なかったふりをしたほうがいい。アレックスが見ていた求人情報など目にしなかったことに。でも、何かがわたしに襲いかかってきて——少なくとももときどきは働く——脳の一部を引きはがしたせいで、言うべきではない言葉をうっかりもらしていた。

「あなた、バークレー・キャロルで教えようとしているの？」

アレックスが浮かべた困惑の表情は、すぐに別の表情に取って代わった。罪悪感にも似た表情だ。「ああ、それね」

「これ、ニューヨークの学校よね」

「ウェブサイトにはそう書いてあるね」

「しかもニューヨーク市」

「えっ、そのニューヨークなのか？」アレックスが無表情で答える。

「あなた、ニューヨークに引っ越すつもり？」きっと自分は今、大声を出しているに違いない。だけど頭がうまくまわらない。アドレナリンが全身を駆けめぐり、綿で耳をふさがれたみたいに、この世のいかなる音もよく聞こえない。

「たぶん、そうはならない」彼は答えた。「ただ求人広告を見ていただけだ」

「でも、あなたならきっとニューヨークが大好きになる。だって本屋さんがいっぱいあるから」

今回アレックスはおもしろがると同時に、悲しそうにも見える笑みを浮かべた。ベッドへ戻ってくると、わたしの隣にゆっくりと腰をおろし、ぽつりと言った。「自分でもわからない。ただ見てただけだ」

「わたし、あなたに迷惑はかけない。もしあなたが、何かあるたびにわたしがあなたの家に押しかけるんじゃないかって心配しているなら、絶対にそんなことはしない。

約束する」

アレックスは片眉を疑わしそうに持ちあげた。「でも、もしぼくが背中のけいれんを起こしたと知ったら、きみはドーナッツとボディクリームを持ってぼくのアパートメントに押し入るんじゃないのか?」

「なんですって?」罪悪感がこみあげてきたせいで、声を一段と張りあげる。アレックスは笑みを広げたが、それでもどこか悲しそうな表情だ。「どうしたの?」

ふたりして我慢比べをしているみたいに、彼はしばしわたしの目を見つめ続けた。それからため息をついて、片手で顔を撫でた。「自分でもよくわからないんだ。まだなんとか解決しようとしていることがいくつかある。リンフィールドにね。はっきりと決断を下す前に」

「家のこと?」わたしは考えをめぐらせた。

「それもある。あの家が大好きなんだ。もし誰かに売ることになったら耐えられるかどうかわからない」

「貸家にすればいいじゃない!」そう提案すると、アレックスがこちらに視線を向けた。「そうよね。大家になるにはあなたはあまりに神経質すぎる」

「それは、ほかのみんなが借り主に甘すぎるって意味だよね」

「弟たちの誰かに貸すこともできる。それか、あなたが自分のものにし続けることだってできる。つまり、あの家はあなたのおばあちゃんのものだったんでしょう？ ローンがまだ残っていて、その支払い義務があなたにあるとか？」

「いや、固定資産税だけだ」アレックスはノートパソコンを引き寄せると、求人情報の画面を閉じた。「でもあの家のことだけじゃない。それに父と弟たちのことだけでもない」わたしが口を開きかけるのを見て続ける。「つまり、姪っ子や甥っ子たちに会いたくてたまらなくなると思うんだ。とにかく、ぼくをあの場所に引き留めているものはほかにもある。いや、自分でもよくわからない。あるかもしれないと思ってる。ぼくはただ……どうなるか成り行きを見守ろうとしているんだ」

「ああ」わたしははっと気づいた。「つまり……女性関係ね」

またしてもアレックスはわたしの目を見つめた。わざと挑戦的な態度を取って、物事を押し進めようとするかのように。でもわたしは、まばたきもせず見つめ返した。結局、先に視線をそらしたのは彼のほうだった。「それを今さら話す必要はない」

「そう」それまで感じていたいきいきとしたエネルギーが、突然凍りついたかのようだ。心がずしりと重たくなった。「ってことは、サラね。あなたたち、本当によりを戻したのね」

アレックスは頭を傾け、指先で眉をごしごしとこすった。「わからないんだ」

「彼女がそうしたがっているの？ それともあなたが？」

「わからない」彼は同じ答えを繰り返した。

「アレックス」

「ぼくを非難しないでほしい。男女のつきあいに関してはいろいろ深刻な問題があるんだ。それにサラとぼくにはこれまでの長い歴史がある」

「ええ、みじめな歴史がね。それが原因であなたたちは別れたんじゃない。二度も」

「でも、それが原因でぼくたちはつきあったんだ」アレックスは言い返してきた。

「誰もがきみみたいに何も振り返らずにいられるわけじゃない」

「それ、どういう意味？」わたしは強い口調で言った。

「なんでもない」アレックスはすばやく答えた。「ぼくたちがただ違うだけだ」

「わたしだって、わたしたちが違うことは百も承知よ」自分を守るように言う。「男女のつきあいに関していろいろ深刻な問題があることもね。わたしだって独身だもの。〝一方的にイチモツの写真を送りつけられた女性のための自助グループ〟にも入っているわ。でもだからって、元恋人のひとりとよりを戻したりしない」

「違うんだ」アレックスは言い張った。

「何が違うの？」ぴしゃりと言い返す。

「だってきみは、ぼくが望んでいるものと同じものを求めていない」アレックスは半分叫んでいる。これまで聞いたなかで、彼が出した一番大きな声かもしれない。怒りは感じられないけれど、明らかに不満は聞き取れた。

のけぞった瞬間、アレックスがややしょんぼりとし、当惑しているのがわかった。

彼は言葉を継いだ。落ち着いた静かな声に戻っている。「ぼくが望んでいるのは、弟たちが手にしているものすべてだ。結婚して、子どもを持って、孫を持って、ものすごく年を取るまで妻と一緒に生き続けたい。それこそ家がぼくらと同じにおいになるくらい、ずっと長くわが家で暮らしたいんだ。クソみたいな家具を選んで色を塗ったりしたい。だけど、きみはリンフィールドでのそういったことすべてに耐えられないと考えている。そうだろう？　でも、それがぼくの望んでいるものだ。それにぼくは待ちたくない。あとどれくらい生きられるのかなんて誰にもわからない。あと十年も漫然と過ごして、結局陰茎ガンか何かの病気だとわかるなんてごめんだ。そんなの遅すぎる。そういったことがぼくにとって重要なんだ」

もはやアレックスのなかにはいかなる残り火も感じられない。でもわたしはまだいらだちと心の痛み、恥辱感に体を震わせたままだ。何より、アレックスがわたしたちの小さな故郷の町を批判から守ろうとしたり、サラの話から話題を変えようとしたり、ほかにもいろいろしようとしたりするとき、いったい何が起きているのかよく理解できない自分に対する怒りに体を震わせずにはいられない。

「アレックス」わたしは口を開いた。今にも泣きだしそうだ。かぶりを振って、こみあげてくる嵐のような感情を振り払おうとする。「わたしはそういうことに耐えられないなんて考えていない。そのどれも耐えられないと考えたことはない」

アレックスはゆっくりと目をあげ、わたしと視線を合わせたが、ふたたび目をそらした。彼にぶつからないよう注意しながら、体を寄せて彼の手を取って指をからめた。

「アレックス?」

彼はわたしを見おろし、つぶやいた。「ごめん。本当にごめん、ポピー」

わたしはかぶりを振った。「わたしはベティの家が大好き。それにあなたがあの家の持ち主だって考えるとうれしくなる。学校は大嫌いだったけど、あなたがあそこで教えていると考えるのも好きだし、教えられる生徒たちはなんてラッキーなんだろうとも思う。それにあなたが本当によき兄であり、よき息子であることもものすごくいいと思ってる。それに——」ふいに言葉に詰まった。涙ながらに口ごもりながら言葉を続ける。「それに、あなたにはサラと結婚してほしくない。だって彼女はあなたを当たり前の存在だと思っているから。そもそも、そう思っていなかったらあなたと別れたりしなかったはず。本音を言えば、そのことは別にしても、あなたにはサラと結婚してほしくない。だって彼女はわたしのことを一度も好きになってくれたことがないから。もしあなたが彼女と結婚したら……」しだいに声が小さくなり、すすり泣き始めながら心のなかでつぶやく。

〝もしあなたが彼女と結婚したら、わたしはあなたのすべてを永遠に失ってしまう〞そのあと、こんな考えも浮かんだ。〝きっとあなたが誰と結婚しても、わたしはあなたのすべてを永遠に失うことになる〞

「自分勝手な言い分だとわかっているの」わたしは口を開いた。「でも、それだけじゃない。本当に、あなたならもっといい人生を送れると思ってる。サラはどこかの誰かにとってはすばらしい相手になると思うけど、あなたにとってはそういう相手じゃない。だって彼女はカラオケが好きじゃないもの」

最後の部分で情けないほど涙が出てきた。アレックスはこちらを見おろしながら、唇を引き結んで必死に笑みを隠そうとしている。彼は重ねていた手から手を離すと、腕をわたしの体に巻きつけ、そっと引き寄せた。でもアレックスに痛い思いをさせたくない。だから彼にもたれかかりすぎないように気をつけた。

そのとき、気づいた。背中のけいれんはアレックスにとって気の毒だったけれど、そのおかげでわたしはどうにか自分を抑えられているのだ。だって彼と触れあっている部分がひとつ残らずうずき始めている。あらゆる神経細胞がもっとアレックスに触れてほしいと叫んでいるみたい。彼の唇が頭のてっぺんに押し当てられた瞬間、そこで誰かが卵を割ったような感覚に陥った。どろっとした生あたたかいものが、全身に流れ落ちていくような感じ。

クロアチアで感じたアレックスの唇の感触。そのぼんやりした記憶をすべて振り払った。

「自分が本当にもっといい人生を送れるのかどうかわからないんだ」アレックスの声で、気恥ずかしい記憶から現実に引き戻された。「ティンダーを始めても、自分は誰にも相手にされないんだと気づかされただけだった」

「マジで？」わたしは体を起こした。「あなた、ティンダーのアカウントを持っているの？」

アレックスはぐるりと目をまわした。「そうだよ、ポピー。おじいちゃんはティンダーをやってるんだ」

「ちょっと見せて」

彼は耳まで真っ赤になった。「いや、やめておこう。質問攻めにされたい気分じゃない」

「わたしならあなたを助けられると思う。わたしは同性愛者ではない女性よ。ティンダーでどんな男性のプロフィールがウケるかわかってる。あなたのやり方のどこが間違っているのか指摘できる」

「ぼくが間違っているのは、マッチングアプリで有意義なつながりを探そうとしていることだ」

「それはそうね。でも原因がほかにないか確かめてあげるから見せて」

アレックスはため息をついた。「わかったよ」ポケットから携帯電話を取りだし、わたしに手渡した。「でもポピー、お手柔らかに頼む。今はもうずたぼろだから」

次の瞬間、彼はすかさず例の悲しげな子犬顔をしてみせた。

17

七年前の夏

ニューオーリンズにやってきた。

アレックスは建築物に興味津々だ。特に、錬鉄製のバルコニーがある派手な原色（クレヨンカラー）で塗られた古い建物に目を奪われている。それと、歩道の上から覆いかぶさるように伸びた古い木々たちにも。どっしりとおろされた根があらゆる方向へ長く伸び、歩道のコンクリートものともせず砕いて根を生やし続けている。この木々たちはコンクリートよりも前から存在し、そしてこれからも長く生き続けるのだろう。

わたしはといえば、アルコールで作られたスラッシュと遊び感覚満載のスーパーナチュラルショップに大興奮だ。

ありがたいことに、この街にはそれらが充分すぎるほど存在している。

バーボン・ストリートからさほど離れていないところにある、巨大なスタジオアパートメントを見つけ、わたしは大興奮した。床板は汚れで黒くなり、家具はどっしりとした木製で、むきだしのれんが壁にはジャズ・ミュージシャンたちの色鮮やかな絵画が飾られている。ベッドも寝具も見るからに安物だけれど、二台ともクイーンサイズだ。それに部屋そのものは清潔だし、エアコンもよく効いていた。日中のうだるような暑さの外から部屋へ戻ってくるたびに寒くて歯ががたがたすることがないように、自分たちで厳しく温度設定を管理する必要があったほどだ。

ニューオーリンズで本当にすべきことは、歩く、食べる、飲む、あたりを見る、耳を澄ます、の五つしかないように思える。基本的に、わたしたちがどの旅行でもしていることだ。とはいえ、細い通りに数えきれないほどのレストランとバーがひしめきあっているこの街では、特にその五つが大切になってくる。そのうえ、この街には数えきれないほどの人たちが、明るい蛍光色で人目を引く背の高いカップと不釣りあいなストローを手に、ひしめきあっている。しかも街区ごとに、それまで漂っていた揚げ物や食欲をそそるにおいが突然、鼻をつまみたくなるような悪臭やすえたようなにおいに替わったりする。立ちのぼってくる下水のにおいが、湿気によってさらにひどく感じられる。

アメリカにあるほとんどの都市に比べると、ここにあるものすべてがとても古く見える。きっと一七〇〇年代からこんな悪臭が漂っていたのだろう。当時に比べれば、今のにおいは奇跡的なほど改善されたに違いない。

「誰かの口のなかを歩いてるみたいだ」アレックスはこの街の湿気の臭さについて、一度ならずそう言った。そしてそれを聞いてからというもの、同じにおいが鼻をつくたびに、わたしは奥歯にはさまった食べ物の残りかすについて考えずにはいられなくなった。

でも、そんな状態がずっと続いたわけではない。ひとたび風が吹けば悪臭は一掃される。それに扉を開けたレストランの前を通りかかった瞬間も。通りの角を曲がって偶然美しい脇道に入りこみ、頭上にあるどのバルコニーからもかぐわしい紫色の花々が垂れさがっていたこともあった。

おまけに、わたしがニューヨークで暮らし始めてから五カ月が経とうとしていた。最近の二カ月はちょうど夏に当たり、いつも利用する地下鉄の駅はバラみたいな香りが漂っているわけではない。駅のなかで立ち小便をしている人を三人見かけたし、そのうちのひとりは一週間後にまた同じことをしていた。

ニューヨークは大好きだ。でもこうしてニューオーリンズの街を歩いていると、この街でもニューヨークと同じように幸せになれるかもしれないと思えてくる。もしかしたら、それ以上に幸せになれるかもしれない。もしもアレックスが今より頻繁にわたしを訪ねてくれたら。

これまでのところ、彼がニューヨークにやってきたのは一度だけだ。大学院の最初の一年が終わったとき、数週間だけ滞在した。そのときは、わたしの両親の家からブルックリンにあるわたしのアパートメントまで、わたしの私物を車いっぱいに積みこんで運んできてくれたのだ。アレックスの旅の最終日、ふたりして予定表を見比べながら、次にいつ会えるか話しあった。

もちろん、夏旅行(ザ・サマー・トリップ)は外せない。その前に、もしかしたら(もしかしないかもしれないけれど)感謝祭のときに会えるかもしれない。あと、わたしが給仕の仕事をしているレストランで休みが取れたらクリスマスも。でも誰もがクリスマスには休みを取りたがる。だから大晦日(おおみそか)に会う案もある。結局、またあとで話しあおうということになった。

これまでのところ、この旅行中、今後いつ会うかについては話していない。せっかくアレックスと一緒にいるのに、彼がいなくて寂しくなることなど考えたくない。時間の無駄のように思える。

「何はともあれ」アレックスは冗談を言った。「ぼくらにはいつだってザ・サマー・トリップがある」

それでよしと思わなければならないだろう。

朝早くから夜遅くまで、わたしたちはひたすら街を歩いた。バーボン・ストリート、フレンチメン・ストリート、カナル・ストリート、エスプラネード・アベニュー（アレックスは特にこの通り沿いにある堂々とした年代物の家々に魅せられていた。どの建物にも花々があふれんばかりに咲き乱れる花壇があり、ごつごつしたオークの木々と並ぶように、日に焼けたヤシの木々が伸びている）。

オープンエアのカフェで砂糖をまぶしたベニエを食べたあと、数時間かけてフレンチマーケットの場外で売られている小間物（ワニの頭がついたキーチェーンやら、ムーンストーンがついたシルバーのリングやら）を物色したり、市場内のブースで販売されている焼きたてのパンや冷やした地元の野菜、それにキウイ、イチゴ、バーボンに浸したチェリー、プラリネが（思いつく限りの方法で）トッピングされたひと口サイズの濃厚な味のケーキを楽しんだりした。

どこに立ち寄ってもサゼラック、ハリケーン、ダイキリといったクラシックカクテルを飲んだ。わたしがジントニックを注文しようとしたとき、アレックスが芝居がかった口調で〝テーマを貫くのが重要だ〟と言ったからだ。その瞬間から、ふたりはその言葉をマントラのごとく繰り返すようになった。しかも、この旅行中限定の別人格（オルターエゴ）まで生まれたのだ。

彼らはグラディスとキース・ヴィヴァン。ブロードウェイからやってきたパワーカップルという設定だ。ふたりとも心の底まで真のパフォーマーであり、〝この世はひとつの舞台！〟というお揃いのタトゥーを入れている。シェイクスピアの名言だ。

彼らは毎日を演技練習から始める。一週間ずっとひとつの台詞にこだわり続け、ふたりのやり取りもすべて、その言葉に従って行おうとする。そうするほどキャラクターになりきれるからだ。

もちろん、テーマも肝心だ。

あるいはこうも言える。それこそが重要だと。

「テーマが重要！」わたしたちはあちこちで叫びまくった。どちらかが何かをやりたいのに、もう一方が乗り気になれないときはいつでも、足を踏み鳴らしながら叫んだ。

特に、一度も掃除をしたことがなさそうに見える古着屋ではそういうことがたくさんあった。たとえば、わたしがアレックスのために選んだスエード・レザーパンツの試着に彼が乗り気になれなかったとき。それから、アレックスがとある美術館で六時間も過ごしたいと言いだして、わたしが乗り気になれなかったとき。

「テーマが重要！」アレックスが――冗談ではなく――昼間にサックスだけのバンドが演奏しているバーに入るのを断ったとき、わたしはすかさず叫んだ。

「テーマが重要！」わたしが〝酔っ払い1(Drunk)〟〝Drunk Bitch2〟とプリントされた――よくテーマパークで売られている〝Thing1〟〝Thing2〟に似た仲間(バディー)Tシャツを買いたくないと言ったとき、アレックスはすかさず叫んだ。結局、わたしたちは買ったTシャツを服の上から着て、その店をあとにした。

「あなたが変になったときって最高」ふたりして歩きながら、わたしはアレックスに言った。

ほろ酔い気分のアレックスはわたしを横目で見た。「ぼくを変にしてるのはきみだ。ぼくはきみ以外の人と一緒にいるとき、こんなふうにはならない」

「わたしを変にしているのもあなたよ」わたしは続けた。「わたしたち、マジで〝この世はひとつの舞台！〟というお揃いのタトゥーを入れるべきだと思う？」

「グラディスとキースならそうするだろうね」アレックスは答えると、水筒の水をごくごくと飲み、わたしに手渡した。わたしもいっきに半分飲み干した。

「それはイエスってこと？」

「頼むよ、ぼくにイエスと言わせないでくれ」

「でも、アレックス」声を大にして叫ぶ。「テーマが重――」

彼は急いでわたしの口に水筒を押しこんだ。「酔いが覚めたら、絶対に今みたいにおもしろいとは思えないはずだ」

「自分の冗談はどれもおもしろいって、いつだって思ってる」そう答えたものの、わたしは続けた。「でも、あなたの言うとおりね」

どの店もハッピーアワーを狙って訪れた結果、さまざまなことがわかった。アルコールドリンクが薄くてまずいときもあれば、おいしいけれど高いときもあり、一番多いのがまずいのに高いというパターンだ。回転木馬をそのままカウンターに使っているホテルの回転バーに行き、一杯十五ドルもするカクテルを試してみた。聞くところによれば、現存するなかでルイジアナで二番目に古い建築物だというバーにも行ってみた。古い鍛冶屋で、床がべとべとしていて中途半端な〝生きた博物館〟のような場所だった。ただし、隅にある巨大なゲーム機〝トリビアマシン〟を除けばの話だ。

わたしとアレックスは一杯のドリンクをシェアしながら、ゲームに挑戦する順番を待った。記録は破れなかったけれど、好成績者リストに名前が載った。

五日目の夜は、カラオケ愛好者が集まるバーに行った。レーザー光線を浴びながらステージで歌うタイプのカラオケだ。ファイアーボールを二杯飲んだあと、アレックスは別キャラ、ヴィヴァン夫妻としてステージにあがり、ソニー&シェールの『アイ・ガット・ユー・ベイブ』を歌うことに同意した。

歌の途中で、わたしたちはマイクを握ったまま派手な言い争いを始めた。彼がメイク係のシェリーと寝ていることをわたしが知っている、、、という設定だ。「あのちんけなつけひげをつけるのに、一時間もかかるわけがないでしょ、キース!」わたしは声を限りに叫んだ。

歌い終わっても拍手はまばらで、居心地が悪くなった。だからもう一杯飲んだあと、ギレルモから教わったフローズンコーヒーカクテルを出す店に向かった。

今回わたしたちが訪ねた店の半分は、ギレルモおすすめの場所だった。実際に行ってみてどの店も気に入った。特に、壁に穴が空いたポーボーイ（ルイジアナの伝統的なサンドイッチ）の店だ。シェフを恋人に持つと、こんな特典がついてくる。

ギレルモと出会ったのは、ニューヨークに引っ越して数カ月後のことだった。新しい（しかもニューヨークでは初めての）友人レイチェルが、彼女のSNSに何枚かの写真を投稿するのと引き換えに、ギレルモが新しく開いたレストランに招待されたのだ。レイチェルはそういうリクエストをされることがよくある。わたしもネット仲間のため、レイチェルとはお互いにそういう恩恵にあずかるようにしていた。

「恥ずかしがることなんてない」レイチェルは強い口調で言った。「それでお互いの宣伝にもなるんだもの」

レイチェルが自分のSNSにわたしと一緒に撮った写真を投稿するたびに、わたしのブログのフォロワー数は数百人単位で増えていった。半年間でフォロワー数は三万六千人になっていたけれど、レイチェルとのつながりだけでいっきに五万五千人まで跳ねあがった。恐るべきブランド力だ。

だからそのときも、レイチェルについてそのレストランへ行った。食事が終わると、シェフがわたしたちと話すためにやってきた。ギレルモは見るからに華やかで甘いルックスの男性だった。瞳は薄い茶色で、濃い色の髪をオールバックにして額を出し、顔に浮かべる笑みは柔らかくて気取りがない。その日の夜、彼はインスタグラムを通じてわたしにメッセージを送ってきた。わたしがまだ自分のブログに彼のレストランの写真を投稿する前だというのに。

ギレルモはレイチェルを通じて、わたしのインスタを知ったのだという。彼が恥ずかしがることなく、すぐそのことを教えてくれたのを好ましく思った。ギレルモは夜はほとんど仕事のため、わたしたちは初デートで朝食をともにした。その日、彼は食事を終えて送り届けるまで待つのではなく、車で迎えに来てくれたときにわたしにキスをした。

最初、わたしは彼のほかにも何人かとデートをしていた。ギレルモもそうだった。でも知りあってから数週間後、わたしも彼も、お互い別の人とはもう会いたくないと心を決めた。そうわたしに告げたとき、ギレルモは笑っていた。だからわたしも笑うことにした。彼のそばにいることで、励ますような笑い声をあげる習慣がついたせいだ。

ジュリアンと一緒にいたときとは、すべてがまるで違っていた。強烈で予測不能なことは何も起きない。ギレルモとは週に二、三回会っていた。わたしにとって、それは快適なペースだった。ほかのことをする時間の余裕があったから。

レイチェルとスピンクラスに通ったり、今にも溶けそうなアイスクリームを片手にセントラルパークの遊歩道で長い散歩を楽しんだり、ギャラリーのオープニングや近所のバーで行われる映画のナイト試写会に出かけたり。ニューヨークに来る前、世界のその他の地域の人たちからいろいろ警告されたけれど、実際のニューヨークの人たちは想像よりもはるかに親しみやすかった。

この話をすると、レイチェルはこう言った。「この街の人のほとんどは嫌なやつじゃない。ただみんな、忙しいだけ」

でも同じ話をギレルモにしたところ、彼はわたしの顎を優しく手のひらで包みこんで、笑いながらこう言った。「きみは本当にかわいい人だね。この場所のせいで、今のきみが変わらないでいてほしい」

胸がきゅんとした。でも同時に心配になった。ギレルモが一番愛しているのは、わたしの本質的な部分ではなく、変えられる部分なのかもしれない。それこそ、適切な環境に置いて数年経てばはぎ取ることができるような。

ギレルモに言われたことをアレックスに話そうか？　ニューオーリンズの街を歩いているあいだ、何度そう考えたかわからない。でも、そのたびに思いとどまった。アレックスにはギレルモを好きになってほしい。この話をしたら、わたしの代わりにアレックスが腹を立てるのではないかと心配だった。

だから、彼にはほかのことを話した。ギレルモがいかに冷静か、いかによく笑うか、仕事に対して、さらに〝食〟に対してもいかに熱い情熱を持っているかを。

「きっとあなたは彼を好きになる」わたしは本気でそう信じていた。

「ああ、きっとそうなる。もしきみが彼を好きなら、ぼくも彼を好きになるはずだ」

「よかった」

そのあと、アレックスはサラについて話してくれた。大学時代に報われない片思いをしていた女性だ。数週間前、彼がシカゴにいる友人を訪ねたときにばったり再会し、飲みに行ったのだという。

「それで？」

「それだけだ。彼女はシカゴに住んでる」

「火星というわけじゃない。それにインディアナ大学からもそれほど遠いわけじゃない」

「サラはたまにメッセージをくれるんだ」アレックスは認めた。

「もちろん、そうでしょうとも。あなたはすてきな人だもの」

アレックスははにかむような、愛らしい笑みを浮かべた。「どうかな。きっと次にシカゴへ行ったとき、また彼女と会うかもしれない」

「絶対に会うべきよ」わたしはうながした。

わたしはギレルモと幸せにやっている。アレックスにも、彼にふさわしい幸せが訪れてほしい。そうすれば、わたしたちの関係における残り五パーセントの緊張――〝もし〇〇したらどうなる？〟――も自ずとなくなるだろう。

エアB&Bで予約をしたときは、フレンチ・クオーターに滞在するのは理想的に思えたけれど、実際に来てみると、夜が騒がしすぎることがわかった。午前三時とか四時まで音楽が途絶えることがないうえ、びっくりするほど朝早くからふたたび音楽が聞こえ始める。そこで、わざわざエース・ホテルの屋上プール（平日はただ）に行って、陽光のなか、長椅子で数時間うたた寝するようになった。

わたしにとって、それはその一週間のうちで一番ぐっすり眠れた時間だったかもしれない。だから旅の最終日に墓地ツアーへ出かけるころには、疲れのせいで異常にハイな気分になっていた。アレックスもわたしも、ツアーで幽霊物語を聞かされるのを期待していた。でも実際に男性ツアーガイドから聞かされたのは、カトリック教会がいかに一部の墓地――数世紀前に〝永代供養〟を望んで購入した人たちの墓地――を大切にしているかという話だった。それ以外の死者たちはちりに帰るのだ、と。

なんとも退屈な話だった。しかもそのあいだずっと、日光にさらされ続けていたのだ。こっちはこの一週間サンダルで歩きまわっていたせいで背中が痛いうえに、睡眠不足でくたびれ果てているのに。ツアーの途中から、アレックスはわたしが疲れきっていることに気づき、墓の前で立ち止まってつまらない話を聞かされるたびに手をあげ、ツアーガイドに尋ねた。「呪われているっていうのはこの墓ですか?」

最初は、ツアーガイドもアレックスの質問を笑い飛ばしていたが、何度も尋ねられるたびにほとんど反応しなくなっていった。やがて巨大な白い大理石のピラミッド型の墓の前にやってきたときのことだ。園内のほとんどがフランス式か、スペイン式の三角形の墓であるのに対し、いかにも目立つ墓についてアレックスが同じ質問をすると、ツアーガイドはついにいらだった口調で答えた。「このお墓はそうでないことを願いますよ! だってニコラス・ケイジのお墓だから!」

アレックスとわたしは思わず笑い声をあげた。

だが、そのあとすぐにわかったのだけれど、ツアーガイドは冗談を言ったわけではなかった。

ツアーのなかでここが一番の見せ場だったはず。ほんの少しおかしさもまじえて、重大発表をするこの瞬間が。それなのに、わたしたちはその一番の見せ場を台無しにしてしまったのだ。「すまなかった」ツアーが終わって立ち去るとき、アレックスはそう言ってガイドにチップを手渡した。バーで仕事をして稼いでいるのはわたしのほうなのに、常に現金を持ち歩いているのは彼のほうだった。

「もしかして、こっそりストリッパーで稼いでる?」わたしはアレックスに尋ねた。

「いつも現金を持っているのはそのせい？」

「実はぼくは、エキゾチックな音楽に合わせて踊るダンサーなんだ」

「本当にエキゾチック・ダンサーなの？」

「いや、ただ現金を持っていると何かと助かるから」

日が沈むころには、ふたりとも疲れ果てていた。それでも今回の旅の最後の夜だったため、おめかしして出かけることにした。姿見の前の床に座ってメイクをしながら、わたしはギレルモのリストに目を通し、いくつかの店の名前をアレックスに向かって叫んだ。

「ああ」叫ばれるたびに、彼はそう答えた。でも同じやり取りを何度か繰り返したあと、彼はわたしの背後にやってきて、鏡越しに目を合わせてきた。「ただふらっと歩かない？」

「わたしもそうしたい」素直に認めた。

薄汚いパブを二、三軒まわったあと、落ち着いたのは〈ザ・ダンジョン〉だ。細い路地の一番端にある、小さくて薄暗いゴシック・バー。店内は撮影禁止だとあらかじめ注意されてから、警備員に赤いライトに照らされたメインルームへ案内された。人でごった返していたせいで、二階にあがるときにアレックスの肘をつかまなければならなかった。壁にはプラスチック製の骸骨が何体か吊るされ、赤いサテンで縁取りされた棺(ひつぎ)がひとつ、写真撮影を待ちかまえるように立てかけられている。ただ当然ながら、撮影は許されない。

今回の旅ではふたりしてマントラを唱え続け、わたしは無料で相談に応じてアレックスの買い物にもつきあったというのに、彼は依然としてテーマの決まったパーティーやイベントを忌み嫌い続けている。もちろん、テーマの決まったバーも。

「この店、ぞっとする。でもきみは好きだよね？」

わたしがうなずくと、アレックスはにやりとした。混雑しているせいで、体を寄せあうように立っていなくてはいけない。そのため彼の顔を見ようとするたびに、わたしは頭をのけぞらせる必要があった。アレックスはわたしの目にほつれかかる前髪を払い、こちらの首を安定させるように、うなじを両手で包みこんでくれた。店内にメタルミュージックが轟(とどろ)くなか、彼が言う。「こんなに背が高くてごめんね」

「こんなに背が低くてごめんね」わたしは答えた。

「小柄なきみが好きなんだ。背が低いからって謝らなくていい」

わたしはアレックスの体に寄りかかると、両腕以外の部分をハグした。「ねえ」

「ねえ、何？」彼が尋ねる。

「さっき通り過ぎたカントリー＝ウエスタン・バーに行かない？」

アレックスは断るだろう。そう考えていた。テーマのあるバーに行くこと自体を気恥ずかしく思うはずだ。ところが彼の答えは違っていた。「よし、行こう。テーマが重要だからね」

彼がそう言ってくれたので、店を変えることにした。いざ入ってみると、そこは〈ザ・ダンジョン〉とは真逆のバーだった。広々とした開放的な店内で、シートには鞍がついていて、客はわたしたちだけ。ケニー・チェズニーが流れている。

アレックスは鞍シートに座るだけで悔しそうな顔をしたが、わたしはかまわず飛び乗り、彼に向かって悲しげな子犬顔をしてみせた。

「それ、何?」アレックスが尋ねる。「大丈夫?」

「情けない気分なの。だから、あなたにわたしをルイジアナ州で一番幸せな女にしてもらおうと思って。鞍シートに座ったのが最高だと思えるように」

「実は、きみを喜ばせるのがものすごく簡単なことなのか、めちゃくちゃ難しいことなのか決めかねている」アレックスは長い片脚を振りあげ、わたしの隣の鞍シートにひらりと座ると、黒革のベスト姿のがっしりしたバーテンダーに話しかけた。「すみません。ぼくに、このすべてを忘れさせてくれるような酒を」

バーテンダーはまだグラスを磨きながら体を向け、こちらをにらんだ。「おれは人の心なんて読めない。坊や、何がほしいんだ?」

アレックスは頬を真っ赤にし、咳払いをした。「だったらビールを。どんな銘柄でもいいです」

「わたしにも同じものを」わたしは言った。「ビールふたつで」

バーテンダーが背中を向けてわたしたちのドリンクを用意しているあいだに、わたしはアレックスのほうへ体をかがめ、あわや鞍シートから落っこちそうになった。アレックスにつかまえられ、ふたたびまっすぐ座らせてもらうと、彼にささやいた。

「彼こそ、テーマを貫いてる！」

その店を出たとき、まだ夜十一時半だった。でもわたしはくたくたなうえに、人生でこれ以上ないほど喉が渇いていた。だから、通りの真ん中で騒いでいるほかの人たちを尻目にひたすら歩き続けた。お揃いのTシャツ姿で家族会を楽しむファミリーや、〝バチェロレッテ〟と大きく書かれたシルクのピンク色の飾り帯（サッシュ）とピンヒールを身につけた白いドレス姿の花嫁たち、〝バチェロレッテ〟たちに言い寄る酔っ払いの中年男たちなどがいる。男たちは、彼女たちのドレスの胸元に紙幣を差しこんでいた。

頭上では、階上にあるバーやレストランのバルコニーに客たちがずらりと並び、この地の伝統的カーニバル（マルディグラ）の風習をまねて紫や金、緑色のビーズネックレスを振りまわしている。ひとりの男性が口笛を吹いて、わたしに向かってひとつかみのネックレスを振り投げた。わたしが両腕を伸ばしてそのネックレスを受け取ると、男性はかぶりを振って、自分のシャツをたくしあげる仕草をしてみせた。

「わたし、あいつ嫌い」わたしはアレックスに言った。

「ぼくも」アレックスが同意する。

「でも、認めざるを得ない。彼こそテーマを貫いてる！」

　アレックスはそれを聞いて笑った。それからもふたりで先へ進んだが、どこか行くあてがあったわけではない。しだいに人通りが少なくなってきたころ、通りの中央にある店ではブラスバンド（サックスを含め、いろいろな木管楽器が集まっている）が演奏していて、ホーンが強く吹き鳴らされたり、ドラムがリズムを刻んだりしている。わたしたちがしばし立ち止まって聴いていると、何組かのカップルが踊り始めた。びっくりしたことに、アレックスから手を差しだされ、わたしがその手を取ると、彼はわたしの体をくるくる回転させ始めた。近くに引き寄せて片手をわたしの背中に当て、もう片方の手で体を支えてくれている。アレックスに前後に揺り動かされ、彼と一緒に眠そうにくすくすと笑いあう。演奏のビートには合っていないけれど、そんなことは関係ない。完全にふたりだけの世界だった。

　きっとそのおかげで、アレックスも人前で愛情表現ができたのだろう。わたしと同じように、彼もここにいるのが自分たちだけみたいに感じられたから。周囲にいる、着飾ったほかの人たちは夢に出てくる幽霊のように思えたから。

　たとえジェイソン・スタンリーや昔いじめられたほかの人たちがここにいて、メガホンでやじられても、アレックスとの不器用なダンスをやめるつもりはない。彼はわたしを回転させてはもとに戻すだけでなく、こちらの体を傾けたり、すとんと落とそうとしたりさえしている。そのたびに叫び声をあげ、激しく笑うせいでどうしても鼻が鳴ってしまう。アレックスに体を受け止められ、まっすぐに立たされ、さらにリズミカルに体を揺さぶられる。

とうとう曲が終わり、体を離して拍手している人たちのなかへ舞い戻ったそのとき、アレックスがかがみこんですぐにまっすぐ立った。なんと、紫色の壊れたビーズネックレスを手にしている。

「それ、地面に落ちていたやつよ」わたしは言った。

「こんなのほしくない？」

「ううん、ほしい。でも地面に落ちていたやつよ」

「そうだよ」

「地面は汚れてる。それに飲み物もこぼれているし、きっとゲロも」

アレックスは顔をしかめ、ネックレスを持った手を力なく落とし始めた。あわてて彼の手首をつかんで、引き留めながら言う。「ありがとう。わたしのためにこの汚らしいネックレスにさわってくれて、本当にありがとう、アレックス。すごく気に入ったわ」

彼は目をまわしてから笑みを浮かべ、わたしが頭をかがめると、ネックレスを首にかけてくれた。

ふたたびアレックスを見あげると、輝くような笑顔を浮かべていた。その瞬間、かつてないほどの愛情を感じた。今ほどアレックスを愛おしいと思ったことはない。まだ信じられない。あのアレックスがこんなことをしてくれるなんて
「一緒に写真を撮らない？」そう彼に尋ねた。でも本当は、心のなかではこうつぶやいていた。〝この瞬間をボトルにぎゅっと詰めて、香水としていつでもつけられたらいいのに〟そうすれば、いつでもこの瞬間と一緒にいられる。どこへ行っても、アレックスがそこにいなくても、いつも彼をわたし自身のように身近に感じられる。

アレックスは携帯電話を取りだし、わたしに近づいて写真を撮ったが、その写真を確認したとたん、驚きのうめきをあげた。きっと眠たげに見えないようにと、最後の最後で目を大きく見開いたのだろう。

「あなた、ひどい顔してる。フラッシュが光った瞬間、何か恐ろしいものでも見たみたい」

わたしの手から携帯電話を取り戻そうとしたアレックスをすばやくかわして、彼の手の届かないところまで走り去ると、その一枚を自分の携帯電話に転送した。笑いをこらえながら追いかけてきた彼に携帯電話を返しつつ言う。「これでわたしがコピー

を持ってる。だから、あなたは削除しても大丈夫」

「削除なんかするもんか。自分のアパートメントに鍵をかけて、ひとりきりになったときにだけ、この写真を見るようにするよ。そうすれば、この写真のぼくのひどい顔を誰にも見られることはない」

「わたしが見る」

「きみは数に入れてない」

「だよね」わたしはうなずいた。数に入れられていない存在であることが、ことのほかうれしい。アレックスのすべてを見るのを許されていて、彼を変にする存在でもあることが。

アパートメントに戻ると、わたしはアレックスに、今執筆中の短編小説をいつ読ませてくれるのかと尋ねた。

アレックスは見せることなんてできないと答えた。もしわたしが短編小説を気に入らなければ、あまりに恥ずかしいからと。

「あなたはあのすばらしい美術学修士課程を学んでいるのよ。絶対に傑作に決まってる。もし気に入らないとしたら、それはどう考えてもわたしが間違っているはず」

もしきみが気に入らないとしたら、それはインディアナ大学が間違っていることになる――アレックスはそう答えた。

「ねえ、お願い」わたしは懇願した。

「わかったよ」アレックスはパソコンを取りだした。「ただ、ぼくがシャワーを浴び終えるまで待っててくれる？　もしおもしろくなかったら、きみには無理やり原稿を読んでほしくないんだ」

「オーケイ」わたしは答えた。「もし小説を持ってきてるなら、代わりにそれを読んでるわ。アレックス・ニルセンがシャワーを浴び終えるまで、たっぷり時間があるはずだから」

　彼はわたしに枕を投げつけると、バスルームへ向かった。

　物語は本当に短かった。わずか九ページ。翼を持って生まれた男の子の話だ。彼は生まれてからずっと、周囲から〝これは飛ぶことに挑戦すべきだという意味だ〟と言われ続け、本当は飛ぶのが怖かったのに、ついに挑戦することにした。二階の屋根から飛びおりたところ、あえなく失敗。両方の脚と翼が折れてしまったが、彼は翼を二度ともとの形に戻そうとせず、時間が過ぎるにつれ、翼の部分の骨がいびつな形になった。結果的に、もう誰も彼に〝飛ぶことに挑戦すべきだ〟と言わなくなり、ついに彼は幸せになったのだ。

　アレックスが戻ってきたとき、わたしは泣いていた。

　彼はどうしたのかと尋ねた。

わたしは答えた。「わからない。この物語がわたしの心に訴えかけてきただけ」

アレックスはわたしが冗談を言っていると考え、含み笑いをした。でも今回だけは、あのギャラリーで二万一千ドルもする熊の彫刻を売りつけようとした女性のまねをしようとしたのではない。

じっと考えていたのは、ジュリアンからかつて言われた芸術についての言葉だ。〝自分が何かを感じるか、何も感じないかのどちらかだ〟

彼の物語を読んだとき、わたしは泣きだした。自分でもその理由がわからない。だったらアレックスにもわかるはずがない。

子どものころ、自分はどうやってもほかの誰かにはなれないと考えるたび、パニック発作に襲われた。わたしはパパにもママにもなれない。生きているあいだずっと、この体のなかのあちこちを動きまわっていなければならない。自分以外の誰かを本当の意味で知ることもないままに。

それがとても寂しく感じられた。自分はひとりぼっちだし、なんの希望もないように思えた。両親ならわたしの気持ちをわかってくれるはずだと期待して、その話を打ち明けたのだが、ふたりとも理解してくれなかった。

「だからって、そんなふうに感じることに問題があるわけじゃないわ、ポピー！」母は言い張った。

「おまえが自分以外でなりたいのって誰なんだ?」父は特に興味を引かれた様子で尋ねた。

両親に話したことで恐れは和らいだけれど、そういう感覚が消え去ることは決してなかった。たまにその感じをひっくり返したりつついたりしていた。どうすれば孤独な気分を止められるのか、ずっと不思議に思っていた。この先ずっと自分のことを誰にも知られることがないと考えたときに。そして、わたしもほかの誰かの頭のなかをのぞきこんでそのすべてを知ることはできないと考えたときにも。

今こんなに泣きじゃくっているのは、アレックスの物語を読んで初めて、自分がこの体のなかにはいないと感じられたからだろう。わたしとアレックスのまわりは泡のようなもので囲まれ、ラバライトのなかを漂う色の異なるふたつの浮遊物のように、自由気ままに合わさったり、お互いのまわりをダンスしたりしている。その動きは何にも妨げられない。

涙が止まらなかったのは、ほっとしたから。子どものころ、長い夜にずっと感じていたような孤独を、これからは感じなくてすむはずだから。アレックスと一緒にいる限り、わたしは二度とひとりぼっちで寂しいと感じることはなくなるだろう。

(上巻終わり)

◉訳者紹介　西山 詩音（にしやま しお）
60年代モッズ文化、山登り、サウナ、ワイン、映画をこよなく愛する翻訳家。

あなたとわたしの夏の旅（上）

発行日　2024年3月10日　初版第1刷発行

著　者　エミリー・ヘンリー
訳　者　西山 詩音

発行者　小池英彦
発行所　株式会社 扶桑社
〒105-8070
東京都港区芝浦1-1-1 浜松町ビルディング
電話　03-6368-8870(編集)
03-6368-8891(郵便室)
www.fusosha.co.jp

印刷・製本　中央精版印刷株式会社

定価はカバーに表示してあります。

Printed in Japan
ISBN978-4-594-09467-6 C0197